周立波经典作品集

当我凝视大地

C1S 湖南人民出版社 · 长沙 ·

周立波 著

目录

暴风骤雨（节选）

韩老六跑了又被抓回的消息，震动了全屯。半个月以来，经过各组唠嗑会的酝酿，人们化开了脑瓜，消除了顾虑，提起了斗争的勇气。不断增加的积极分子们，像明子一样，到处去点火。由于这样，韩老六鞭打小猪倌，不过是他的千百宗罪恶里头的小小的一宗，却把群众的报仇的大火，燃点起来了。

　　报仇的火焰燃烧起来了，烧得冲天似的高，烧毁几千年来阻碍中国进步的封建，新的社会将从这火里产生，农民们成年溜辈的冤屈，是这场大火的柴火。

韩老六被抓回来的当天下晚，工作队和农会召集了积极分子会议。会议是在赵玉林的园子里的葫芦架子跟前举行的。漂白漂白的小朵葫芦花，星星点点的，在架子上的绿叶丛子里，在下晌的火热的太阳光里，显得挺漂亮。萧队长用启发的方式，叫积极分子们用他们自己脑瓜子里钻出来的新主意，来布置斗争。

大伙你一句、我一句地唠起来了。有时候，好几个人，甚至于好几堆人争着说话，嗡嗡地嚷成一片。

主持会议的赵玉林叫道："别一起吵，别一起吵呀，一个说完，一个再说。"

"韩老六得绑结实点，"白玉山说，"一松绑，老百姓寻思又是干啥了。"

赵玉林对老孙头说：

"这回你说吧。"

老孙头说：

"把韩老六家的那些卖大炕的臭娘们，也绑起来，叫妇道去斗她们，分两起斗。"

"不行，分两起斗，人都分散了，就乱套了。"张景祥反对老孙头的话，"大伙先斗韩老六，砍倒大树，还怕枝叶不死？"

"老白，多派几个哨，可不是闹着玩的。"郭全海说，"斗起来不能叫乱套，叫那些受了韩老六冤屈的，一个个上来，说道理，算细账，吐苦水，在韩老六跟前，让开一条道，好叫说理的人一个个上来。"

李大个子说：

"说理简单些，不要唠起来又没个头。韩老六的事，半拉月也讲不完的。"

白玉山说：

"大个子，你个人的工作，可得带点劲，不能再让狗腿子进来。"

老初说：

"大个子，明儿会上再有狗腿子，当场捆起来，你一个人捆不了，大伙来帮你。"

停了一会，白玉山问道：

"兴打不兴打？"

赵玉林反问一句：

"韩大棒子没打过你吗？"

"咋没有呢？"白玉山辩解。

"那你不能跟他学学吗？"赵玉林笑着说道。

白玉山冲着大伙说：

"明儿大伙一人带一根大棒子，用大棒子来审韩大棒子，这叫一报还一报。"

赵玉林跟萧队长合计一下，就宣布道：

"咱们这会，开到这疙疸，明儿开公审大会，大伙早点吃饭，早些到会，不要拉后。"

张景祥问道：

"干啥要到明儿呢，今个不行吗？"

"今儿回去，再开唠嗑会，大伙再好好酝酿酝酿，明儿一定得把韩老六斗倒。萧队长还有啥话说？"赵玉林说完，回头去问萧队长。

萧队长说：

"大伙意见都挺好，今儿回去，再寻思寻思：要不要选个主席团？别的我没啥意见。"

会议散了。人们回去，着忙举行唠嗑会，这些基本群众的小会，有的赶到落黑就完了。人们都去整棒子。有的直开到半夜。经过酝酿，有了组织，有了骨头[1]，有了准备和布置，穷哥们都不害怕了。转变最大的是老孙头，他也领导一

---

[1] 骨头：骨干。

个唠嗑会，不再说他不干积极分子了。他也不单联络上年纪的赶车的，也联络年轻的穷哥们。他还是从前那样的多话，今儿的唠嗑会上，他就说了一篇包含很多新名词的演说。下边就是他的话的片断：

"咱们都是积极分子。积极分子就是勇敢分子，遇事都得往前钻，不能往后撤。要不还能带领上千的老百姓往前迈？大伙说，这话对不对？"

大伙齐声回答他：

"对！"

老孙头又说：

"咱们走的是不是革命路线？要是革命路线，眼瞅革命快要成功了，咱们还前怕狼后怕虎的，这叫什么思想呢？"

在他的影响下面，他那一组人，准备在四斗韩老六时，都上前说话。

第二天，是八月末尾的一个明朗的晴天，天空是清水一般的澄清。风把地面刮干了。风把田野刮成了斑斓的颜色。风把高粱穗子刮黄了。荞麦的红梗上，开着小小的漂白的花朵，像一层小雪，像一片白霜，落在深红色的秆子上。苞米棒子的红缨都干巴了，只有这里，那里，一疙疸一疙疸没有成熟的"大瞎"[1]的缨子，还是通红的。稠密的大豆的叶子，老远看去，一片焦黄。屯子里，家家户户的窗户跟前，房檐底下，挂着一串一串的红辣椒，一嘟噜一嘟噜的山丁子，一挂一挂的红菇萙[2]，一穗一穗煮熟了留到冬天吃的嫩苞米秆子。人们的房檐下，也跟大原野里一样，十分漂亮。

大伙怀着欢蹦乱跳的心情，迎接果实成熟的

---

[1] "大瞎"：颗粒没有长全的苞米棒子。

[2] 菇萙：一种外面包着薄膜似的包皮的小圆野果，有红黄两种。

季节的到来，等待收秋，等待斗垮穷人的仇敌韩老六。

天一蒙蒙亮，大伙带着棒子，三五成群，走向韩家大院去。天大亮的时候，韩家大院里真是里三层，外三层，挤得满满的。院墙上爬上好些的人，门楼屋脊上，苞米架子上，上屋窗台上，下屋房顶上，都站着好多的人。

妇女小孩都用秧歌调唱起他们新编的歌来。

千年恨，万年仇，
共产党来了才出头。
韩老六，韩老六，
老百姓要割你的肉。

起始是小孩妇女唱，往后年轻的人们跟着唱，不大一会，唱的人更多，连老孙头也唱起来了。

院外锣鼓声响了，老初打着大鼓，还有好几个唱唱的人打着钹，敲着锣。

"来了，来了。"人们嚷着，眼朝门外望，脚往外边移，但是走不动。

韩老六被四个自卫队员押着，一直走来。从笆篱子一直到韩家大院，自卫队五步一岗，十步一哨，韩家大院的四个炮楼子的枪眼里，都有人瞭望。这种威势，使最镇定的韩老六也不免心惊肉跳。光腚的小孩们，跟在韩老六后边跑，有几个抢先跑到韩家大院，给大家报信：

"来了，来了。"

白玉山的肩上倒挂一支套筒枪，在道上巡查。他告诉炮楼上瞭望的人们要注意屯子外边庄稼地里的动静，蹽了的韩长脖和李青山，备不住会去搬韩老七那帮胡子来救援的。

白玉山近来因为工作忙，操心多，原是胖乎

乎的身板消瘦了好些，他的黏黏糊糊的脾气，也改好了，老是黑白不着家。昨夜他回去，已经快亮天，上炕躺下，白大嫂子醒来了，揉揉眼睛问他道：

"饽饽在锅里，吃不吃？"

"不吃了。明儿公审韩老六，你也去参加。"白玉山说完，闭上眼睛。

"老娘们去干啥呀？"白大嫂子说。

"你不要给小扣子报仇吗？"白玉山说，不久就打起鼾来了。

"开大会我可不敢，说了头句接不上二句的。"白大嫂子说。

白玉山早已睡熟了。白大嫂子又伤心地想起小扣子。日头一出，她叫醒白玉山，到会场去了。随后，她自己也去了，她想去看看热闹也好。来到会场，瞅见一帮妇女都站在院墙底下，赵玉林的屋里的和老田头的瞎老婆子都在。白大嫂子就和她们唠扯起来。韩老六一到院子当间的"龙书案"跟前，四方八面，人声就喧嚷起来。赵玉林吹吹口溜子，叫道：

"别吵吵呀，不许开小会，大伙都站好。咱们今儿斗争地主汉奸韩凤岐，今儿是咱穷人报仇说话的时候。现在一个一个上来跟他说理，跟他算账。"

从西边的人堆里，走出一个年轻人，一手拿扎枪，一手拿棒子，跑到韩老六跟前，瞪大眼睛狠狠看韩老六一眼，又转向大伙。他是张景祥，他说：

"韩老六是我的生死仇人，'康德'十一年，我在他家吃劳金，到年去要钱，他不给，还抓我去当劳工，我跑了，就拴我妈蹲大狱，我妈死在风眼里。今天我要给我妈报仇，揍他可以的不的？"

"可以。"

"揍死他！"

从四方八面，角角落落，喊声像春天打雷似的轰轰地响。大家都举起手里的大枪和大棒子，人们潮水似的往前边直涌，自卫队横着扎枪去挡，也挡不住。韩老六看到这情形，在张景祥的棒子才抡起的时候，就倒在地下。赵玉林瞅得真切，叫唤道：

"装什么蒜呀，棒子没挨着身，就往下倒。"

无数的棒子举起来，像树林子似的。人们乱套了。有的棒子竟落在旁边的人的头上和身上。老孙头的破旧的灰色毡帽也给打飞了，落在人家脚底下。他弯下腰伸手去拾，胳膊上又挨一棒子。

一个老太太腿上也挨一棒子，她也不叫唤。大伙痛恨韩老六，错挨了痛恨韩老六的人的棒子，谁也不埋怨。赵玉林说：

"拉他起来，再跟他说理。"

韩老六的秃鬓角才从地上抬起来，一个穿一件千补万衲的蓝布大衫的中年妇女，走到韩老六跟前。她举起棒子说：

"你，你杀了我的儿子。"

榆木棒子落在韩老六的肩膀上，待要再打，她的手没有力量了。她撂下棒子，扑到韩老六身上，用牙齿去咬他的肩膀和胳膊，她不知道用什么法子才解恨。她一提起她的儿子，就掉眼泪。好些妇女，特别是上了年纪的老婆子都陪她掉眼泪，她们认识她是北门里的张寡妇。"康德"九年，她给她的独子张清元娶了媳妇，才一个月，韩老六看见新媳妇长得漂亮，天天过来串门子。张清元气急眼了，有一天，拿把菜刀要跟他豁出命来干。韩老六跑了，出门时他说："好小子，等着瞧。"当天下晚，张清元摊了劳工。到延寿，韩老六派人给日本子说好，把他用绑靰鞡的麻绳勒死了。这以后，韩老六霸占了张清元媳妇，玩够以后又把她卖了。

张寡妇悲哀而且上火了，叫唤道：

"还我的儿子！"

张寡妇奔上前去，男男女女都挤了上去。妇女都问韩老六要儿子，要丈夫。男的问他要父亲，要兄弟。痛哭声，叫打声，混成一片。小王用手背擦着眼睛。萧队长一回又一回地对刘胜说道：

"记下来，又是一条人命。"

这样一个挨一个地诉苦。到晚边，刘胜在他的小本子上统计，连郭全海的被冻死的老爹，赵玉林的被饿死的小丫，白玉山的被摔死的小扣子，老田头的被打死的裙子，都计算在内，韩老六亲手整死的人命，共十七条。全屯被韩老六和他儿子韩世元强奸、霸占、玩够了又扔掉或卖掉的妇女，有四十三名。这个统计宣布以后，挡也挡不住的暴怒的群众，高举着棒子，纷纷往前挤。乱棒子纷纷落下来。

"打死他！""打死他！"分不清是谁的呼唤。

"不能留呀！"又一个暴怒的声音。

"杀人偿命呀！"

"非把他横拉竖割，不能解恨呀。"老田太太颤颤巍巍说。

白大嫂子扶着老田太太，想挤进去，也去打他一棒子，但没有成功，她俩反倒被人撞倒了。白大嫂子赶紧爬起来，把老田太太扶走。

工作队叫人继续诉说韩老六的罪恶。韩老六这恶霸、汉奸兼封建地主，明杀的人现在查出的有十七个，被他暗暗整死的人，还不知多少。他家派官工，家家都摊到。他家租粮重，租他地种的人家，除了李振江这样的腿子，到年，没有不是落个倾家荡产的，赔上人工、马料、籽种，还得把马押给他，去抵租粮。他家雇劳金，从来不给钱。有人在他家里吃一年劳金，到年提三五斤肉回去，这还是好的。不合他的心眼的，他告诉住在他家的日本宪兵队长森田大郎，摊上劳工，能回来的人没有几个。他家大门外的井，是大伙挖的，但除了肯给他卖工夫的人家，谁也不能去挑水。他家的菜园，要是有谁家的猪钻进去，掀坏了他一草一苗，放猪的人家，不是蹲笆篱子，就是送县大狱。而他家的一千来垧地，除了一百多垧是他祖先占的开荒户的地以外，其余都是他自己抢来占来剥削得来的。但是，这些诉苦，老百姓都不听了。他们说："不听咱们也知道：好事找不到他，坏事离不了他。"人们大声地喊道："不整死他，今儿大伙都不散，都不回去吃饭。"

萧队长跑去打电话，问县委的意见。在这当中，刘胜又给大伙说了一条材料：

韩凤岐，伪满"康德"五年在小山子[1]，杀死了抗日联军九个干部。"八·一五"以后，他当了国民党"中央先遣军"胡子北来部的参谋长，又是国民党元茂区的书记长和维持会长，拉起大排抵抗八路军，又打死了人民军队的一个战士。

"又是十条人命。"老田头说，"好家伙，通起二十七条人命。"

"消灭'中央'胡子，打倒蒋介石匪帮！"小王扬起右胳膊，叫着口号。院里院外，一千多人都跟他叫唤。

萧队长回来，站在"龙书案"跟前，告诉大伙说，县里同意大伙的意见："杀人的偿命。"

---

[1] 小山子：地名。

"拥护民主政府！"人堆里，一个叫做花永喜的山东跑腿子这样地叫唤，"拥护共产党工作队。"千百个声音跟着他叫唤，掌声像雷似的响动。

赵玉林和白玉山挂着钢枪，推着韩老六，走在前头，往东门走去。后面是郭全海和李常有，再后面是一千多个人。男男女女，叫着口号，唱着歌，打着锣鼓，吹着喇叭。白大嫂子扶着双目失明的老田太太。瞎老婆子一面颠颠簸簸靠着白大嫂子走，一面说道：

"我哭了三年，盼了三年了，也有今天呀，裙子，共产党毛主席做主，今儿算是给你报仇了。"

砍倒了韩家这棵大树以后，屯子里出现了大批的积极分子。农会扩大了。人们纷纷去找工作队，请求入农会。萧队长告诉他们去找赵主任。人们问道：

"找他能行吗？"

萧队长说：

"咋不行呢？"

赵玉林家里从早到黑不断人，老赵忙得饭都顾不上吃了。

"老赵，我加入行吗？"花永喜问。

"去找两个介绍人吧。"赵玉林说。

"赵主任提拔提拔，给我也写上个名。"煎饼铺的掌柜的张富英对赵主任说。

"你也来参加来了？"赵主任看看他的脸说道。

"赵主任，我早就对革命有印象了。"张富英满脸带笑说。

"要不你就和杨老疙疸合计假分地了吗？"赵玉林顶上他一句。看见赵主任冷冷的脸色，张富英只好没趣地往外走，可是他又回转身来说：

"赵主任，我知过必改。日后能不能参加？"

"日后？那要看你干啥不干啥的了。"赵玉林看也没看他一眼，说完这话，办理别的一宗事去了。张富英回到家里以后，对他伙计说：

"哼！赵玉林可是掌上了印，那劲头比'满洲国'的警察还邪乎！"嘴里这样说，心里还是暗暗打主意，设法找人介绍入农会。

刘德山也找赵主任来了。赵玉林取笑他说：

"你也要加入？不怕韩老六抹脖子了？"

"主任挺好说玩话，谁还去怕死人呢？"刘德山含笑着说。

"要入农会，风里雨里，站岗出差，怕不怕辛苦呀？"

"站岗？我们家少的能站。"

"你呢？"

"我起小长了大骨节，腿脚不好使。再说，也到岁数了。"刘德山说，解说他的不能站岗的原因。

"那你干啥要入农会呢？"赵玉林问。

刘德山回答不出来，支支吾吾，赶紧走了。

佃富农李振江托人来说，他有八匹马，愿意"自动"献出四匹来，托人送上农会，并且请求准许他入会。

"叫他入会，决不能行。"赵玉林坚决地说，"他的马，也不要'自动'，该斗该分，要问大伙。告诉他，如今大伙说了算，不是姓赵的我说了算。"

那人回去，把这话告诉李振江。李家从此更恨赵玉林和农工会。他一家七口，见天三顿饭，尽吃好的。处理韩老六的当天下晚，月亮还没有上来，星星被云雾遮了，院里漆黑，屋里也吹灭了灯。李振江带着他儿子，拿一块麻布，一条靰鞡草绳子，走到猪圈边，放出一只白色大肥猪，李振江上去，用麻布袋子蒙住猪的嘴，不让它叫唤，他的大儿子用绳子套住四只脚，把猪放翻，爷俩抬进西下屋。李振江叫他小姑娘在大门外放哨。他屋里的和儿媳妇，二儿子和三儿子都来到下屋，七手八脚的，点起豆油灯，用麻布袋子把窗户蒙住，拿起钦刀[1]，没有一点点声音，不留一星星血迹地把一口猪杀了。当夜煮了一大锅，全家大小拼命吃，吃到后来，胀得小姑娘的肚子像倭瓜似的。肉吃多了，十分口渴，大家半夜里起来，一瓢一瓢地咕嘟咕嘟喝凉水。第二天，男女大小都闹肚子了，一天一宿，女的尽往屋角跑，男的都往后园奔。

他们一家子，从此也都变懒了。太阳一竿子高了，李振江还躺在炕上。他们不给马喂料，下晚也不起来添草。八匹肥马都瘦成骨架，一只小

---

[1] 钦刀：杀猪的尖刀。

马驹没有奶吃，竟瘦死了。

赵玉林黑白不着家，照顾不到家里的事了。有一天下晚，他回来早些，他屋里的说：

"柴火没有了。"

第二天，赵玉林叫郭全海去办会上的事情，天蒙蒙亮，他走出北门，走过黄泥河子桥，在荒甸子里，砍了一整天梢条，码在河沿上。他把镰刀夹在胳膊下，走了回来。一路盘算，第二天再腾出半天的时间，借一挂大车，把柴火拉回。走在半道，碰到李振江的大儿子。

"打柴火去了，老叔？"李家大儿子问道，脸上挂着笑。

"嗯哪，好些天没有烧的了，老是东借西凑，屋里的早嘀嘀咕咕的了。"赵玉林一边走，一边说，漫不经意地就走回来了。当天下晚，半夜刮风，有人嚷道：

"北门失火了。"

赵玉林慌忙爬起来，挎上钢枪，往北门跑去。北门外面已经站一大堆人，漆黑的夜里，远远的，火焰冲天，照得黄泥河子里的流水，闪闪地发亮。萧队长怕是胡子放的火，连忙叫张班长带领半班人骑着马飞跑去看。赵玉林和郭全海也跟着去了。河沿上不见一个人影子，点起来的是赵玉林割下的梢条，风助火势，不大一会，一码柴火全都烧光了。赵玉林因为太忙，没有法子再去整柴火。赵大嫂子可是经历了不少的困难。

工作队也忙。几天以来，川流不息有人来找萧队长，大小粮户都来了，献地献房，说是脑瓜化开了。来得顶早的，要算外号叫做杜善人的杜善发。

"萧队长，"杜善人说，"我早有这心，想找您了。"萧队长瞅着这位胖乎乎的红脸关公似的人的脸。因为胖，一对眼睛挤得好像两条线。

"我明白，"细眼睛恭恭敬敬坐在萧队长对面一条板凳上，这样说，"共产党是惜老怜贫的，我姓杜的情愿把几垧毛地，献给农会，这不过是明明我的心，请队长介绍介绍。"

"你找赵主任郭主任去办。"萧队长说。

"他俩不识字，能办吗？"杜善人带着轻蔑口气说。

"咋不能办？识文断字，能说会唠的'满洲国'脑瓜子，农工会还不要他呢。"

杜善人的脸红了，因为他识字，而且是十足的"满洲国"派头。他连忙哈腰，赔笑说道：

"对，对，我就去找他们去。"

杜善人从工作队出来，朝韩家大院走。他不到赵玉林家去，心里寻思："赵玉林那家伙邪乎，不好说话。"他到韩家大院去找郭全海，他想：

"郭全海年轻，备不住好商量一些。"他早听到郭全海、白玉山跟李常有都在韩家大院分东西。他走在道上，瞅见那些穿得破破烂烂、千补万衲的男男女女，正向韩家大院走去。

人们三三五五，谈谈笑笑，没有注意在道沿低头走着的杜善发。他走到大院，看见农会的人都在分东西。屋里院外，人来人往，匆匆忙忙。有人在分劈东西，有人在挑选杂物，有的围作一堆，帮人"参考"，议论着从没见过的布匹的质料。

杜善人走了进去，注意每个分东西和拿东西的人。往后走到郭全海跟前，他说：

"郭主任，借借光，有一件事，工作队长叫我来找你。"

"啥事？"郭全海抬起眼来，见是杜善人，想起了韩老六的家小，是他接去住在他家的，问道：

"你又来干啥？"

杜善人吞吞吐吐地说：

"我来献地的。"

"我们这儿不办这事。"郭全海说，还是在清理衣裳。杜善人脸上挂着笑，慢慢走开了。他心里想："农会的人都邪乎，瞧吧，看你们能抖擞几天？"他连忙回去，和他老婆子合计，藏起来的东西，埋得是不是妥当？在没有星光，没有月亮的下晚，他把浮物运到外屯去，寄放在穷苦的远亲和穷苦的三老四少的家里。他又想到，寄在人家的马匹和窖在地下的粮食，是不是会给人发觉？他把农会头批干部的名字写在白纸上，再从箱子里拿出地照来，分成两起，用油纸层层叠叠地包好，一起埋在南园里的一棵小李子树下，树干上剥了一块皮，作为记号，一起收藏在家里炕席的下边。

白天，见了农会的干部，杜善人总是带笑哈腰，说他要献地，他说："我冲日头说，我这完全是出于一片诚心。"

有天下晚，豆油灯下，他还向郭全海表示要参加农会的心思。他说：

"献了地，我一心一意加入农工会，和穷哥们一起，往革命的路线上迈。"

在韩家大院，郭全海、白玉山和李大个子带领二十来个农会小组长和积极分子，日日夜夜地工作，已经三天了。分东西是按三等九级来摊配。赤贫是一等一级，中农是三等三级。从韩老六的地窖里起出的二百六十石粮食：苞米、高粱、粳米和小麦；外加三百块豆饼，都分给缺吃缺料的人家。取出的粮食有些发霉了，有些苞米沤烂了。张景祥看到这情形，想起了今年春上，他家里缺吃，跟韩老六借粮，韩老六说：

"自己还不够吃呢。"

现在，张景祥抓一把霉烂的苞米，搁鼻子底下嗅一嗅，完了对大伙说道：

"看地主这心有多狠，宁可叫粮食霉掉烂掉，也不借给穷人吃。"

到第三天，分劈杂物、衣裳和牲口。男男女女、老老少少都来了，都说说笑笑，像过年过节一样。

衣裳被子和家常用具，花花绿绿，五光十色，堆一院子，真像哈尔滨的极乐寺里五月庙会的小市，工作队的萧队长、小王和刘胜也来看热闹。他们一进门，就看见一大堆人围着老孙头，热热闹闹地不知在说些什么。

"老孙头，又在说黑瞎子吗？"萧队长问。

"啊，队长来了。我们在'参考'这块貂皮呢。都说这貂皮是咱们关外的一宝，我说不如靰鞡草。靰鞡草人人能整，人人能用，貂皮能有几个穿得起呀？你来看，这就是貂皮。"老孙头说着，把手里的貂皮递给萧队长看："这有啥好？我看和狗皮猫皮差不究竟。庄稼人穿上去拉套子，到山里拉木头，嘎吱嘎吱，一天就破了。"

"要是分给你，你要不要？"萧队长问。

"分给我？要还是要，我拿去卖给城里人，买一匹马回来。"老孙头说着，陪萧队长观光这些看不尽的衣裳，和奇奇怪怪的应有尽有的东西。

"看看这衣裳有多少件？"老孙头自己发问，又自己答道，"韩老六全家三十多口人，一人一天换三套，三年也换不完呀！看这件小狐皮袄子，小嘎也穿狐皮呀。这件小羊羔子皮，准是西洋货。"

"西口货[1]。"后边一个人笑着，改正老孙

---

[1] 西口货：长城西段诸口的皮货。

头的话。

"这是啥料子？"萧队长绕过皮衣堆，走到布匹堆跟前，拿起一板黑色呢质的衣料，问老孙头。老孙头眯着眼睛，看了老半天，反问道：

"你猜呢？"

"识不透？"后面一个年轻人说。

"这是华达呢。"另一个人说。

"这叫哗啦呢，"老孙头说，"穿着上山赶套子，碰到树杈，哗啦一声撕破了，不叫哗啦呢叫啥？"

他们一边走，一边谈，从一堆一堆、一列一列的衣裳杂物中间走过去。

"这是啥？"萧队长提起一件蓝呢面子、青呢镶边的帐篷似的东西，问老孙头。

"这是车围，"老孙头说，"围在车上的，财主家都有四季的车围。这蓝呢子的，是秋天用的，冬天是青色的，还带棉絮。风里雪里，小轿车围得严严的，一点不透风，在半道也像在家似的。"

好些人都围了拢来，争看这结实的蓝呢子车围。

"这是翠蓝哈达呢，清朝的东西。"老孙头说。

"这家伙多硬实。"一个戴草帽的说。

"这才是正装货呐。"一个戴着帽边搭拉下来的毡帽的人说。

"做裤面多好。"一个光头说。

"做啥都行，不知谁摊到。"戴草帽的说。

分劈衣物的人还在往这车围上添些零碎的东西，老孙头说：

"不要往这上放了。这家伙硬实，不用再添，添到别的堆上去。看那一堆，光一件娘们穿的花绸衫子，庄稼人要那干啥？庄稼人就是要穿个结实。花花绿绿的绸衫子啥的，瞅着好看，一穿就破。快添一件大布衫子上去，都得分得匀匀的。打垮大地主，都出了力呗。"

他们走到了鞋子堆的旁边。

"咱们走进鞋铺子里来了。"老孙头瞅着鞋堆说。三百多双靴子和鞋子，堆在一起，有男鞋、女鞋、皮鞋、胶皮鞋、太阳牌的长统胶皮靴、皮里子的长统大毡靴；大鞋铺里也还没有这样多现货。

"怨我成年光着脚丫子呢，鞋子原来都给大地主窖起来了。"老孙头说，"这鞋子咋分？"

管鞋子的老初说：

"谁要，谁来领，一双双作价，不是论堆。"

"衣裳不是配得一堆堆的吗？"老孙头问。

"衣裳是谁家都要，一家一堆，鞋子啥的，也有要的，也有不要的，谁要谁来领。"

"那咋算呀？"老孙头问。

"比如你是一等一级，该劈五万，衣裳布匹一堆作价作四万，你还能领一万元的东西，领鞋子，领线，领锅碗瓢盆，领铧，领锄，缺啥领啥。"老初说。

"这是谁兴的主意？"老孙头问。

"郭主任。"老初说。

"他脑瓜子真灵。领马行吗？"老孙头问老初。

"咋不行呢？领马就不能领衣。"

"走吧，咱们找郭主任去。"老孙头说着，邀着萧队长、小王和刘胜，走到郭全海跟前。郭全海、白玉山和李大个子三天没有回家，三宿没有合眼了。赵玉林办完了农会的组织上的事情，也来帮着分东西。他们黑天白日都忙着，带领三四十个新积极分子，品等级，配衣布，标价钱，忙得没有头。但是他们都欢天喜地，像办喜事的人家的当家人似的。看见老孙头过来，大伙又笑闹起来。

"老孙头，你要领啥？"郭全海迎面问他。

"配啥算啥呗。"老孙头满脸笑着，嘴里这么说，眼睛却骨骨碌碌地老瞅着马圈。

"给你这两个洋枕，老两口子一人睡一个，软软乎乎的。"郭全海从乱布堆里翻出一对绣花漂白洋布枕头来，伸给老孙头。这赶车的接在手里，眯着一只眼，瞅着上面的绣花，他说："有红花，有月亮，还有松木。呵，瞅瞅，这儿，还有字哩。刘同志你识文断字，帮我念念。"说着，他把枕头伸到刘胜的眼前。

"祝君快乐。"刘胜念着一个枕头上的朱红丝线绣的四个字。

"哈哈。"老孙头大笑起来，"这倒是一句

应景的话，光腚的人家劈了衣裳，缺吃的人家分了粮食，还不快乐？不用你祝，也都快乐了。再念念这一句是啥？"

"花好月圆。"刘胜念着。

"听不准。"老孙头说，眯一眯左眼。

"花好是一对花才开，月圆是一轮月亮挂天头，分给你正好。"刘胜解释完了，笑着添一句。

老孙头说：

"一对花才开，送给我？我老孙头今年平五十，老伴四十九，说是一对花才开，这花算是啥花呀？老花眼镜的花吧？"

周围的人都哈哈大笑，连萧队长也笑弯了腰。小王笑得连忙擦泪水。刘胜笑得连连晃脑瓜，差点把眼镜子晃落。赵玉林笑得嘴里尽骂着："看你这个老家伙。"郭全海笑得捧着小肚子，连声说道："这可把人乐坏了。"李大个子一边笑，一边拍拍郭全海的肩膀头说：

"祝君快乐，祝君快乐。"

老孙头早就不笑了，他是这样：人家笑，他就不笑，人家越笑，他越装鬼脸，眯眼睛，逗得人越笑。

"这俩洋枕，我决不能要。"他说。

"那你要啥？"郭全海止住笑问他。

"我要那四条腿子的家伙。"老孙头说，眯着眼睛又瞅瞅马圈里的嚼草料的马匹。

"这事好办，没有比这再好办的了。四条腿子的有的是，给你这炕桌，你数数腿子，直直溜溜的腿子，整整四条，一条也不缺。"郭全海说。

"我要这炕桌干啥？我要那四条腿子的吃草嚼料的，我赶了半辈子外加半辈子的大车了，还没养活过牲口。"老孙头说。

"你要牲口吗？"郭全海不闹着玩了，认真

地说，"咱们回头合计合计，再告诉你。"

到下晚，衣裳分完了。三大缸豆油，一大缸荤油，三百多斤咸盐，也都分完了。三百多户精穷的小人家，都得到了东西，三十六匹马和骡子，分给了一百四十四户无马的小户，四户分一匹，一家一条腿。老孙头分了一匹黄骠马的一条腿。韩家大院的上屋给农会做办公室。郭全海没有房子住，搬到了农会的里屋。老田头的三间草房被韩老六的牲口整坏了，就把韩家大院的东头的三间下屋赔给他。在这同时，又查出了韩老六五十垧黑地，分给缺地的人家。韩老六家的八只白鹅和二十只大猪都没有分劈。白鹅谁也不愿意要。

"有钱莫买长脖子货。"老孙头说。

"不要钱，送你。"郭全海说。

"送我也不要，那玩意儿吃的不老少，缺吃小户哪能喂得起？"老孙头说。

二十只大猪不好分，有人提议都杀了，办一顿酒席，全屯小户都来欢天喜地吃顿翻身饭。赵玉林反对，说：

"咱们翻身要翻个长远，大吃二喝，也不是咱们穷伙计的宗旨。猪搁在农会，到时候卖了，再去买马，现在咱们小户一户一条腿，到年备不住能多分一条，过年一家能分一匹囫囵个儿马，那不好吗？"

"同意你这个意见。"郭全海首先响应说。

"我也同意。"老孙头说。

"大家同意，就这么的吧。"赵玉林这样一说，有些想要猪肉的人不好意思吱声了。

事情办完了，郭全海当夜就搬进了韩家大院。老田头第二天才搬。

全屯三百来户小户都分到了东西。缺穿的，分到了衣裳。缺铺缺盖的，分到了被褥。缺吃的，背回了粮食。几辈子没有养活牲口的人家，有了一条马大腿了。成年溜辈菜里连油珠子也没见过的人家，现在，马勺子里吱呀吱呀的，用豆油煎着干粮，外屋喷出油香了。

家家户户，老老少少，都欢天喜地。有好些个人，白天乐得咽不下饭，下晚喜得睡不着觉。

"这才叫翻身。"老大娘都说。

"这才算民主。"老头们也说。

"伸了冤，报了仇，又吃干粮了。"中年人说。

"过好日子，可不能忘本，喝水不能忘了掘井人。"干部们说。

"嗯哪，共产党，民主联军是咱们的大恩人。"积极分子说，"咱们不能忘情忘义呐。"

屯子里是一片新鲜的气象，革命的气象。人们快快乐乐的，不知咋办好。张景祥分到一双太阳牌的长统胶皮靴，满心欢喜。他回想起来，伪满"康德"十二年，韩老六在一个下雨天，就是穿着这双胶皮靴，为了他在韩家井里担了一挑水，用靴尖狠狠地踢他三脚。如今，这靴子穿到他的脚上了，他快活，他高兴，嘴里不住地唱着关里的歌曲。天不下雨，他也穿着胶皮靴，在公路上溜达溜达，不走干道，尽挑泥洼子去踩，泥水飞在旁边一个人身上，他用袖子去替人揩泥。他的近邻，跑腿子的花永喜，分了一件妇女穿的皮大氅。他的左邻右舍去贺喜，大伙围着看大氅，七嘴八舌都议论起来。

"正装西口货。"贺喜的人们中的一个说。

"这可赶趟[1]了。"贺喜的人当中的另一个人又说。

"那可不？"张景祥说，"你看，多好，多热乎，

---

[1] 赶趟：时间上正合适。

雪落不到身上，就化了。"

"可惜是妇道穿的。"

"娶一个呗。"一个人向花永喜提议。

"找一个搭伙的[1]也行。"一个姓吴的提议，他老伴是搭伙来的，还带来一个能扛半拉子活的小子，他自己觉得是占了相赢[2]，别人都笑他，他想找花永喜做一个同伴。

"拉帮套[3]也好。"有人有心说笑话。

"找你娘们行不行？"老花也还他一句。

唠到半夜都散了。劝老花婆亲的话，大伙是闹着玩的，回去都忘了。老花自己却在炕上，翻来覆去，半宿没合眼，他寻思自己岁数也不太小

---

[1] 搭伙的：非明媒正娶的配偶。

[2] 相赢：便宜。

[3] 拉帮套：过去北满农村妇女少，贫苦农民养不起老婆，常常是两个男子共同养活一个女人，那个丈夫之外的男子叫做拉帮套。

了，快到四十岁，翻身也翻了过来。没有屋里的，总不能安家。但要娶媳妇，钱从哪来？他前思后想，左盘右算，准备把大氅卖掉，卖出一笔钱。钱有着落了，可是人呢？这屯子里年轻姑娘没有相当的。想来想去，他想起了斗争韩老六的张寡妇，岁数相当：三十六七，人品也还不大离。"好吧，就这么的吧。"好像只要他乐意，对方毫不成问题，准能嫁给他似的。当天下晚，三星晌午时，他昏昏迷迷地睡了。一会儿，天蒙蒙亮，他翻身起来，不吃早饭，就往张寡妇家跑去，才到大门口，他冷丁想起："要她问我来干啥的呢？"他脸上发烧，心里乱跳，藏头缩尾，想退回去，张寡妇早瞅见他了。

"花大哥，到屋吧。"张寡妇把头伸到敞开的窗口，招呼他进去，并且问他，"吃了吗？"

"吃过了。"老花撒谎了。

"你家的饭真早，这大早晨，上哪儿去呀？"张寡妇一面缝被子，一面问他，瞅着他笑笑。

"我想上农会去，跟赵主任合计点事情。"花大哥又说假话了。

"你们真忙。"张寡妇说，抬头看了他一眼。

"嗯哪，这两天忙一点，赵主任老问我意见，我说，你办了就是……"他说到这儿，觉得说不下去了。因为没有话说，脸又发烧了。

"你家炕扒了没有？"半晌，他脑子里钻出这么一句话。

"没有呀，没人扒呗。"张寡妇说，一面低头缝被子。

"我给你扒。"老花好像得了救星似的连忙担负这差使。

"好，那真是好，正叫不到工夫匠，多咱能来？"

"多咱来都行。"花永喜说完，辞了出来，欢天喜地往回去。赶到扒炕那天，他俩已经谈到为了冬天节省烧柈子，两个烟筒不如并成一个烟筒的问题了。张寡妇的被子，也是分的。这是一床新的三镶被，漂白洋布的被里，红绸子的被面，当间镶着一道青绸子，张寡妇怕盖埋汰了，外面用一块旧布包着。那天老花看见她缝的，就是这被子。老花给她扒完炕，两个烟筒并成一个烟筒，以便节省柈子的时候，张寡妇把这分到的三镶被的包在外边的破布拆下了，露出了深红绸子的被面。但这是后话。

老花跟张寡妇相好的消息，不久传遍了全屯。首先知道这事的，是住在张寡妇的西屋的老初家，老初把这消息悄悄告诉他的好朋友，并且嘱咐他："你可不能告诉别人呀。"那位好朋友又悄悄地告诉自己的一个好朋友，也嘱咐他："你可不能告诉别人呀。"但是他又告诉别的一个人。就这么的，一个传十个，十个传一百，全屯男女通通知道了，但是最后传开这个消息的人，还是嘱咐听他这个消息的好朋友说：

"你可不能告诉别人呀。"

这件新鲜事，老初是怎么发现的呢？一天下晚，他起来喂马，听见东屋还有男人的声音，不大一会，老花走出来，事情明明白白了。这个老初，也是穷户，打鱼的季节，住在黄泥河子河沿上的鱼窝棚里头，捞点鱼虾，平常也种地，从来没有养活过牲口。这次他和另外三家分了一匹小沙栗儿马，六岁口，正好干活的岁数。四家合计：把马养在老初家。马牵回家的那天，老初两口子喜得一宿没有合上眼。老初问娘们：

"没睡着吗？"

"你呢？"娘们反问他，"听，听，不嚼草了，备不住草又吃完了，快去添。"

老初起来，披上一条麻布袋，娘们也跟着起来，用一条麻袋，裹住她的胸前一对大咂咂[1]。两口子黑间都舍不得穿那分得的新衣裳。他俩点起明子，走到马槽边。真没有草了，老初添了一筐铡碎的还是确青的稗草，老娘们又走到西屋，盛了一瓢稗子倒进马槽里。两口子站在马圈边，瞅着马嚼草。

"这马原先是老顾家的。"老初说，"'康德'十一年，老顾租了韩老六家五垧地，庄稼潦[2]了，租粮一颗不能少，老顾把马赔进去。这回分马，赵主任说是要把这儿马还他，'物归原主'，他不要。"

"咋不要？"娘们问他。

---

[1] 大咂咂：乳房。
[2] 潦：遭水淹了。

"人家迷信：好马不吃回头草。"老初说。

"看你这二虎[1]，人家不要的，你们捡回来。真是寿星老的脑袋，宝贝疙瘩。"

"你才二虎哩，人家迷信好马不吃回头草，我怕啥呢？这马哪儿去找？口又小，活又好，你瞅这四条腿子直直溜溜的，像板凳子一样，可有劲呐。"

"四条腿子，你也只有一条，你乐啥？"娘们嘴里这么说，心里还是挺快乐，两口子的感情都比平日好一些。他俩睡在炕头上，听见马嚼草料的声音，老初娘们好像听见了音乐一样地入神，常常摇醒老初来，她说：

"你听，你听，嚼得匀匀的。"

屯子里还有睡不着觉的老两口，就是老田头

---

[1] 二虎：傻里傻气。

夫妇。他俩搬进韩家大院东下屋，又分了韩老六的一垧半黑地，地在北门外他们姑娘的坟茔的附近。插橛子的那一天下晌，瞎老婆子定要看看自己的地去，老田头扶着她，走出北门，走到黄泥河子河沿的他们的地里，老田头停住。

"这就到了？"瞎老婆子问。

"嗯哪。"老田头回答她。她蹲下来，用手去摸摸垄台，又摸摸苞米棵子，抓一把有沙土的黑土在手里搓着，搓得松松散散的，又慢慢地让土从手指缝里落下。她的脸上露出笑容，这是他们的地了，这是祖祖辈辈没有的事情，早能这样，她的裙子也不会死了。

"今年这庄稼归谁？"瞎老婆子问。

"青苗随地转。"老田头回答。

这时候，日头偏西了，风刮着高粱和苞米棵子，刮得沙啦啦地发响。高粱的穗头，由淡黄变成深红，秫秸也带红斑了。苞米棵子也有些焦黄。天快黑了，她还坐在地头上，不想动身。

"回去吧，快落黑了。"老田头催她。

"你先回去吧，我还要到裙子坟茔地里去看看，那时咱们要有地，就不会受韩家的气，裙子也不会伤了。"老田太太说着，举起衣袖擦眼睛。

"快走，快走，西北起了乌云。早看东南，晚看西北。快下大雨。要不快走，得挨浇了。"老田头骗她回去，因为怕她又上裙子的坟茔，哭得没有头。

两口子慢慢往回走。才进北门，碰到老孙头赶着一挂车，正从东头往西走。

"老田头，上哪儿去来？"老孙头笑着招呼老两口。

"到地里去来。"老田头回答。

"快上来，坐坐咱们的车。"他忙停下车来，让老田头两口子上车，于是一面赶着马飞跑，一面说：

"看那黄骠马，跑得好不好？"

"不大离，"老田头说，"几岁口了？"

"八岁口，我分一条腿。李大个子也分一条腿。我说：'你是打铁的，不下庄稼地，要一条马腿干啥？全屯的马掌归你钉，还忙不过来，哪能顾上喂马呢？你把那条腿子让给我，好吧？你是委员，该起模范呗。'李大个子说：'你这老家伙，你要你就拿去得了呗。'我告诉他：'你真是好委员，我拥护你到底，回头我的马掌一定归你钉，不找别家。'老田头，咱有两条马腿了。瞅这家伙，跑得多好，蹄子好像不沾地似的。远看一张皮，近看四个蹄，这话不假。"

"你上哪儿去？"老田头问。

"上北大院，如今不叫韩家大院，叫北大院

了。"老孙头说,"郭主任分粮,忘了给他自己留一份,如今缺吃的,我给他送点小渣子去,吁吁。"老孙头赶着牲口,绕过泥洼,走上平道,又回过头来,对老田头说:"你听说吗,小猪倌伤养好了,回来了,公家大夫给他涂了金疮药。咱八路军的大夫,可真是赛过华佗,小猪倌揍得那样,也整好了。"

"那小嘎,没爹没娘的,住在哪儿呀?"老田头瞎婆子连忙问。老孙头又唠起来了:"郭主任说:'跟我一起住。'赵主任不赞成他:'那哪能呢?你一个跑腿子的,还能领上个小嘎?烧水烧饭,连连补补多不便。我领去,有我吃的,管保也饿不着他。'吁吁。"老孙头忙把马喝住。到了原来的韩家,现在农会的黑大门楼的门口,老孙头跳下车子,把车上的一麻袋渣子背到小郭住着的西上屋。他出来时,老田头的老伴瞎老婆子托他捎一篮子土豆子送给小猪倌。小猪倌被韩老六差一点打死，引起瞎老婆子想到她姑娘。对于地主恶霸的冤仇，使得他们觉得彼此像亲人。她的关心小猪倌，就像关心她自己的小孩一样。老孙头把土豆子放在车上，赶着车子，一溜烟往赵玉林家跑去，半道碰到白玉山。老白左眼角上现出一块通红的伤疤。

"咋的？挂彩了？"老孙头慌忙喝住马问他。

"还不是落后分子整的。"白玉山站在车前，从根到梢说起白大嫂子跟他干仗的事情。白玉山分一垧近地，有人背后嘀嘀咕咕了：

"翻身翻个半拉架，光干部翻身。"

李大个子听到了这话，连忙告诉白玉山，老白随即把自己分到的近地，跟一个老跑腿子掉换一块远地，背后没人嘀咕了。他寻思这事处理得妥当，下晚回去，欢欢喜喜告诉他媳妇。白大嫂子正在给他做鞋底，听到这话，扬起她的漂亮的漆黑的眉毛，骂开来了：

"看你这二虎吧唧稀里糊涂的家伙，拿一块到手的肥肉，去换人家手里的骨头，跟你倒半辈子的霉，还得受半辈子的罪。"

"干部该做模范呗。"白玉山说。

"模范不模范，总得吃饱饭。你换上一垧兔子不拉屎的石头砬子地，那么老远，又没分马，看你咋整？"

"饿不着你的，放心吧。"白玉山说，有点上火了。

"我到农会去把原先那地要回来。"白大嫂子真要从炕上下地，白玉山一把拖着她胳膊，不让她走，两人扭做一堆了，白玉山的左边眼角上挨了一鞋底。看见他眼角出血，白大嫂子愣住了。她有一些害怕，也有些后悔，但又不肯低头去给他擦血，她坐在炕沿，不吱声了。老白没还手，就出来了，走到门口，才骂一句："落后分子。"

把这事情根根梢梢告诉老孙头以后，这老赶车的一面晃动鞭子，赶着大车走，一面笑着说：

"老娘们嘛，脑瓜子哪能一下就化开来了？还得提拔提拔她，往后，别跟她吵吵，别叫资本家笑话咱们穷伙计。"老孙头从工作队和农工会学了好些个新话，"提拔"和"资本家"，都是。当时他嘴里这么说着，心里却想："要我分一垧近地，也不肯换呀。"

不知不觉，车已来到了赵玉林家里。老孙头把土豆子篮子提进去，说明是老田太太送给小猪倌的。赵家三口跟小猪倌正吃下晌饭。

"来，吃点吧。"赵玉林的屋里的说，"锁住去拿碗筷来。"

"吃过了。"老孙头说，"锁住你不用去拿

了。"老孙头看那炕桌上摆了一碟子大酱，几片生白菜，两个生的青辣椒。饭是渣子粥。

"当主任的人，元茂屯是你说了算，还喝着稀的，咋不整点馍馍、饼子啥的吃吃呀？"老孙头说，眼瞅着炕桌。

"听到啥反应？"赵玉林没有理会老孙头关于吃喝的话，问着一连串的问题，"老百姓满意不满意？劈的衣服都能对付过冬吧？"

"啥也没问题。老百姓只有一点不满意，说赵主任自己分得少。他们都问：'赵主任不是穷棒子底子吗？咋能不分东西呢？'我说：在'满洲国'，咱们哥俩是一样，都是马勺子吊起来当锣打，穷得丁零当啷响。那时候，赵主任也不叫赵主任，叫赵——啥的，说出来砢碜[1]。现下咱

---

[1] 砢碜：难听。

们穷人'光复'了，赵主任当令，为大伙办公，为大伙是该屈己待人的，可是啥也不要，叫锁住跟锁住他妈还是穷得丁零当啷响，也不像话，回头别叫资本家看笑话，说咱们这四百人家的大屯子，连一个农会主任也养活不起。"老孙头说得屋里的人都笑了。

"你这老家伙，没看见咱们一家子都穿上了吗？"赵玉林说着，一面拿起一片白菜叶子伸到碟子里头蘸大酱。老孙头再唠了一会闲嗑，告辞出来，赶车走了。

锁住和锁住的娘，都穿了一件半新不旧的白洋布衫子。赵玉林把自己列在三等三级里，分了一些破旧的东西，他屋里的看着人家背回一板一板的新布，拿回一包一包的新衣，着忙了。下晚，她软和地对赵玉林道：

"人家说：咱们算一等一级，该多分一点，

光分这几件破旧衣裳，咋过冬呀？"

　　"能对付穿上，不露肉就行。'满洲国'光腚，也能过呀。"赵玉林回答她。锁住他妈，是一个温和驯顺的娘们，多少年来，她一声不吱，跟赵玉林受尽百般的苦楚。在"满洲国"，常常光着腚下地，这是全屯知道的事情。因为恋着他，她心甘情愿，毫无怨言。如今他当上主任，人家说，锁住他妈出头了。主任是啥？她不摸底，光知道赵玉林当上主任以后，天天起五更，爬半夜，忙的净是会上的事情，家事倒顾不上了。水没工夫挑，梢条也没工夫整，头回整一天，搁在河沿，坏根给烧了。她的日子还是过得不轻巧，但是她也心甘情愿，毫无怨言。她恋着精明强干而又心眼诚实的老赵，他是她的天，她的命，她的一切，她的生活里的主宰。赵玉林说："不露肉就行。"她也想："不露肉就行，要多干啥？"可是今儿赵玉林因为农会事情办得挺顺利，心里很舒坦，而且觉得他的女人真是一个金子不换的娘们，他怕她心眼不乐，抚慰她道：

"你别着忙，老百姓都有了，咱们就会有的。"

他又觉得近来自己太不顾及家里事情了，头回整的梢条被人点火烧掉以后，没有再去割，天天东借西凑，叫她犯难。他决心第二天再去割梢条，借一挂车，割完往家里拉，免得再出啥岔子。

打过柴火以后的第二天清早，赵玉林牵着三匹马，到井台去饮。刘德山迎面跑来，气喘吁吁对他说：

"你还饮马哩！"

"咋的？"

"起胡子了。韩老六兄弟韩老七带一百多人，尽炮手，到了三甲屯。胡子都白盔白甲，说是给韩老六戴孝，要给他报仇。你倒挺自在，还饮马哩，屯里人都乱营了。"刘德山说完，就匆匆走了。赵玉林听到这话，慌忙翻身骑上一匹儿马子，牵着那两匹，一溜烟地跑回家里，拴好马匹，拿起钢枪，跑到工作队。萧队长正在一面摇动电话机，一面吩咐张班长，立即派两个能干的战士，到那通三甲的大道上去侦察。

"来得正好，"萧队长把耳机子放在耳边，一面招呼赵玉林，"快到屯子里去，叫大伙都不要惊慌，不许乱动。咱们屯子里不乱，来一千个胡子也攻打不下。电话咋不通？"萧队长说着，放下耳机，又摇机子。

赵玉林从工作队出来，从屯子的南头跑到北头，西头走到东头。他瞅见好些人家在套车，好些人抱着行李卷，在公路上乱跑。

"大伙不要乱跑，别怕，胡子打不过来的，

怕啥？萧队长打电话上县里去了，八路军马溜[1]开来了。"他一面走，一面叫唤，人们看见赵主任不光是不跑，还来安民心，便都安下心来了，有的回去了。

"你们回去，快快拿起扎枪，洋炮，跟工作队去打胡子。"赵玉林叫着。

电话打不通，萧队长把耳机子使劲摔在桌子上，说道："电话线被切断了。"他从桌边站起来，皱着眉头，在屋里来回地走着。他小声地自言自语道："只有这么办。"往后又大声叫道：

"张班长，快借一匹马，上县里去，叫他们快派兵来，来回一百里，要在八个钟头里，赶到三甲的附近。"

他从衣兜里掏出小本子，撕下一页，从刘胜

---

[1] 马溜：快。

上衣兜里抽出一支自来水钢笔，用连笔字写道：

县委，十万火急，三甲起了胡子，约五十来个，枪马俱全，即派一连人增援。此致布礼。萧祥。九月三日。

张班长拿着信走了。人们三三五五都到工作队来了，有的来打听消息，有的来询问主意。白玉山走了进来，在门边坐下，枪抱在怀里。

"起了胡子，你知道吗？"萧队长问他。

"早准备好了。"白玉山回答。

"准备好啥？"萧队长问他。

"水来土掩，匪来枪挡。咱们把钢枪、扎枪、洋炮跟老母猪炮[1]，都准备好了。"

---

[1] 老母猪炮：一种土炮。

“要是挡不住呢？”

“跑呗。”

“跑不了呢？”

“跟他豁上。他长一对眼睛，我长两只，谁还怕谁呀？”白玉山说着，站起来了。

“对，对，你带领自卫队的一半，留在屯子里。再给你们一支大枪，副队长是张景祥吧？这枪给他。这屯子好守，有土墙，有三营在这筑好的工事，把老母猪炮搁在南门外的水濠这一边，你拿一支大枪作掩护。东西北门都关上，派人拿洋炮把守。张景祥带两个人到屯子里巡查。万一要撤，退到韩家大院去，叫老百姓都蹲在院里、屋里。带枪的人都到炮楼上守望。这么的，别说三五天，一个月也管保能守。记着：万一要退守韩家大院，人人得带一星期粮食。”

“萧队长你呢？”白玉山问，“你撤走吗？”

"萧队长，你要撤走，我给你赶车。"胆小的老孙头连忙说道，"这屯子交给老白家得了。"大伙笑着。萧队长没有顾上回答老孙头的话，放低声音，忙对李大个子说：

"你加点小心，留心是不是有坏人活动。好好瞅着粮户和他们的腿子，还有那些不愿献出'海底'[1]的'家理'头子，都给他们画地为牢。他们要动，开枪打死不偿命。"

白玉山、李常有和张景祥以及其他留在屯子里的人们，都布置去了。萧队长自己把匣枪别在前面，迈出学校门，大踏步地往南门走去。他的背后是老万、小王和刘胜，他们的匣枪，有的提在手里，有的别在腰上。再后面是警卫班，子弹上了膛，刺刀插在枪尖上。擦得雪亮的刺刀，在

---

[1] 海底：青帮的证件。

黄灿灿的太阳里，一闪一闪晃眼睛。警卫班后面，赵玉林和郭全海带领一大帮子人。这些人的手里，拿着各式各样的武器：洋炮、扎枪、斧子、锄头和棒子。有一个人背着一面红绸子旗子，上面写着："元茂屯农工联合会"。这是分果实时，赵玉林留下的一块红绸子，他叫他屋里的用白布缝了上面八个字。萧队长回头看见这旗子，连忙叫道：

"旗子留在家里，不要跟去。"

旗子留下，插在南门旁边的土围子上头。通红的柔软的旗子，在东南风里不停地飘动。常常露出漂白的洋布制成的大字："元茂屯农工联合会"。

萧队长带领大伙出了南门，走过水濠上面的木桥，人们三五个一排，顺着公路走。道旁是高粱和苞米棵子，人走进去，露不出头来。萧队长派两个战士提着大枪，从道旁的庄稼地里，搜索前进。

"快走，"萧队长挥动胳膊，向后面的人招呼，"咱们要赶到那两个小山跟前，去抢一个高地。"

萧队长的话还没落音，"当当"两下，前面枪响了。往后，时稀时密，或慢或紧的，各种步枪都响起来了。萧队长侧着耳朵听一会，说道：

"还远，离这有一里多地。那一声是三八，这一声是连珠[1]。"

有些从没参加过战斗的人，吓得趴在庄稼地里了。萧队长招呼他们道：

"别怕，别怕，都跟我来。"

"啪"的一枪，从近边苞米地里，打了出来，

---

[1] 三八：日造步枪。连珠：也是一种步枪，不知哪国造。

子弹声音嘶嘶的，低而且沉。

"赶快散开来。"萧队长叫道，"卧倒。"
他光顾指挥人家卧倒，自己却站在道旁，一颗子
弹从他右手背上擦过去，擦破一块皮。

"挂花了？"小王、刘胜同时跑上来问他，
小王忙从自己衬衣上，撕下一块布条，给他裹伤。

"要紧不要紧？"赵玉林和郭全海也赶上来
问道。

"不要紧，飘花。"萧队长忙说，"你们快卧倒，
快快。"还不及说完，一颗子弹正射击在赵玉林
的枪托上，瞅着萧队长挂了彩，自己枪上又中了
一弹，老赵上火了，他也不卧倒，端着枪，直着
腰杆，嘴里不停地怒骂，一面开枪，一面朝敌人
放枪的方向跑过去。后面的人瞅着他奔上一块比
较高的苞米地，两手一摊，仰脸倒下了。倒在地
上，他的右手还紧紧地握住大枪，他的脊梁压倒

了两棵苞米，脖子坎在垄台上，草帽脱落了，头耷拉下来。他才分到手的一件半新不旧的青布对襟小褂子的衣襟上浸满了通红的血。

"打在哪儿？"萧队长跑来，蹲在他面前。他的右手包扎了，用布条挂在胸口，他只能用左手扶起赵玉林耷拉的头，搁在垄台上，又忙叫老万检查他的伤口，替他包扎，要是伤重，立即送县。萧队长说完，自己站起来，用左手掏出匣枪来，朝南放了一梭子，趁着对方枪声暂时咽住的时候，他带领着警卫班，猛冲过去了。郭全海上来，屈着右腿，跪在赵玉林跟前。

"赵主任！"郭全海叫着，望着他的变了颜色的脸面，他喉咙里好像塞住了什么，一时说不出话来，赵玉林睁开他的眼睛，瞅着郭全海跪在他跟前，他说：

"快去撵胡子，不用管我，拿我的枪去。"

才说完，又无力地把眼睛闭上。

枪声越来越紧密，子弹带着喔喔嘶嘶的声音，横雨似的落在他们的前后左右，弹着点打起的泥土，喷在赵玉林的头上、脸上和身上。老万说：

"你们都走吧，留一人帮我就行。"

郭全海眼窝噙着泪水，叫老初留下帮助老万，自己抚一抚赵玉林的胳膊，捡起他的枪，正要走时，老万叫住他道：

"老郭，子弹。"郭全海从赵玉林上身，脱下子弹带，褪了颜色的草绿色的子弹带子上，一块一块，一点一点的，染着赵玉林的血。

郭全海撵上大伙，跟萧队长猛冲上去了。元茂屯上千的老百姓，呼啦呼啦地，也冲上去了。听到人的呼叫声、苞米棵子的响动声去得远了的时候，赵玉林才松开咬紧的牙关，大声哼起来：

"哎哟。"

老万解开他的布衫的扣子。一颗炸子，从他肚子右边打进去，沾着血的肠子，从酒樽大的伤口，可怕地淌了出来。

"我不行了。"赵玉林痛得满头大汗，说。

"你会好的。"老万眼窝里噙着泪水，一面用手堵住正在流淌出来的肠子，把它塞进去。他打发老初回去整车子，盘算尽快把他送到县城医院去。

"我不行了，你们快去撵胡子，甭管我了。"

"你能治好的，咱们送你上医院。"

枪声少些了。胡子的威势给压下去了。萧队长占领了一个岗地。他们已经能够看见密密的苞米和高粱棵子里的胡子，疏疏落落的，伏在洼地的垄沟里。

双方对敌着，枪声或稠或稀的，有时候了。萧队长叫自卫队寻找些石头砖块，在岗地上垒起一个小小的"城堡"，又叫人用锄头，用扎枪头子挖出一条一条的小小的壕沟，叫大伙伏在壕沟里准备进行持久的战斗。

胡子冲锋了，呼叫一大阵，人才露出头。他们刚冲到岗地的脚下，萧队长一声号令，大枪小枪对准前头七八个人射击，有两个人打翻了，抛了大枪，仰天躺在地头上。其余的就都退走了。

歇了一会，胡子举行第二次冲锋。这一回，他们改变了战法，不是一大帮子人呼啦呼啦地从正面直线冲过来，而是从那密密稠稠的青棵子丛里，一个一个，哩哩啦啦地，从左翼迂回地前进。眼瞅接近萧队长的"城堡"了。

"老弟，你歇一歇吧。"花永喜对他旁边一个右手挂了彩的年轻战士说。花永喜把手里的洋炮撂下，跑到前面一块石头边，捡起胡子扔下的一棵九九枪，从打死了的胡子的身上解下子弹带。

正在这时，胡子一颗子弹把他草帽打飞了。他光着脑瓜子，卧倒在地上，把枪搁在一块石头上，眯着左眼，又回过头去，朝着大伙摆手，小声地叫道：

"别着忙，别着忙。"他又细眯着左眼，右脸挨近枪，却不扣枪机。这时候，胡子趁着这边没动静，凶猛地推进，有些还直着腰杆。眼瞅扑上土岗了，老花还是不打枪。

"王八犊子，咋不打枪，你是奸细吗？"负了伤的小战士不顾伤痛，用左手扳动枪机，枪不响：没有子弹了。抬头看见花永喜还不放枪，他急了，奔扑过来，一面骂，一面要用枪托来打他。

"别着忙呗，瞅我这一枪！"老花把枪机一扣，打中一个跑在头里的胡子的脑瓜子。再一枪，又整倒一个。打第三枪的时候，头里的几个胡子慌慌张张撤走了，后面一大群胡子起始动摇观望，终于也都撤走了。

"你贵姓？"小战士上来问老花，用左手抓住他的右手。

"他姓花，外号叫花炮。"后面有人代替花永喜回答，"咱们快喝他的喜酒了。"

"你听他瞎扯。"花炮提着枪，带笑否认快吃喜酒的事情。

萧队长叫大伙检查大枪子弹。小战士不剩一颗，其他的人都剩不多了，有的只剩二三颗，有的还有十来颗。萧队长吩咐把所有子弹全收集拢来，六五口径的，集中在郭全海手里，他拿了赵玉林的那支三八枪。七九口径的，集中在花炮手里，他捡了胡子一棵九九枪。花炮伏在头里，瞄准胡子的方向。其余的人都上好刺刀，准备在子弹完了，救兵不到的时候，跟胡子肉搏。萧队长布置了这边以后，忙叫郭全海过来，他俩小声唠一会。郭全海提着大枪，跟一个警卫班战士老金，从垄沟里，爬到右边高粱地，就不见了。

不大一会，在老远的前头，在胡子的左翼，发生了枪声。胡子乱套了。他们的长短枪，齐向枪声发生的方向，当当地射击。那边，是县里援兵的来路，也是容易切断胡子归路的地方。胡子怕自己的归路被切断，又怕县上援兵来，用最大部分的火力，对付那边。只用稀疏的几枪，牵制这面。

"他们的主力转移了。"萧队长笑着说，侧卧在地上，放下枪来，从衣兜里掏出一张纸，又掏出一个小小鹿皮袋，里头盛满了黄烟，他一面卷着烟卷，一面跟老花唠嗑。

"凭着这些子弹，能支持到黑吗？"萧队长问。

"咋不能呢？"花永喜说。

"枪法怎么学来的？"

"起小打围，使惯了洋炮，要是子弹足，这一帮胡子全都能收拾。"花永喜说着，又瞄准对面，却不扣火。

"花大哥冬天打狍子，一枪能整俩。"后面有人说。

"狍子容易整，就是鹿难整，那玩意儿机灵，跑得又快，一听到脚步声音，早蹽了，枪子儿也撵它不上。"

"黑瞎子也不容易打吧？"萧队长一面抽烟卷，一面问他。

"说不容易也不难，得摸到它的脾气。一枪整不翻它，得赶快躲到一边去，它会照那发枪的方向直扑过去，你要站在原地方，就完蛋了，打黑瞎子要用智力，也要胆大，那玩意儿黑乎乎的，瞅着也吓人，慢说打它。"

快到黄昏，胡子的枪又向这边射击了。他们

似乎发觉那边是牵制。这回打得猛，子弹像下雨似的，喔喔嘶嘶的，十分热闹。有一颗子弹，把萧队长的军帽打穿了，并且剃去了他一溜头发，出血却不多。花炮只是不答理，胡子中间的一个，才从高粱地里伸出头来，老花一枪打中了，回头跟萧队长说：

"胡子要冲锋了。"

"给他一个反冲锋，来呀，大伙跟我来。"萧队长朝后面招呼，立即和花炮一起，一个纵步，蹦出"城堡"，往下冲去。

"杀呀，"老花叫唤着，"不要怕，革命不能怕死呀，打死韩老七，大伙都安逸。"他一面呼唤，一面开枪，萧队长也放了一梭子子弹，胡子队里，又有两个人倒下。后面的人都冲下岗地，那些手里只有扎枪的，从打死的胡子的身边，捡起了大枪，又从他们身上解下子弹带。在这次反冲锋当中，他们捡了四棵大枪，好多弹药。花炮不用节省子弹了，他不停地射击着。他不照着胡子的脑瓜子打，他知道脑瓜子面积小，不容易打中。他瞄准胡子的身体打，身子面积大，容易中弹。他在追击当中，十枪顶少也有五枪打中的。

"韩长脖！"有一个人叫唤着，他发现打死的胡子尸体当中有韩长脖，快乐地叫唤起来。韩长脖的逃走，在元茂屯的小户的心上添了一块石头，如今这块石头移下了。元茂屯的老百姓的仇人，又少一个了。后面的人们都围拢来看，纷纷地议论，忘了这儿是枪弹稠密的阵地。

"该着。"

"这算是恶贯满盈了。"

"死了，脖子更长了。"

"你皱着眉毛干啥？不乐意？咱们是不能叫你乐意的，要你乐意，元茂屯的老百姓，都该死光了。快跑，快跑，还能撵上韩老六，在阴司地府，还能当上他的好腿子。"有人竟在韩长脖的尸首跟前，长篇大论讲谈起来了，好像他还能够听见似的。

这时候，胡子的后阵大乱了。稠密的步枪声里，夹杂了机关枪的声音。萧队长细听，听出有一挺轻机枪和一挺重机枪。

"胡子没有机枪，准是咱们的援兵到了，冲呀，老乡们，同志们，杀呀！"小王兴奋地蹦跳起来，他冒着弹雨，端起匣子，不停地射击。

"冲呀！"刘胜也用匣子枪射击。他冒汗了，汗气蒙住了他的眼镜，他把匣枪夹在右腋下，左手去擦眼镜上的水蒸气，完了他又一面叫唤："冲呀！"一面也冲上去了。萧队长和花永喜一样，眼睛打红了，他不管人家，人家也不要他指挥了。大伙有个同样的心思，同样的目的：全部干净消灭地主胡子们。这个同样的心意和目的，使得元茂屯的剿匪军民死也不怕了。

正当人们横冲直撞，唤杀连天的时候，在老远的地方，在深红色的高粱穗子的下边，在确青的苞米棵子的中间，露出了佩着民主联军的臂章的草绿色的军装。其中一个提着匣枪在岗地上摆手，向这边呼唤：

"同志们，老乡们，不要打枪了，不要浪费子弹了，咱们早把胡子团团围住了，咱们要捉活的，不要死的呀。"

"能捉活的吗？"老花放开嗓门问。

"能捉，管保能捉，咱们民主联军打胡子，都兴捉活的，这几个一个不能跑。跑了一个，你们找我。"提着匣枪的穿草绿色军装的人说。

元茂屯的军民的枪声停下了。残匪被逼进一个小泥洼子里，一个一个地，双手把枪举在头顶上，跪在泥水里，哀求饶命。唤捉活的那人带领一群人，从高粱地里跑出来。元茂屯的老百姓把手里的扎枪抱在怀里，鼓起掌来了。有一个人登上高处，用手遮着照射在眼睛上的太阳的红光，望着那些穿草绿色的军装的人们，叫道：

"啊唷，怕有上千呀。"

"哪有上千呢？顶多一连人，你说上千了。"另一个人反驳他的话。

胡子都下了枪，都用靰鞡草绳子给绑起来了。他们从大青顶子下来是五十一个，活捉三十七，其余大概都死了。指挥队伍包围胡子的，是县上驻军马连长，他生得身材粗壮，长方的脸蛋，浓黑的眉毛。萧队长上去跟他握手。他俩原来是熟人，招呼以后，就随便唠了。马连长说：

"晌午得到信，张班长说，先到元茂屯，怕胡子早已打进去了，我说不一定，咱们先赶到三甲，再往北兜剿，也不为迟，这回我猜中了吧？我知道你定能顶住。"

萧队长笑着问道：

"这些家伙押到咱们屯子里去吗？"

"不，咱们带到县里去，还要送几个给一面坡，让他们也看看活胡子。"

"韩老七得留下，给这边老百姓解恨。其余的，你们带走吧。谁去把韩老七挑出来，咱们带上。"萧队长这话还没说完，早就有好些个人到胡子群里去清查韩老七去了，他们一个一个地清查，最后有人大声地叫唤：

"韩老七没了，韩老七蹽了。"

"蹽了？"好些的人同声惊问。

"这才是，唉，跑了一条大鱼，捞了一网虾。"花永喜说。

"这叫放虎归山，给元茂屯留下个祸根。"

一个戴草帽的人说道。言语之间，隐隐含着责怪马连长的意思。

"说是要捉活的，我寻思，能抓活的吗？不能吧？地面这么宽，人家一钻进庄稼棵子里，千军万马也找他不到呀。"

"嗯哪，韩老七可狡猾哩，两条腿的数野鸡，四条腿的数狐狸，除开狐狸和野鸡，就数他了。"第三个人说。

"这家伙蝎虎，"花永喜插嘴，"五月胡子打进元茂屯，他挎着他的那棵大镜面，后面跟两个，背着大枪，拿着棒子，白天放哨，下晚挨家挨户扎古丁，翻箱倒柜，啥啥都拿，把娘们的衣裳裤子都剥了，娘们光着腚，坐在炕头，羞得抬不起头来，韩老七还嬉皮笑脸叫她们站起来，给他瞅瞅。"

"真是，谁家没遭他的害？光是牵走的牲口，就有百十来匹呀。"戴草帽的人说。

"还点[1]了三十来间房。"第二个人添上说。

"老顾家的儿媳妇抢走了,后来才寻回来的。"第三个人说。

"他们打的啥番号?"萧队长问。

"'中央先遣军'第三军第几团,记不清楚了。"花永喜说。

"真是,这家伙要是抓着了,老百姓把他横拉竖割,也不解恨呀。"戴草帽的人说,他的一匹黄骒马,也被胡子抢走了。

这时候,马连长十分不安,但是他又想,他是紧紧密密地包围住了的,哪能跑掉呢?他冷丁想起,兴许打死了。

"这胡子头兴许打死了吧?"他对萧队长说,

---

[1] 烧。

"我去问问那些家伙,你们去尸首里找一找看。"他走去拷问胡子们。他们有的说逃跑了,有的说打死了,也有的吓得直哆嗦,不敢吱声。萧队长打发花永喜和戴草帽的人带领一些人去找尸首。高粱地里,苞米地里,草甸子的蒿草里,这儿那儿,躺着十来多个胡子的尸首,枪和子弹都被拿走了。在这些胡子的尸首中,找到了韩长脖,也找到了李青山。就是不见韩老七。

"在这儿!找着了!"老花在叫唤。

"老花,在哪儿呀?"三四个人同声地问。

"这儿。"在一大片高粱的红穗子尽头的榛子树丛里,树枝和树叶沙沙啦啦地响动,老花的声音是从那儿发出的。人们都欢天喜地朝那边奔来,猛然,"当"的一声,榛子树丛里响了一枪,老花开火了。

"老花,干啥还打枪?没有死吗?"戴草帽

子的跑在头里，慌忙问他。

"死了，"老花说，还是待在榛子树丛里，"我怕他跑了，添了一枪。"

"死了，咋能跑呢？"一个人说，后面的人哈哈大笑，都钻进了榛子树丛子，看见韩老七仰天躺在蒿草丛里，手脚摊开。大伙才放下心来，又来取笑老花的"死了，怕他跑了"的那话了。

"活着还跑不掉，死了还会飞？"一个人说。

"死了还会跑，那不是土行孙[1]了？"又一个说。

"我恨得不行，就怕他死得不透。"老花又加了一条添枪的理由。

人越来越多，把榛子矮树践倒了一片。经过一场恶战以后，又听到匪首通通击毙了，大伙抱

---

[1] 土行孙：《封神榜》上的人物，有土遁的本领。

着打了胜仗以后的轻松快乐的心情，有的去找山丁子，有的嚼着山里红，还有好多人跑到苞米地里折甜秆，这是苞米瞎子的棵子，水多，又甜，像甘蔗似的。但大部分的人都围在韩老七的尸体跟前，都要亲眼瞅瞅这条坏根是不是真给掘出来了。

"你就是韩七爷吗？"有人笑问他，"你还扎不扎古丁？"

"问他还剥不剥老娘们的裤子？"

"还抢马不抢？"

"还点房子不点呀？"

"整死好多人啊，光是头五月节那趟，就整了三天，害得人家破人亡。"

"快去撵你六哥去，他走不远逷，还没过奈河桥哩。"有一个人轻松地说着。

人们慢慢地走出榛子树丛子，走出高粱地，

瞅见萧队长和马连长坐在地头野稗草上头，抽着烟卷，正在唠嗑。他们和连上的文书正在清查这一次胜仗的胜利品：三十六棵大枪，一支南洋快，一棵大镜面。这匣枪是韩老七使的，归了马连长。元茂屯的自卫队留下十二棵大枪，保护地面，其余都归马连长带走。

老花和元茂屯的别的人们，都觉得马连长为他们累了，而且在韩老七的尸首没有找着时，大伙差一点要怪上他了，这会大伙都觉得对他不住。

"马连长，请到咱们屯里待两天。"有一个人上前说。

"马同志，带领连上同志都上咱们那儿去，没啥好吃的，青苞米有的是。"

"不，谢谢大伙，我们今儿还要赶回县，从这到县近，只有三十多里地，不上元茂了，谢谢大伙的好意。"

"那哪能呢？给咱们打败了胡子，连水也不喝一口，就走？不行！不行！"一个上岁数的人拖住马连长的胳膊。

"他要不上元茂，就是瞧不起咱们屯里老百姓。"又一个人说。

所有的人，把民主联军的战士团团围住了，有的拖住马连长，有的去拖着文书，有的拉着战士，往元茂走。闹到后来，经过萧队长、小王和刘胜分头解释，说明军队有军队的任务，不能为了答应大伙的邀请，耽误了要紧的军务。

这么一说，大伙才放开了手，并且让开一条路。

"咱们拔点青苞米，打点山丁子、榛子啥的，送给他们，大伙说，行不行呀？"老花提高嗓子问。

"同意。"几百个声音回答。

"这地是谁的？"老花问。

"管他谁的，往后赔他就是。"一个声音说。

大家动手了。有的劈苞米，有的到小树丛子里去摘山丁子、山梨子、山里红和榛子。不大一会，劈了三百多穗青苞米，和好多的山果子。马连长和他的连队已经走远了，他们追上去，把这些东西塞在他们的怀里。

工作队和农工会，留下二十个人掩埋胡子的尸体，就和其余的老百姓往回走了。日头要落了，西南的天上，云彩像烈火似的通红。车道上，在确青的苞米叶子和深红的高粱穗子的中间，雪亮的扎枪头子在斜照着的太阳里闪着光亮。大伙唠着嗑，谈起了新得的大枪，打掉的胡子以及其他的事情。后面有一个人唱着：

没有共产党就没有新中国。

萧队长走在头里，回过头来，在人堆里，没有看见郭全海和警卫班老金。

"你们看见郭全海他们吗？"萧队长问。

"没有呀，"花永喜回答，他也向后边问道，"郭主任在吗？萧队长叫他。"

后边的人都说没有看见郭全海。大伙着忙了。赵主任挂了花，这回郭主任又不在了，都愣住了，站在半道，不知咋办。萧队长忙问：

"谁去找他去？"

"我去。"小王回答。

"我也去。"刘胜答应。

"我也去。"花永喜说。

三个人带五个战士，转身又往三甲走。他们跑到跟胡子对阵的地方，天已渐渐黑下来，车道上，阴影加多了。地头地尾，人们在掩埋尸体。小王叫大伙分散在车道两边，仔细寻找，他自己走到郭全海去牵制敌人的方向，在一片稗子地里，他忽然听见干枯的稗子秆子喊喊喳喳地响动，他连忙抽出匣枪，喝问道：

"有人吗？"

"有呀，是王同志吗？"这分明是跟郭全海一同出来的老金的声音。小王跑进了稗子地里，一面大声地呼唤：

"找着了，在这儿呀，快过来，快。"

大伙都跑过来了。他们发现郭全海和警卫班的老金，都挂了彩。郭全海的胸脯和大腿各中一弹，老金左腿中一弹。都是腿上挂了彩，不能走道。两个人正在往近边的水洼子里爬去。他们离水洼子还有半里来地呢，都渴得嘴里冒青烟，见了小王，也不问胡子打完没有，就同声叫道：

"水，水！"

小王知道挂了彩的人，口里挺渴，但又最忌

喝凉水，而且这附近的水，又都是臭水。他坚决不给他们打水。但是他们都忍受不住了。郭全海软和地要求：

"王同志！积点德吧，我只喝一口。"

老金却暴烈地骂开来了：

"王同志，你是革命同志吗？你不给咱们水喝，安的是啥心？咱们是反革命吗？"

小王宁可挨骂，也不给水。他认为这水喝了，一定是对他们不好的，他婉言解释，但他们不听。正在这时，大道上就有一挂车，喀啦喀啦赶来了。

"找着了吗？"是白玉山的声音。

大家把伤员扶上车子，拔了好多的稗子，给他们垫得软软乎乎的，车子向元茂屯赶去。赶到南门的时候，元茂屯的男男女女，老老少少，正在围着工作队询问、欢呼、歌唱、跳着秧歌，小嘎们唱着"二月里来刮春风"，女人们唱着《兄妹开荒》。张景祥带着几个好乐的人，打起锣鼓，在唱二人转[1]，老孙头走到工作队跟前，当着大伙说：

"我早料到，胡子非败不可，扎古丁的棒子手[2]，还能打过咱们萧队长？"

"老远听见枪响，吓得尽冒汗的，是谁呀？"白玉山笑着顶他。

"那是我身板不力，"老孙头说，"老了呀，老弟，要是在你这样青枝绿叶的年纪，别说这五十个胡子，就是五百，五千，也挡得住。"

电话线也修好了，萧队长把今儿打胡子的结果，一一报告了县委，得到了县委书记口头的奖励。县委在电话里又告诉他，送来的彩号赵玉林，正送往医院，不过肠子出来了，流血又太多，要

---

[1] 二人转：东北秧歌戏。
[2] 棒子手：强盗。

等大夫瞧过了，才能知道有没有危险。萧队长说：

"还有两个彩号，今儿下晚就要送到县里去，希望县里医院好好给他们医治。"

萧队长放了电话机，就要白玉山派两棵大枪，整一挂大车，护送郭全海和老金马上到县里去养伤。

第二天，屯子里还像过年过节一样的热闹。大田还没有开镰[1]，人们都待在家里打杂：抹墙扒炕，修补屋顶，打鱼摸虾。分了马的，忙着编笼头，整马槽。这都是些随时可以撒手的零活。屯子的北头，锣鼓又响了，喇叭吹着《将军令》[2]，光脊梁的小嘎，噙烟袋的妇女，都跑去闲看。往后，干零活的人们也都出来卖呆了。

---

[1] 大田：种苞米高粱的田地。开镰：开始收割。
[2] 《将军令》：喜庆的调子。

在小学校的操场里，大伙围成个大圈，张景祥扭着秧歌步，嘴里唱着。看见人多了，他停下歌舞，说道：

"各位屯邻，各位同志，砍倒大树，打败胡子，咱们农工联合会铁桶似的了。大伙都说：'闹个秧歌玩。'该唱啥呀？"

"唱《卖线》[1]。"老孙头说，他站在人堆后面的一挂大车上，手里拿着长鞭。他赶着车子原是要出南门去割稗子的，打学校过身，听见唱唱的，就改变计划，把车赶进来，先听听再说。张景祥扯起嘶哑的嗓门，一手摇着呱嗒板[2]，唱着《卖线》，唱到阮宝同的妹子骂燕青这句：

---

[1]《卖线》：是一出东北"二人转"，演的是梁山泊燕青的故事。燕青下山来打听军情，装成货郎，到了阮宝同家，阮的妹子看上了他，跟他调情，被他拒绝。

[2] 呱嗒板：手摇的打拍子的两块小板子。

你妈生你大河沿，养活你这么个二不隆冬傻相公。

他用手指着高高站在车子上的老孙头，大伙哗啦哗啦笑开了。出来看热闹的萧队长、小王和刘胜，这时也都瞅着老孙头笑。

"瞅这小子，养活他这么大，会唱唱了，倒骂起他亲爹来了。"老孙头说着，自己也止不住笑了。

"《卖线》太长，来个短的。"人群里有一个人提议。

"唱个《摔西瓜》。"又有人说。

张景祥手里摇动呱嗒板，唱着《摔西瓜》：

姐儿房中绣绒花，忽然想起哥哥他，瞅他没

有什么拿，上街买瓶擦官粉，离了河的螃蟹外了河的虾，怀抱着大西瓜，嗳呀，嗳呀。天上下雨地下滑，赤裸裸地闹个仰八叉，撒了哟那官粉，却了花，嗳呀，蹦了一对螃蟹跑了一对虾，摔坏大西瓜，嗳呀，嗳呀。今年发下来年狠，买对甲鱼瞧瞧他，无福的小冤家。

　　大伙有的笑着拍手，有的叫唤起来：

　　"不要旧秧歌，来个新的，大伙同意不同意？"

　　"同意，唱个新的。"有人响应。

　　"好吧。"张景祥停止唱唱，眼睛瞅着人堆里的刘胜，说道：

　　"我唱一个八路军的歌。"

　　人们都鼓掌。听厌旧秧歌的小嘎们，散在人堆外边空地里，有的玩着木做的匣枪，有的在说着顺口溜："地南头，地北头，小牤子下个小乳牛。"

听见鼓掌的声音，他们都跑过来，从人群的腿脚的中间钻进去。张景祥唱道：

二月里来刮春风，湖南上来个毛泽东，毛泽东那势力重，他坐上飞机，在呀么在空中，后带百万兵。

喇叭吹着《将军令》。张景祥的歌才完，老孙头就说：

"咱们请刘同志给我们唱《白毛女》，大伙说好不好呀？"

"好。"前后左右，都附和这话，有人去推刘胜了。刘胜也不太推辞，往前迈一步，开始唱着《白毛女》里的一段：

北风那个吹，雪花那个飘……

才唱到这，人堆外面，有人在走动，有一个人怀疑地说道：

"你瞎扯！"

另一个人又说：

"那哪能呢？"

"骗你干啥？"头一个人说，"不大一会，就能知道了，棺材过杨家店了。"

人们都无心听唱，纷纷上来打听这消息，而且一传十，十传百的，一下传遍整个的操场，锣鼓声和喇叭声也都咽住了，刘胜早已不唱歌，挤到人堆的外头，忙问小王道：

"怎么回事？"

"说是赵玉林，"小王哽咽着，差一点说不出下面这两个字，"完了。"

"哦！"刘胜惊讶地唤了一声，眼泪涌上，

没有再说别的话。

不知谁领头，大伙都向西门走去了，那里是往县里的方向。才到西门，在确青的苞米棵子和深红的高粱穗头的中间，八个人抬着一口白木棺材回来了。大伙迎上去，又含悲忍泪地随着棺材，慢慢地走进屯子，走过横贯屯子的公路，走到小学校的操场里。灵柩停在操场的当间。有人在棺材前头突出的底板上，点起一碗豆油灯。再前面一点，两张炕桌叠起来，作为供桌，上面供着一碟西红柿和一碟沙果，旁边搁着一大叠黄纸。人们一堆一堆的，围着棺材站立着，都摘下草帽毡帽，或是折下一些柳枝榆叶，垫在地面上，坐下来了，有些人默不吱声，有些人在悄声说话：

"赵大嫂子还不知道呢。"

"老孙头去告诉她去了。"

"那不是她来了吗？"

赵大嫂子走进学校的大门，身子摇晃着。她的背后跟着两个妇女：一是张寡妇，一是白大嫂子。两人扶住她，怕她晃倒。她的焦黄的瘦脸发黑了，但是没有哭。想不到的悲哀的袭击使她麻木了，她的背后还跟着俩小孩，一是小猪倌，一是锁住，他们一出现，大伙都不知不觉地站起来了。

赵大嫂子才走到灵前，就扑倒在地上，放声大哭了。小猪倌和小锁住也都跪下哭泣着。所有在场的人，有的想着赵玉林的死，是为了大伙，有的念着他的心眼好，也有的人，看了他一家三口，在"满洲国"受尽苦难，穿不上，吃不上的，苦了半辈子，才翻过身来，又为大伙牺牲了，都掉着眼泪。

"我的天呀！你一个人去了。"赵大嫂子痛哭地叫道。

"爹呀，你醒醒吧！"小锁住一面哭，一面叫爹。

萧队长用全力压制自己的悲哀，他走来走去，想起了赵玉林的勇敢，也想起他入党的时候的情形，他的心涌起一阵阵的酸楚，他的眼睛湿润了，不敢抬起来瞅人。他走到一棵榆树底下坐下来，用手指来挖泥土，几下挖出一个小坑来。这个无意识的动作，好像是解救了他一样，他恢复了意志力，又站起来，走到吹鼓手旁边，平常他是不太注意音乐的，这时候，他好像觉得只有吹唱，只有这喇叭，才能减少自己的悲感，才能解除悲哀的压力，使人能够重新生活和斗争。

"咋不吹呀？吹吧，老大哥。"萧队长温和地请求吹鼓手。

两个吹鼓手吹起《雁落沙滩》[1]的调子，锣鼓也响了。哀乐对于萧队长，对于所有的在场的悲痛的人，都好像好一些似的。

萧队长忍住伤痛，召集小王和刘胜，在白杨树荫下，开了一个支干会，讨论了追认赵玉林同志为中共正式党员的问题，大伙同意他转正。萧队长随即走进工作队的办公室，跟县委通了电话，县委批准了赵玉林转正。

萧队长回到操场时，赵大嫂子正在悲伤地痛哭：

"我的天呀，你可把我坑死了，你撂下我，一个人去了，叫我咋办呀？"她不停地哭诉，好像没有听见喇叭和锣鼓似的。白大嫂子和张寡妇跪在她旁边，替她扣好她在悲痛中不知不觉解开

---

[1] 《雁落沙滩》：悲调。

的旧青布衫子，并且劝慰她：

"别哭了，别哭了吧。"她们再也说不出别的话来，因为劝人家不哭的她俩自己也在掉泪哩。

人们烧着纸。冥纸的黑灰在小风里飘起，绕着棺材。人们都围成个半圆站着，喇叭和锣鼓都停了。刘胜主持追悼的仪式，在场的人，连小孩在内，都静穆地、恭敬地行了三鞠躬礼。

行礼完了，老孙头迈步到灵前，对几个站在旁边的人说：

"来来，大伙把棺材盖磨开，叫赵大嫂子再瞅瞅大哥。"

几个小伙子帮着老孙头把棺材盖磨开，赵大嫂子傍着棺材站起来。老孙头忙说：

"眼睛擦干，别把眼泪掉在里面。"

"影子也不能照在棺材里呀。"老田头说。他也上来了。

"这对身板不好。"老孙头添了一句。

但是赵大嫂子没有留心他们的劝告，没有擦眼睛，也没有留心日头照出的身影是不是落在棺材里。她扒在棺材边上，瞅着棺材里的赵玉林的有连鬓胡子的苍白的面容，又痛哭起来，眼泪像断线的珍珠似的连连地掉下。

老孙头怕她眼泪掉在棺材里，和其他两个小伙子一起，连忙把棺材盖磨正，赵大嫂子悲哭着：

"你好命苦呵，我的天，你苦一辈子，才穿上衣裳，如今又走了。"

大伙一个一个到灵前讲演，赞颂死者的功劳。人们又讨论纪念他的种种办法。老孙头也站起来说：

"老赵哥真是咱们老百姓的好干部，他跑在头里，起五更，爬半夜，尽忙着会上的事情。他为穷人，赤胆忠心，尽往前钻，自己是遭罪在前，享福在后，他真是咱们的好主任。"

老孙头说到这儿，白玉山叫道：

"学习赵主任，为人民尽忠！"

大伙也跟着他叫口号。口号声停息以后，老孙头又说：

"你比如说，头回分东西，赵大哥是一等一级的穷户，说啥也不要一等一级的东西，拿了三等三级的东西，三件小布衫，三条旧裤子，他对大嫂子说：'不露肉就行了。'"老孙头说到这里，赵大嫂子又哭了。老孙头扭转头去对她说："大嫂子你别哭了，你哭得我心一乱，一着忙，把话都忘了。"他又转脸对着大伙说："如今他死了，他死是为大伙，咱们该补助他，大伙说，帮助死的呢，还是帮助活的呀？"

"活的。"四方八面都叫唤着。

"赵主任为大家伙牺牲了，他的革命成功了。"

张景祥从人群里站起来说道，"他家挺为难，咱们帮补他们，没有吃的不叫饿着，没有穿的不叫冻着。大伙同意不同意？"在场的一千多人都叫着"同意"。

"要是同意，各组推举个代表，合计合计，看怎么帮助。"

大伙正在合计补助赵家的时候，在旁边一棵白杨树下边，小王、刘胜和其他一些年轻的人们正在围着老万和老初，听他们谈起赵玉林咽气前后的情形。一颗炸子从他肚子右边打进去，肠子流出来。他们给他把肠子塞进肚子里去。他痛得咬着牙根，还要人快去撺胡子。

送到医院，还没进门，他的嘴里涌出血沫来，车停在门口，老万走上去，拿着他手。

"不行了。"他说。问他还有什么话，他摇摇头，停了一会，才又慢慢说：

"没有啥话。死就死了，干革命还能怕死吗？"才说出这话，就咽气了。县里送他一口白棺材，一套新衣裳。

这时候，在灵前，在人们围起来的半圆圈子里，白玉山正在说什么，小王和刘胜都走过来听。白玉山眼圈红了，他说得挺少，才起头，又收梢了，他说：

"咱们都是干庄稼活的，咱们个个都明白，庄稼是一籽下地，万籽归仓。赵主任被蒋介石国民党整死了，咱们穷伙计们都要起来，拥护农工联合会，加入农工联合会，大伙都一路心思，打垮地主，扫灭蒋匪，打倒蒋介石。为赵主任报仇！"

人们都跟着他叫口号。李大个子敞开衣襟，迈到棺材跟前说：

"赵主任是地主富农的对头，坏蛋最恨他，

大伙都知道，前些日子，他整的柴火也给地主腿子烧光了。他是国民党胡子打死的，咱们要给他报仇，要挖尽坏根，要消灭胡子。"

大伙喊口号的时候，萧队长沉重地迈到大伙的跟前，这个意志力坚强的人极力控制自己的悼念战友的悲伤，慢慢地说道：

"赵玉林同志是咱元茂屯的好头行人，咱们要学习他大公无私、勇敢牺牲的精神，他为大伙打胡子，光荣牺牲了。为了纪念他，没入农会的小户，赶紧入农会。为了纪念他，咱们要加强革命的组织，要把咱们的联合会办得像铁桶似的，谁都打不翻。还要通知大家一宗事，赵玉林同志，是中国共产党的候补党员，还有两个月的候补期。现在他为人民牺牲了。刚才，中共元茂屯工作队支委会开了一个会，决定追认赵玉林同志为中国共产党的正式党员。这个决定，得到中共尚志县委会的批准，我代表党，现在在这儿公开宣布。"

一阵打雷似的掌声以后，喇叭吹着庆祝的《将军令》。张景祥领着另外三个人，打着锣鼓。不知道是谁，早把农会的红绸旗子支起来，在翠蓝的天空底下，在白杨和榆树的翠绿的叶子里，红色旗子迎风飘展着。小孩和妇女们都唱着《没有共产党就没有新中国》的歌曲。白玉山带领花永喜和自卫队的三个队员，端起打胡子的时候缴来的五棵崭新的九九式钢枪，冲着南方的天空，放射一排枪。正坐在地上跟人们唠嗑的老孙头吓得蹦跳起来，咕咕噜噜地骂道：

"放礼炮，咋不早说一声呀？我当是胡子又来打街了。"

除开韩家和韩家的亲戚朋友和腿子，全屯的男女老少，都去送殡了。喇叭吹起《天鹅》[1]调，

---

[1] 《天鹅》：悲调。

红绸旗子在头里飘动，人们都高叫口号："学习赵玉林，为老百姓尽忠！""我们要消灭蒋介石匪帮，为赵玉林报仇！"灵柩出北门，到了黄泥河子旁边的草甸子里，李大个子带领好多年轻小伙子，拿着铁锹和洋镐，在老田头的姑娘田裙子的坟茔的附近，掘一个深深的土坑，棺材抬进土坑了。赵大嫂子又扑到灵前，一面烧纸一面哭诉，嗓门已经哭哑了。大伙用铁锹掀着湿土，夹着确青的草叶，去掩埋那白色的棺材。不大一会，新坟垒起了。在满眼通红的下晌的太阳里，在高粱的深红的穗头上，在静静地流着的黄泥河子流水边，喇叭吹着《哭长城》[1]，锣鼓敲打着。哀乐淹没了大伙的哀哭。

这以后几天，代理农会主任白玉山接受了百十来户小户加入农会的要求。好多的人去找萧

---

[1] 《哭长城》：悲调。

队长，坚决要求参加中国共产党，应了白玉山这话："一籽下地，万籽归仓。"

山那面人家

踏着山边月映出来的树影，我们去参加山那面一家人家的婚礼。

我们为什么要去参加婚礼呢？如果有人这样问，下边是我们的回答：有的时候，人是高兴参加婚礼的，为的是看着别人的幸福，增加自己的欢喜。

有一群姑娘在我们的前头走着。姑娘成了堆，总是爱笑。她们嘻嘻哈哈地笑个不断纤。有一位索性蹲在路边上，一面含笑骂人家，一面用手揉着自己笑痛了的小肚子。她们为什么笑呢？我不晓得。对于姑娘们，我了解不多。问过一位了解姑娘的专家，承他相告："她们笑，就是因为想要笑。"我觉得这句话很有学问。但又有人告诉我："姑娘们笑，虽说不明白具体的原因，总之，青春、康健，无挂无碍的农业社里的生活，她们劳动过的肥美的、翠青的田野，和男子同工同酬的满意的工分，以及这迷离的月色，清淡的花香，朦胧的或是确实的爱情的感觉，无一不是她们快活的源泉。"

我想这话也似乎有理。

翻过山顶，望见新郎的家了。那是一个大瓦屋的两间小横屋。大门上挂着一个小小的古旧的红灯。姑娘们蜂拥进去了。按照传统，到了办喜事的人家，她们有种流传悠久的特权。从前，我们这带的红花姑娘，在同伴新婚的初夜，总要偷偷跑到新房的窗子外面、板壁下边去听壁脚。要是听到类似这样的私房话"喂，困着了吗？"，她们就会跑开去,哈哈大笑；第二天,还要笑几回。但也有可能，她们什么也听不到手。有经验的也曾听过人家壁脚的新人，在这幸福的头一天夜里，可能半句话也不说，使窗外的人们失望地走开。

走在我们前头的那一群姑娘，急急忙忙跑进门去了，她们也是来听壁脚的吗？

我在山里摘了几枝茶子花，准备送给新贵人和新娘子。到了门口，我们才看见，木门框子的两边，贴着一副大红纸对联，红灯影里，显出八个端正的字样："歌声载道，喜气盈门。"

我们走进门，一个青皮后生子满脸堆笑，赶出来欢迎。他是新郎邹麦秋，农业社的保管员。他生得矮矮墩墩，眉清目秀，好多的人都说他老实，但也有少数的人说他不老实，那理由是新娘很漂亮，而漂亮的姑娘，据说是不爱老实的男人的。谁知道呢，看看新娘子再说。

把茶子花献给了新郎，我们往新房走去。那里的木格窗子上糊上了皮纸，当中贴着一个红纸剪的大"囍"字，四角是玲珑精巧的窗花，有鲤鱼、兰草，还有两只美丽的花瓶，花瓶旁边是两只壮猪。

我们攀开门帘子，进了新娘房。姑娘们早在，还是在轻声地笑，在讲悄悄话。我们才落座，她们一哄出去了，门外是一路的笑声。

等清静点，我们才过细地端详房间，四围坐着好多人，新娘和送亲娘子坐在床边上。送亲娘子就是新娘的嫂嫂。她把一个三岁伢子带来了，正在教他唱：

　　三岁伢子穿红鞋，
　　摇摇摆摆上学来，

先生莫打我，

回去吃口汁子又来。

　　我偷眼看了看新娘卜翠莲。她不蛮漂亮，但
也不丑，脸模子、衣架子，都还过得去，由此可
见，新郎是个又老实又不老实的角色。房间里的
人都在看新娘。她很大方，一点也没有害羞的样
子。她从嫂嫂怀里接过侄儿来，搔他胳肢，逗起
他笑，随即抱出房间去，操了一泡尿，又抱了回
来，从我身边擦过去，留下一阵淡淡的香气。

　　人们把一盏玻璃罩子煤油灯点起，昏黄的灯
光照亮了房里的陈设。床是旧床，帐子也不新；
一个绣花的红缎子帐荫子也半新不旧。全部铺盖，
只有两只枕头是新的。

　　窗前一张旧的红漆书桌上，摆了一对插蜡烛
的锡烛台，还有两面长方小镜子，此外是贴了红

纸剪的"囍"字的瓷壶和瓷碗。在这一切摆设里头最出色的是一对细瓷半裸的罗汉。他们挺着胖大的肚子，在哈哈大笑。他们为什么笑呢？既是和尚，应该早已看破红尘，相信色即是空了，为什么要来参加人家的婚礼，并且这样欢喜呢？

新房里，坐在板凳上谈笑的人们中有乡长、社长、社里的兽医和他的堂客。乡长是个一本正经的男子，听见人家讲笑话，他不笑，自己的话引得人笑了，他也不笑。他非常忙，对于婚礼，本不想参加，但是邹麦秋是社里的干部，又是邻居，他不好不来。一跨进门，邹家翁妈迎上来说道：

"乡长来得好，我们正缺一个为首主事的。"意思是要他主婚。

当了主婚人，他只得不走，坐在新娘房里抽烟，谈讲，等待仪式的开始。

社长也是个忙人，每天至少要开两个会，谈三次话，又要劳动；到夜里，回去迟了，还要挨堂客的骂。任劳任怨，他是够辛苦的了。但这一对新人的结合，他不得不来。邹麦秋是他得力的助手，他来道贺，也来帮忙，还有一个并不宣布的目的，就是要来监督他们的开销。他支给邹家五块钱现款，叫他们连茶饭，带红纸红烛，带一切花销，就用这一些，免得变成超支户。

来客当中，只有兽医的话多。他天南地北，扯了一阵，话题转到婚姻制度上。

"包办也好，免得自己去操心。"兽医说。他的漂亮堂客是包办来的，他很满意。他的脸是酒糟脸，红通通的，还有个疤子，要不靠包办，很难讨到这样的堂客。

"当然是自由好嘛。"社长的堂客是包办来的，时常骂他，引起他对包办婚姻的不满。

"社长是对的，包办不如自由好。"乡长站在社长这一边，"有首民歌，单道旧式婚姻的痛苦。"

"你念一念。"社长催他。

"旧式婚姻不自由，女的哭来男的愁，哭得长江涨了水，愁得青山白了头。"

"那也没有这样的厉害。"社长笑笑说。

"我们不哭也不愁。"兽医得意地看看他堂客。

"你是瞎子狗吃屎，瞎碰上的。"乡长说，"提起哭，我倒想起津市那边的风俗。"乡长低头吧口烟，没有马上说下去。

"什么风俗？"社长催问。

"那边兴哭嫁，嫁女的人家，临时要请好多人来哭，阔的请好几十个。"

"请来的人不会哭，怎么办？"兽医发问。

"就是要请会哭的人嘛。在津市，有种专门

替人哭嫁的男女，他们是干这行业的专家，哭起来，一数一落，有板有眼，好像唱歌，好听极了。"

窗外爆发一阵姑娘们的笑声，好久不见的她们，原来已经在练习听壁脚了。新房里的人，连新娘在内，都笑了，乡长照例没有笑。没有笑的，还有兽医的堂客。她枯起了眉毛。

"你怎么样了？"兽医连忙低头小声问。

"脑壳有点昏，心里像要呕。"漂亮堂客说。

"有喜了吧？"乡长说。

"找郎中没有？"送亲娘子问。

"她还要找？夜夜跟郎中睡一挺床。"社长笑笑说。

"看你这个老不正经的，还当社长呢。"兽医堂客说。

外边有人说："都布置好了，请到堂屋去。"大家拥到了堂屋，送亲娘子抱着孩子，跟在新人的背后。姑娘们也都进来了。她们倚在板壁上，肩挨着肩，手拉着手，看着新娘子，咬一会耳朵，又低低地笑一阵。

堂屋上首放着扮桶、箩筐和晒簟，这些都是农业社里的东西。正当中的长方桌上，摆起两支点亮的红烛。烛光里，还可以清楚地看见两只插了茶子花枝的瓷瓶。靠里边墙上挂一面五星红旗，贴一张毛主席肖像。

仪式开始了，主婚人就位，带领大家，向国旗和毛主席像行了一个礼，又念了县长的证书，略讲了几句，退到一边，和社长坐在一条高凳上。

司仪姑娘宣布下面一项是来宾演说。不知道是哪个排定的程序，把大家最感兴味的一宗——新娘子讲话放在末尾，人们只好怀着焦急的心情来听来宾的演说。

被邀上去演讲的本来是社长，但是他说：

"还是叫新娘子讲吧。我们结婚快二十年了，新婚是什么味儿，都忘记了，有什么说的？"

大家都笑了，接着是一阵鼓掌。掌声里，人们一看，走到桌边准备说话的，不是新娘，而是酒糟脸上有个疤子的兽医。他咬字道白，先从解放前后国内的形势谈起，慢慢吞吞地，带着不少的术语，把词锋转到了国际形势。听到这里，乡长小声地跟社长说道：

"我还约了一个人谈话，要先走一步，你在这里主持一下子。"

"我也有事，要走。"

"你不能走。都走了不好。"乡长说罢，向邹家翁妈抱歉似的点点头，起身走了。

社长只得留下来，听了一会，实在忍不住，就跟旁边一个办社干部说：

"人家结个婚，扯什么国际国内形势啰？"

"你不晓得呀，这叫八股；才讲两股，下边还长呢。"办社干部说。

"将来，应该发明一种机器，安在讲台上，爱讲空话的人一踏上去，就遍身发痒，只顾用手去搔痒，口里就讲不下去了。"社长说。

隔了半点钟，掌声又起。新娘子已经上去，兽医不见了。发辫扎着红绒绳子的新人，虽说大方，脸也通红了。她说：

"各位同志，各位父老，今天晚上，我快活极了，高兴极了。"

姑娘们吃吃地笑着，口说"快活极了，高兴极了"的新娘却没有笑容，紧张极了。她接着讲道："我们是一年以前结婚的。"

大家起初愣住了，以后笑起来，但过了一阵，平静地一想，知道她由于兴奋，把订婚说做了结婚。新娘子又说：

"今天我们结婚了，我高兴极了。"她从新蓝制服口袋里掏出一本红封面的小册子，摊给大家看一看，"我把劳动手册带来了。今年我有两千工分了。"

"真不儿戏。"一个青皮后生子失声叫好。

"真是乖孩子。"一个十几岁的后生子这样地说。他忘了自己真是个孩子。

"这才是真正的嫁妆。"老社长也不禁叹服。

"我不是来吃闲饭，依靠人的。我是过来劳动的。我在社里一定要好好生产，和他比赛。"

"好呀，把邹家里比下去吧。"一个青皮后生子笑着拍手。

"我的话完了。"新娘子满脸通红，跑了下来。

"没有了吗？"有人还想听。

"说得太少了。"有人还嫌不过瘾。

"送亲娘子，请。"司仪姑娘说。

送亲娘子搂着三岁的孩子，站起来说：

"我没学习，不会讲话。"说完就坐下去了，脸模子也涨得鲜红。

"要新郎公讲讲，敢不敢比？"有人提议。

"新郎公呢？"

"没有影子了。"有人发现。

"跑了。"有人断定。

"跑了？为什么？"

"跑到哪里去了？"

"太不像话，这叫什么新郎公？"

"他一定是怕比赛。"

"快去找去，太不像话了，人家那边的送亲娘子还在这里。"社长说。

好几十个人点着火把，拧亮手电，分几路往山里、墩里、小溪边、水塘边，到处去寻找。社长领头，寻到山里的一路，看见储藏红薯的地窖露出了灯光。

"你在这里呀，你这个家伙，你……"一个后生子差点要骂他。

"你为什么开溜？怕比赛吗？"老社长问他。

邹麦秋提着一盏小方灯，从地窖里爬出来，拍拍身上的泥土，抬抬眉毛，平静地，用低沉的声音说道：

"我与其坐冷板凳，听那牛郎中空口说白话，不如趁空来看看我们社里的红薯种，看烂了没有。"

"你呀，算是一个好的保管员，可不是一位好的新郎公，不怕爱人多心吗？"社长的话，一半是夸奖，一半是责备。

把新郎送回去以后，我们先后告辞了。踏着山边斜月映出的树影，我们各自回家去。同路来的姑娘们还没有动身。

飘满茶子花香的一阵阵初冬月夜的微风，送来姑娘们一阵阵欢快的、放纵的笑闹。她们一定开始在听壁脚了，或者已经有了收获吧？

一九五七年十一月

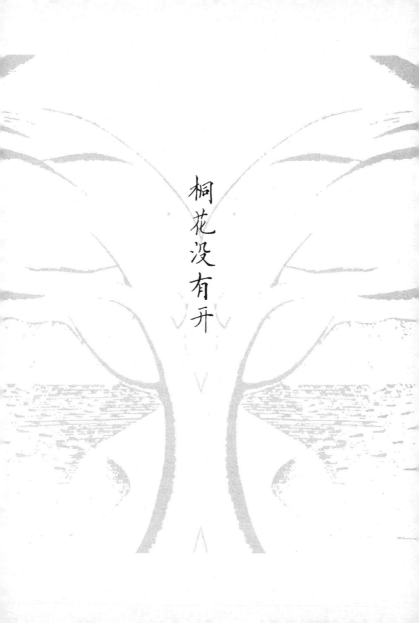

桐花没有开

一

　　"有一句老话：穷人不信富人哄，桐树开花才下种。"说这话的，是个五十来岁的社员，人都叫他张三爹。他说到这里，就把他的吧完了烟的长长的油实竹[1]烟袋，在砖地上磕得嘣咚嘣咚响，磕掉烟灰，重新装上切细了的烟叶。他这根烟袋，除抽烟外，还有好几宗用处：一是走夜

---

[1]　油实竹：一种实心小竹子，中间穿孔，可做旱烟袋。

路时用来探路和打蛇；一是碰到小孩子长了疮疤子，或是摔破了脑壳，他蘸一点烟袋里的烟屎，给搽一搽，据他说是立敷立效；再有一宗，就是把烟袋崭劲地在地上磕得嘣咚嘣咚，生气时拿来出气，吵架时用来助威。现在，他一面磕烟袋助威，一面接着说：

"如今，桐子树的花苞还看不见影子，你们要明天泡种，这不是瞎闹？"

"上头也是瞎闹吗？"他的侄儿张雁秋接口反问他。雁秋小时节，头上也是搽过三爹烟袋里的烟屎的。

"哪个上头？"

"老卜。"

张三爹没有作声，低头只顾吧他的烟去了。老卜是乡的党支书兼农会主席，他不敢反对，但心里不服。大家议论了一会，勉强同意明天就泡种。推举选种和泡种的负责人的时节，有个头上挽条白袱子的年轻人举了张三爹。张三爹忙道：

"你们莫选我，选了我也不得干。"

"不要赌气了，大家要和和睦睦，都是为社嘛。要插双季稻，早谷子播种要早一些。"有一个人要当和事佬，想用温婉的言语劝转张三爹。

"你想要早，就能不按节气了？我作了三十几年的田了，年年是'清明泡种，谷雨下泥'，如今才看见时兴。"张三爹越说越气，又在地上崭劲磕他的油实竹烟袋，"旧年这时节，还下了一场冰雹，你们都不记得了？"

"是呀，雹子有鸡蛋那样大，把我的屋都打烂了。"那个头挽白袱子的人附和张三爹的话，"本来嘛，'清明断雪，谷雨断霜'，要过了谷雨，水霜子才变露水，现在隔清明还有二十几天。"

"节气没有到，桐花没有开，霸蛮是空的。"

又一个人说。

一大伙人，你一句，我一句，说来道去，搞得好几个生产组长也五心不定，都不开口了。大部分有点技术的社员都站在张三爹一边，反对早泡种。

三月十九日的晚上，石塘高级农业社的大坡生产队的队会，就是这样，争吵一场，没有结果。一看形势不对头，队长兼党小组长盛福元只好宣布散会了。等大家走完，他跟张雁秋和其他几个党团员小声商量了一阵，就决定今晚连夜开个党团员和积极分子的会议。

二

在回家的路上，张三爹走在头挽白袱子的人的后边，大骂年轻人，说他们没有吃得油盐足，不谙事，嘴上没毛，办事不牢。他正在光火，脑子发了胀，忘记那个人也还只有二十多一点，来了一个指着和尚骂秃头。挽白袱子的人倒没有介意。他在思想上是和三爹接近的。他是富裕户，入社本来很勉强，如今称意地听三爹接着说道："他们要这样乱来，社里会没得饭吃的。我犯不着跟他们背时，明天就去把禾种要回。"

"那你不是单干了？"挽白袱子的人问他。

"单干怕什么？单干也是人干的，又不犯法！"

听到背后脚步响，挽白袱子的人忙把话引开，故意大声地问张三爹：

"明天你用哪条牛？"

张三爹说：

"我还去用牛，你倒想得好！"

挽白袱子的人没有作声，心里却在暗暗地盘

算："只等三爹把禾种要回，我也把我的要回，两个人退到社外，再邀个单干，搞个互助组。"

张三爹回到家里，老婆看见他一脸怒气，问他什么事。他把会上的情景，一五一十都跟她说了。谈到他想把禾种要回，老婆劝道：

"你算了吧，不要得罪亲戚了，福元是我们看着长大的伢子。他实充、稳重，我看不会胡闹的。万一天老爷不给饭吃，也不只我们一家。"

听了老婆这席话，张三爹没有作声。盛福元是他去世的大哥的东床，他的侄女婿。这伢子实充、稳重，田里功夫门门都来得。盛家田无一角，土无一升，福元在华容帮人家作了几年湖田，妙手空空回到了本地，还是做长工。张三爹看中了他，要把侄女许配他。嫂嫂嫌他太穷了，张三爹说"会选的选儿郎，不会选的选田庄"，一力主张把侄女嫁给这个年轻力壮的雇农。听了老婆话，想起了福元的人品原是自己看重的，三爹的气慢慢地消了。他又寻思：老婆讲得对，社里将来没饭吃，不会只有他一家，还怕政府不救济？"我只认得做工、吃饭，乐得别的都不探，管他做什么呢？少吃咸鱼少口干。"主意一定，张三爹打算明天还是去用牛，跟平常一样。他安心落意地收拾睡了，不久发出了鼾声。

张三爹发出鼾声的同时，在盛家茅屋的堂屋里，盛福元、张雁秋以及其他的党团员和积极分子正在开小会。福元堂客，张三爹的侄女，困在隔壁房里一张土改时分的红漆梅装的床上，正在哄着孩子们睡觉。两个孩子先后睡着了，她就和衣躺在他们的旁边，闭了眼睛。夜里很静，她清楚地听见会上发生了争吵，有个青年的声音说：

"……我们的禾种留得不多，只一套本钱，不能不小心一点。"

"你也站在三爹一边了？"张雁秋生气地问。

"人家是个老保守，你也相信他？"福元笑着说。

"我要给他登上黑板报。"又是雁秋的声音。

"人家到底是有经验的。"那位青年说。

"他有经验，别人都是外行了？"福元说，他如今才二十七岁，却作了十五年田了。大家都晓得，他的手面不下于三爹。

福元堂客听到会上议论她三叔，就特别留神。卧房跟堂屋，只隔一层竹片织的、泥糊的墙壁，会上每个人的话，她都听得很清楚。她诧异，她二叔的崽雁秋，也跟福元一鼻孔出气，连嘲带骂，反对她三叔。她对福元背后嘲笑她娘家，蛮不满意，又想起明天没有早饭米下锅，心里越发不自在，好久睡不着。

堂屋里，大家辩论了一阵，终于一致同意上

级提早泡种的意见，决定明天就动手，有社委的通知，不必再开队会了。会上还确定福元做选种和泡种的负责人，因为他到县里学习过。福元要张雁秋做他的助手。

会议散了，人们点着火把和马灯，或是亮着手电，一个个走出了福元的茅屋。星星点点的灯亮，散在墨漆大黑的静静的田野，渐渐地隐没在各个村口的浓黑的山背后。盛家茅屋里发出了关门的声响，纸窗里面灯光随即熄灭了。

福元轻轻摸上床铺睡觉时，他的堂客假装睡着了，不理睬他。过了一会，听他好像没事人似的发出了均匀的鼾息，她生了气，把他推醒，滔滔不绝地埋怨起来：

"你倒是好，一天到黑只在外边仰，落屋也开会。米桶空了，你也不管，孩子饿得肚子夹凹的，哭哭啼啼问我要饭吃。旧年统销，是哪一个叫你带空头，少要米的？家里分明少八百斤吃米，你只要六百。后来政府知道我们有困难，要发救济，你也说：'不要，不要，我们不要。'过后又要我去东措西借。你这个人哪，我看透了，你是又要渍尿，又要睡干床。快些起来，拿米来我煮。"末后一句简直是嚷了，福元被她吵醒了，迷迷糊糊说：

"深更半夜，你吵什么？"

"拿米来我煮。"

"再去借点嘛。"

"倒说得喝蛋汤一样，找哪个去借？四邻八舍，都是吃的计划米，扣打扣的，只有他们家，怕莫还有点多的。"

"哪一家？"

"三叔家，你好意思去借么？刚才你还骂过他……"

听到这话，福元从枕头上抬起头来说：

"好家伙，偷听我们的会了。"

小伢子给他吵醒了，哭闹着，福元堂客一面拍着小伢子，一面说道：

"这个人倒会来'倒上树'，你们在堂屋里开会，竹片织的壁，还能透不过音来？"

她说到这里，没有再作声，用手轻轻拍着伢子的身子，口里哼着催眠调："呵，哦，嗡，满伢子要睡觉觉，嗡。"在轻柔的催眠调子里，小伢子睡了，福元也睡了，父子们发出均匀的、微小的鼾息。她晓得他这一向累了，就饶了他，由他去睡，没有再吵了。

第二天黑早，盛福元舀盆冷水，洗了手脸，忍着肚子饿，出门跑到第一生产组长的家里，去称禾种。福元堂客爬起身来，一想米桶是空的，火也懒得去生了。她用木梳掠掠剪短了的头发，就拿出装着剪刀、针线和破布的盘子，坐在堂屋门口补衣服。不久，两个孩子醒来了。小的哭哭啼啼，吵着要饭吃，吵得她心烦意乱，衣服也补不成了。她想了一想，就叫大孩子带着小的，待在家里，自己拿起一个撮箕，往她三叔家里去。

她的三叔张三爹，早出门了。这个老倌子腰上围条溅满泥巴的、破烂的蓝布腰围巾，掮起一张犁，手拿鞭子，赶条大水牯，正要去秒干田子。走到他家对门山边上，碰到了那位头挽白袱子的社员。

"三爹，这样早就出工了？"那社员笑着招呼他。

"这还算早？我们老驾在世时，总是鸡叫三回就起床，出去翻完四个冰子[1]才天亮。"

---

[1] 冰子：田边或田中临时用泥筑起埂子的沤粪的小坑。

"不要提老班子了，如今的人哪一个还念他们？"

这话正合三爹的脾味。他放下犁，把牛吊在路边一株栗树上，自己蹲在路边，认真摸实地和那个头挽白袱子的人扯谈。那人看见他没带烟袋，忙把自己用报纸卷成的烟卷，递一支过来，一面装作无心地问他：

"昨夜你侄女屋里好热闹，会开到鸡叫，你晓得吗？"

"不晓得呀，"张三爹诧异地说，"昨天不是开过会么？他们又开什么会？"

"他们的名堂多哩！"

"他们瞒神弄鬼的，我只懒得干了。"

两个人又低低地谈了一阵，张三爹把烟抽完，站起身来，从栗树上解下水牯，背着犁，想往回走。到得一个岔路口，正好迎面碰见他侄女。看见她手里拿着空撮箕，他猜到她是做什么来的，却故意地问道：

"到哪里去？"

"想到你老人家屋里去……"说到这里，她吞吞吐吐，不好意思往下说。

"又是没得下锅米了吧？"张三爹笑一笑问她。

福元堂客不好意思地点一点头，偷眼看看她三叔的脸色。

"亲为亲好，邻为邻安，只要我有，没有不肯的。"张三爹说到这里，顿了一顿，又小声说道：

"我问你句话，昨夜福元他们又开什么会？"

"他没有开会。"福元堂客心里一惊，连忙否认。

"没有开会！你当面捏白[1]。你只讲，他在会上是不是又骂我了？"

"没有，没有，说天良没有。"

"说天良没有！我还不晓得，你们这班后生子，没有吃得油盐足，把土地菩萨都打得稀烂，灶君王爷也撕掉，还说天良！"张三爹说到这里，心里想道："人家心都是歪的，我不能太直。"他就忍住心头的怒气，脸上堆起狡猾的假笑，说道："你们瞒得过我么？早有人来告诉我了。"

福元堂客心里又一惊。她信以为真。她想：莫不是她二叔的崽，她的堂弟张雁秋去告诉他了？不会吧？要不是他，又是哪个呢？她左思右想，满腹狐疑，嘴上还是说：

"他确实没有骂过你，三叔。"

---

[1] 捏白：扯谎。

"确实没有，我晓得他的！老实告诉你，我没得米了，你请转吧。"说到这里，张三爹本来还想添两句"我有米喂猪，也不借给你"，但是没有说出口。他搐着犁，赶起水牯，气冲冲地从他侄女身旁擦过去，往组长家去了。福元堂客只得夹了空撮箕，无精打采，转身往家走。

张三爹把牛牵到组长家，吊在地坪里的一株柳树下，拿着鞭子，走进堂屋，看见盛福元也在这里，他气冲冲地叫道：

"队长！"他不叫他福元，还他个头衔，"牛我今朝不用了，你找旁人去，我腰子酸痛，要歇几天气。"

三

盛福元心挂两头，记挂家里没有米下锅，又

操心队上压头的工作。他正在和组长商量排工夫，泡禾种，如今凭空又添出这件事来：没有人用牛。今年上级的要求，要四犁四耙，一天工夫也不能耽搁。全队顶会用牛的，只有他和张三爹和第一组长，其余的人都是碌碌公。今天要耕的是几丘干田，秒干田不叫里手去，田底子翻得高低不平，塞不死漏，装起水来，会漏得跟米筛子一样。如今张三爹不肯出工，第一组长又病了，商量排工和泡种都躺在床上。他自己去吧，却又要泡种。

"秧好半年禾"，泡种育秧，关系一季的收成，他不放心叫人家去搞，除了他，别人都没有学习，又缺少经验。干田子呢，不能再拖了，再拖，会赶不上季节。他正在为难，第一组长从床上坐起，披上棉袄，慷慨地说道：

"我去用牛。"

"你去？行吗？人匡得住吗？脑壳痛好一点

没有？”福元看见他肯抱病去用牛，心里高兴，但又十分关切地发出一连串问话。

“好一些了，不要紧的。”

“你要实在匡不住，就回来，再换人去，你多穿件衣，捂出一身汗，就会好些的。”

福元看了第一组长掮着犁，赶着水牯，走得远了，自己忙去邀了张雁秋，一心一意赶去选种和泡种。

这一天是三月二十日，旧历是二月初九，节令正春分。队部地坪里，有一株桐树和三棵桃树。桐树的丫枝还是溜光的。桃花却开了，红艳艳的，连成一片，远远望去，好像一抹粉红的轻云，浮在淡蓝的天底下和深黑的屋檐边。

太阳还好，只是有点风，气温不高，人们还穿着棉袄。

共产党员盛福元跟青年团员张雁秋把一口大

缸抬到队部前面的井边上，再把翻晒过的"齐火粘"禾种一担担挑到那里。缸里倒了半缸水，放了二十五斤盐，福元用篾丝箩装了半箩禾种谷，浸在盐水里。他一手扶住箩筐边，一手伸进箩筐里，把谷子拌了几拌，瘪谷子和有点毛病的谷粒都漂到水面上来了。他用笤箕把它们捞起，倒在缸边一只空箩里，再伸手搅拌浸着的种谷，把瘪谷捞净，然后快捷地提起篾丝箩，递给张雁秋。福元学习过选种泡种，晓得禾种不能在盐水里浸得太久了。他的手脚非常灵便。

张雁秋一面唱歌，一面不停地用提桶从井里舀出一桶桶清水，浇在禾种上，把那沾在谷上的盐水冲洗干净。

福元空着肚子在井边不停地选种。起初，看见这十粒五双的、金黄的种谷，他不由得想："这样的谷子，我只要有一挑子就好了。"但随即责备自己，不该这样想。他听雁秋住了唱，笑着说道：

"禾种好，田里粪草又下得足实，丰收是十拿九稳的了。"

"也还要争取。今年上级给我们的任务是把社里的田插上百分之九十五的双季稻，保证两季大丰收。要做到这样，犁耙上还要用劲，过去只两犁两耙，就要插田，今年要四犁四耙，工夫多出一倍来。犁耙当粪草，多犁多耙，等于多下肥。"

"这个不难，我们牛力足。"

"牛力是足的，只是用牛的人有了点问题。社里正要抢季节，你三叔又不出工了。"

"真可耻！"雁秋愤愤地说道，"要依得我的火性，真想当面斥他一顿饱的。"

"你不怕他打你？"福元笑着问。

"新社会不兴打人。"

"也不兴骂人。"

四

盛福元和张雁秋把选好的禾种，一担一担挑回队部去，泡在小苏打水里。两人又把催芽的扮桶、稻草和石榨都安排停当，然后才分手。

在回家的路上，福元的兴奋劲一过，肚子浪空的感觉就特别地来得尖锐。他两眼发黑，一身嫩软的。一想到家里等着他的，是空米桶和空饭甑，还有伢子的哭唤和堂客的埋怨，他的脚步移动得慢了。

天黑了，他横过一条田塍，在两边长着深草的村里的小路上走了一段，又拐到一条狭窄的田塍路上，在临近茅屋前边的小地坪边，他留心一听，屋里静静的，没有一点点声息。田里的青蛙叫得越发响亮了。他走上阶矶，就去打门。屋里灯亮了，他从格子窗望去，只见他堂客披上棉衣，拿盏没有罩子的煤油灯，出来开了堂屋门。灯光照出她的脸，不但看不见怨色，还有点笑容，他心里有点诧异。把灯放在堂屋里的一张矮桌上，她一面进房，一面说道：

"饭菜都汽在锅里。"

"饭菜？哪里来的？"福元吃惊地问她。

"天无绝人之路，人是活的，总会有办法。"堂客笑着说。

"不要吹了，快说，米是哪里搞来的？"福元走进灶屋里，从那汽在锅里的饭甑里端出一碗擦菜子[1]、一碗萝卜丝，放在堂屋里的矮桌上，

---

[1] 擦菜子：把白菜、青菜或排菜切碎、揉上盐，放进坛子，沤黑了，再拿出来炒着吃。

转身装了一碗饭，走到堂屋矮桌边，坐在板凳上，一面扒饭一面问。

堂客不急不缓地说明：

"还不是政府贷的。"

"你又到乡政府去了？"

"财粮委员同信用社会计一起送来的，财粮说：'晓得你们没米了。'"

福元听说，心里一动，两滴眼泪落在饭碗里。他连忙用那沾满泥巴的衣袖擦了擦眼睛。他只顾扒饭，没有夹菜，也不作声。他想起来，在解放前，堂客出门讨过米。那时候，大家都困难，正像俗话所说的，六亲同运，亲戚里头没有一个富裕的，借措无门，只好拿起棍子碗，跑到外乡去。拿现在来和过去相比，真是天上地下了，不要说远的，光是这一次，家里米桶才见底，财粮委员和信用社会计就把米送上门来了。现在，一个人只要动一动手脚，用一用脑筋，就有好多的人关心你，想着你，为了你奔忙。想到这里，他下定决心，为了报答自己的党和政府的深情，他一定要带动全队，搞好生产，把田亩插上百分之九十五的双季稻，保证大丰收。

他想起张三爹，笑着跟他堂客说：

"政府比你娘家还亲吧？"

福元堂客没作声。她也生过三叔的气的，但一想到老倌子从前也苦了一世，直到解放后，才伸一点眉，她不忍怪他，就用别的话岔开福元对他的讥笑。她说：

"财粮委员叫我告诉你，这两个月青黄不接，你不必担心，只管安心搞生产。他又要我告诉你：以后不兴再带空头了，家里要销好多米，就报好多，多报不行，少报也不必。"

五

家里吃米解决了，盛福元安心落意地到队部去打点禾种。

禾种放在小苏打的溶液里泡过一天和两夜，盛福元把它们捞出来，倒进篾丝箩，用清水冲净，然后倒进扮桶里，拿蒸过的稻草盖在上面，再用石榨压在稻草上，让谷子在桶里发热、生芽。

白天，盛福元组织人去平整秧田，晚上，他住在队部，守护禾种。他从经验里晓得，禾种坏事，只要一两个时辰。老班子们说："催芽没有巧，只要几夜不睡觉。"晚上，他和衣躺在一张架在两条高凳上的门板上，借了一支手电，放在床头。隔一两个钟头，他就起身，打起手电，走到扮桶边，揭开稻草，伸手探一探禾种，看发热没有。早晨起来，他的两眼熬红了，一身嫩软的，又牵着牛，掮着浪耙[1]，去平整秧田。

第三天是一个阴天，傍晚，福元跑到队部去，伸手往扮桶里一插，禾种发热了。当中的谷，还烧得烫手。他慌忙揭开稻草，轻轻地把上边的谷子拂到扮桶的四角，把当中的谷子翻上来。禾种全都亮胸[2]了，有的生出了淡黄的嫩尖，冒出了粗壮的短芽。盛福元好像得了崽一样，欢天喜地，跑到社里去报喜。社长邀着两位副社长，生产委员，和监委主任，一齐都到大坡生产队来看谷芽子。他们站在扮桶边，用手抓起一些禾种来，摊在手掌心，细细地观察，又纷纷地议论：

"都亮胸了。"

"是呀，好壮实的芽子。"

"这禾种多好！没有一粒凹谷子，也没有稗

---

[1] 浪耙：一种耙平水田的很宽的木齿耙。

[2] 亮胸：谷种发芽时谷壳裂开，露出白色的米。

子。"

"盐水选种实在好。"

"芽子出得这样齐,过不几天,就要下泥了。"

"今年下泥,整整早一个季节,要在往年,这时还没讲起泡种呢。大家都只看桐花,都说桐花没有开,种么子都烂。"

"这些老话不能全信了。早一日,早一春。早稻早下泥,晚稻也提早,两季都会有上好的收成。"

"听说,今年山乡老虎多,老班子说:'虎出太平年。'今年的好年成是靠得住的了。"

"又信迷信了,老虎哪里晓得世界好不好,太平不太平!"

"你不要小看老虎,这家伙比猫还有灵性,它只用鼻子一嗅,就能闻出年成好不好,天气坏不坏。"

"照你说的，老虎应该调到气象台去工作了？"

因为愉快，大家的笑话就多了，他们一面说笑，一面又到别队检查谷芽子去了。晚上，盛福元还是照常留在队部，守护芽子。

夜里起风了。天将亮，又落起雨来。横风猛雨，一会儿就动了屋檐水。电光急闪，雷声不绝。有个落地雷，蓦地一炸，震得屋里的木格纸窗全都颤动了。

下一阵猛雨，响一会炸雷，接着是细雨霏霏，凉风习习。过不多久，雨点又大了。这样一直不停点地落了五天带五夜。大坡队的芽子长得很深了。盛福元满脸愁容。他怕芽子捂坏了，邀着张雁秋，搬出三铺晒垫来，铺在队部堂屋里，用撮箕把芽子从扮桶里撮出，摊在晒垫上。

雨不停地落着。看见张三爹的人，听他发

话了：

"节气没有到，也霸得蛮的？"

有时，他站在自己堂屋前面的阶矶上，吧着旱烟袋，看着飘落不停的雨丝，对邻舍说：

"这一下，我看双季稻要变成双脚跳了。"

而愁云，也确实像天上的雨云一样，在人们的脸上，越铺越密，越积越厚了。年轻的后生子们虽说有一多半相信上级领导的正确，但看着天气，也有些担心。几个年纪大点的社员，天天穿起木屐，打着雨伞，走到队部看芽子。他们看见有些芽子阴干了，都着急，叹气，对于早泡种，起了怀疑心，有点接近张三爹的思想了。

社委会连夜开紧急会议。有的社干主张落雨也下泥，理由是田里泥温高，禾种下了泥，总比摊在屋里阴干好。有人反对道：

"正落雨，你把秧谷撒下去，雨点把田里的

泥浆打得翻起来，又沉下去，把芽子埋了，会烂秧的。"

社干们正在议论纷纷，主意不定，忽然有个人打着雨伞，穿着草鞋，走了进来，大家连忙起身跟他打招呼。这人是乡支书老卜。他一面收伞，一面告诉大家说，县委会来电话说：已经泡了禾种的各个农业社，为了防备芽子烂，都要赶紧筹集第二批禾种，家里还有早稻的农户，都赶快登记，以备收购。

六

到了第六天夜里，雨终于停了。第七天早晨，太阳出来了，照得满天红，村落东边的山上蒙着一层雾织的轻纱。天上还有水墨色的云，但有经验的农民都说，这一回要晴一向了。

张雁秋欢天喜地捎着锄头去堵塞田里的越口[1]。他故意绕了个弯子，走到他三叔门前，放慢脚步，唱起歌来。张三爹一声不响，躺在自己的灶屋里抽烟。他心里暗想："农业社是狗戴帽子，碰对了。"

福元一连几夜没有睡，这天天不亮回家，才困了一阵，一听他堂客叫他，说天开了，太阳出来了，他翻身起床，脸也不洗，饭也不吃，跑到各组去，催人准备下午就播种。

"为什么要等下午呢？"路上碰到的张雁秋性急地问他。

"要等秧田里的泥水澄清一点。"

"天又一变呢？"

"不会了。"福元看一看天，天上还有几抹

---

[1] 越口：田塍上的流水沟。

水墨色云彩，此外是广阔澄净的蓝空，"这回晴稳了，久雨必有久晴。"

"抢播如抢宝，还是早些好。"张雁秋说。

福元沉思了一下，觉得雁秋说的也有理，就点头道：

"看吧，等泥水稍为澄清点，我们就动手，快回去准备家伙，多拿两个撮箕来。"

四月二日，挨近中午，盛福元、张雁秋、第一组长和其他几个有技术的后生子和老倌子们，把秧谷子挑到一组秧田的田塍上，然后，一人夹一个撮箕，把装着的秧谷，分头一把一把撒在作成一厢一厢的"合式秧田"里，撒得又稀又均匀。这时节，桐花还是没有开。

"等桐花开时，我们插田了。"福元愉快地跟社员们说。

一连出了五个大太阳，秧长起来，而且转青

了。接着又扯了两夜露水，秧已经有一拳头深。温暖的南风吹过秧田里，把嫩绿的、柔软的秧苗吹得颤波波的，好像一铺在风里颤动的绿油油的、新鲜美丽的、细针密缕的绒毯。

晚上，稀稀朗朗的星斗，预告明天又是一个好天气。石塘农业社的大坡生产队又在队部开队会，动员社员搞四犁四耙。男女社员都来了，挤满一堂屋，开会前，有的打扑克，有的抽着烟。张三爹也提着旱烟袋来了。他悄悄地挤进人群，坐在屋角落里的一张小竹凳子上，背靠着墙壁。几个眼尖的后生子早看见他了。有一大群人，正在谈论这次早播的胜利。

"现在桐花没有开，我们的秧苗已经有了一拳深，再不怕烂了。"

"有一句老话，"张雁秋模拟他的三叔的口吻，笑着说道，"穷人不信富人哄，桐树开花才下种。"

张三爹脸上发热。他低着头，只顾抽烟，一声不响。另外一个青年对张雁秋说：

"桐花早就开过了，你没有看见？"

"哪里开了？"

"那里不是吗？"那个青年指指门外地坪里的快要凋谢的三树粉红的桃花。

"那是桃花，不是桐花。"

"哦哦，那是桃花，不是桐花。"青年故意嘲弄地重复，"照你说的，桐花是真没有开？"

"哪一个哄你？"

"不，穷人不信富人哄……"

这话没说完，大家都笑了。盛福元敲一敲桌子，大声叫道：

"同志们，不逗耍方[1]了。"他看大家嘲笑张三爹，没完没了，连忙劝阻。他心里想，三爹有些地方的确是顽固，但在犁耙上还是这里数一数二的行角，说也奇怪，牛在他手里，不但跑得快，而且很听话，根本用不着鞭子；他耕的田，田角很小，田底子又平平整整。福元心想，这样的人应该争取，有毛病要耐心地教育，不能嘲笑、刺激和打击。他接着宣布："还有几家没有来，我们边开边等吧。再过二十天，就要插田了，田里工夫紧得很。秧长得风快，只能田等秧，不能秧等田。今夜要把这一小段的工夫都排好，哪些人积肥，哪些人翻坯子，哪些人帮田塍，哪些人用牛……"

大家议论着，各人认做自己会做的农活，没

---

[1] 逗耍方：开玩笑。

有人注意张三爹了。张三爹也没有作声。后来，还是福元开口问：

"三爹你呢？明天搞什么？"

张三爹被他侄郎救出了冷落的窘境，心里很欢喜。听到问他做什么，他本来要说"我去用牛"，但又害怕后生子们笑话他："看秧长好了，你又来了。"他低头不应，只顾抽他的烟袋。福元问到第二句，他才装作满不在乎的样子，慢慢吞吞地说道：

"我听分配，队上分配我用牛，我就用牛。"

他说这话时，习惯地把他的长长的油实竹烟袋在砖地上磕着，磕去烟灰，重新装上切细的烟叶。但这一回，他的烟袋是轻轻地落地，没有跟平素一样，崭劲地磕得嘣咚嘣咚响。

一九五六年五月，竹山湾

民兵

三月下旬，时晴时雨，桃树上的粉红的花朵和翠青的嫩叶常常滴落着水珠。农村里正是开花的时节，也是农忙的时节。

　　订了婚的民兵小伙子何锦春，正像一个作家描写的一样："从心坎的深处感到幸福和快乐。"到井边挑水，进山里砍柴，他都唱着歌。新歌他不会，他唱的是旧的山歌：

　　　三月望郎望花开，
　　　望得后花园中桃花开，

桃花开在桃树上，

手攀桃树望郎来，

望得花开花谢郎不来。

他的声音清亮而圆润，村里的姑娘们都爱听他唱，就是旧的歌也好。

可是这几天，何锦春实在忙极了，歌都没有唱。远近的山里起了谣风，说是"鸡蛋鸭蛋要归公，村里的堂客们要住在一起，走人家，回娘家，都不准许"，搞得农业社里人心惶惶。乡上估计有坏人活动，叫民兵连夜放哨和巡逻。有几个青年累得白天出不得工了。

何锦春的体质好，往往夜里放了哨，白天还是照样地出工。

有天晚上，何锦春放了一夜哨，第二天，又挑一整天塘泥，把他累坏了。散工后，回家洗完脚，吃罢饭，他提一个烘笼子，坐在床边上，烤着手和脚，跟妈妈谈了一阵家务讲，就把烘笼子摆在床跟前，放下帐子，收拾睡了，不久发出了酣睡的鼾声。

何锦春的父亲去了世，三个姐姐都出嫁了，家里就是娘崽两人过日子。他困在侧面铺上，他妈睡在正床上。

快要天亮时，何妈热醒了。她觉得奇怪，三月天气，房间里为什么会有这样热？睁开眼睛，她大吃一惊，侧面铺上出现了耀眼的红光。

"失火了。"她心里想，慌忙爬起来，吓得话都说不出，棉袄也来不及披上。她趿着鞋子，三步两脚赶到侧铺的跟前。帐子的前幅快要烧光了。她没有扑火，一心只想把她的独子救出。何锦春还在打鼾，她跑到没有着火的床铺的一端，揪他的头发，拧他的肩膀，好容易他才醒转来。

他睁开眼睛，满眼是烟焰。火更大了，烟子弥漫着房间，通红的火舌快要舐着楼板了。如果烧着了屋子，就要延烧整个屋场，十几户人家都要遭殃了。何锦春慌忙爬起，穿身单衣，用手去扯那烧着的帐子，好断绝火路。他的手都烧坏了，脸也受了伤。着火的帐子扯到地上扑灭了。被窝褥子还在冒烟，何锦春和衣一滚。被褥上的火也压灭了。他才喘一口大气，筋疲力倦地坐在床边一把小竹椅子上。

火救熄了，各家幸喜都没有遭灾。何锦春的被褥和衣服却烧得稀烂，头发眉毛烧焦了，手上和脸上尽是透明的水泡。一个眉清目秀的漂亮小伙子变得不成样子了。

天亮时节，闻警赶来的邻舍拥进了何妈的房间。小孩子们挤在最前头，一声不响，惊异地看着何锦春。他低着脑壳，脸上的燎泡不停地往下滴黄水。堂客们吓得看都不敢看。何妈急得直在房间里打转，心里刀样绞，脸上纸样白。她不知道做什么才好，经别人提醒，她才拿起自己一件旧棉衣，披在崽身上。

社干们走来看望，民兵队长和治安主任也从乡政府赶来。慰问了伤者，视察了火场，他们又向何妈和她的邻舍进行了调查。知道房里门窗关好了，起火之前，根本没有生人来。他们的眼睛落在床铺跟前的烘笼子上面，经过研究，肯定是帐子拖在烘笼子的火盆里，惹起火来的。

"年轻人未免过于贪睡了。"治安主任说，口气里，略有责怪何锦春自己的意思。

"怪不得他。这几天工夫太紧，又要放哨，要不，就是贪睡，也不至于火都烧不醒。"民兵队长解释说。

治安主任听了这句话，对何锦春深怀赞许，

连忙转身安慰何妈说：

"何家翁妈，你老人家不要急，他会治好的。"

替她把家务事安排了一下，派定一个人以后天天来帮她挑水，两个人就告辞走了。

不大一会，乡上送来一封信，是介绍伤员到镇上的卫生所去的。人们找出一副轿杠子，又把一张小竹椅子绑在杠子上。两个扎实的民兵自告奋勇去送何锦春。他们把他扶得坐在椅子上，劲板板地抬起来，往镇上走去。

天正下着雨，空际灰蒙蒙。远山被雨染得迷迷茫茫的。有些地方，露出一些黛色。近山淋着雨，青松和南竹显得更青苍。各个屋场升起了灰白色的炊烟。在这细雨织成的珠光闪闪的巨大的帘子里，炊烟被风吹得一缕一缕的，又逐渐展开，像是散在空间的一幅一幅柔软的轻纱。

大路和田塍，被雨淋湿了。满路是发黄的，

远看也像发白的泥浆。两个民兵，踏着泥浆，抬着轿子，滑滑溜溜到了大塅[1]里。有人发觉，他们都没有打伞，忙叫送伞去。一个小伙子找了四把雨伞，自己打一把，三把夹在手臂下，跑去追他们，半路滑到水田里，爬起来又赶。

"你拿那么多伞去做么子呵？他又不能打。"有人嚷叫。

何锦春手上尽是燎泡，的确不能够打伞。他也不能戴斗笠，因为额头烧坏了。人们只好由他一路淋着雨去了。创伤痛得入了心，尤其是生雨打着燎泡的时候，但他没有哼一声。何锦春是一条硬汉。

邻舍和社干，有的在替何妈收拾屋子和床铺，有的安慰着何妈，叫她不要急，都说公家医院有

---

[1] 大塅：指平野。

种金创药，她的儿子敷了就会好。但在私下里，他们都不免担心：不晓得何锦春能不能诊好？就是好了，脸上一定会留下一脸的火疮疤子。别的都犹是小可，只怕婚姻上会发生一点子阻碍。

人们的担心是有根据的。他们看见过那位姑娘。她很标致，订婚以后，直到如今，也还有不少的人追她。从口气里，她透露过，希望找到一个相貌堂堂的男子。她跟何锦春是在彼此见面后，彼此看见对方的人品出众，才订了婚的。如今呢？遭了这场灾，何锦春的手脸烧得那样子，人品出众么？怕难说了。

大家都抱着这样的担心，离开了何家。

两点钟以后，何锦春被抬回来了。头脸和手上包扎着白洁的绷带，脸上只剩眼睛和嘴巴还露在外边，焦黄的头发滴落着雨珠。两位民兵扶着他走进房间，邻舍送来了被褥和枕头，大家七手八脚地安置他睡了。

"要不要送封信去给卜玉英？"一个民兵问。

"不要，多谢你。"何锦春费力地回答。

到了夜里，房间里只剩母子两个的时候，母亲低声说：

"伢子，反正是瞒不住的，还是透个信去给她吧？"

"不要，妈妈，你懂么？"何锦春吃力地说。他一讲话，嘴巴牵动脸上的筋肉，就痛入骨髓。

"我懂的，伢子。"母亲噙着眼泪说。

真的，母亲是最懂儿子的心的。她晓得他是怕爱人来了，看见他这样，也许会难过，这就要使他不安。但哪一个料得到手呢？也许会发生意外的感情的变化。姑娘的心，像水一样，没有定准。

第二天下午，天色转晴了，阳光照着开得正旺的带雨的桃花，露出粉红加上银白的奇妙的绚烂的光彩。禾场上的一群赤脚的孩子急急忙忙跑进了何家，争着叫唤说：

"卜老师来了，卜老师来了。"

卜玉英是十里外一个初小的教员，孩子们都叫她老师。

何妈颤颤跛跛走到房门口，对孩子们说：

"快去告诉她，说锦春不在，住医院去了。"

她的话还没有落音，卜玉英早已走进了堂屋，何妈惊惶地摇手：

"他不在，他不……"

卜玉英好像没有听见她的话一样，跨进了房间。她穿一件花哔叽棉袄，剪短的头发上扎着青缎子结子。何妈胆小地偷偷地看着她的标致的脸颊。她分不清楚，姑娘的脸上的神情是忧愁呢，还是懊悔。

卜玉英来到了病人的床前。何锦春睡在床上，用被窝蒙住了头脸。

窗外站着一群堂客和孩子。他们的眼睛巴着窗纸破了的亮窗子，朝屋里窥看。他们好奇而且担心地想看个究竟。

从亮窗子眼里，他们看见卜玉英弯下腰去，想伸手去揭被窝，又忽然停住。何锦春还是把头蒙在被窝里，一动也不动，也不作一声。

在床边，她坐下了。窗外的妇女都相视一笑。孩子们也都屏声息气地望着。他们看见何妈在房间里打转。姑娘只是文文静静地默默地坐着，有时看看受伤人，好像要说什么的样子，但又没有说什么。

这样过了一阵子，她用手去轻轻地给病人掖掖被窝，站起身来，又抬手掠了一掠拂到脸上的几根散头发，走到惊惶、愁苦、脸颊浮肿、显得衰老不堪的何妈的面前，悄悄地说道：

"妈妈，他睡了，我不惊动他了。你老人家不要急，他会好的。"

何妈听见她叫她妈妈，激动得哭了，一连串的浑浊的泪水，顺着她的多皱的、浮肿的脸颊，滴落在胸前。她只听到"妈妈"两个字，其余的话，没有听清，但是，只要有这两个字，就够了，这证明了她还是承认她们之间的关系，此外还要什么呢？

"我现在要进城开会，明天再来。"

卜玉英说完这话，走出了房间。堂客们和小孩子们都赶紧从窗前散开。何妈赶到房门口，姑娘已经走远了。老婆婆扯起衣角擦擦眼泪，笑着赞叹道：

"如今的妹子真有义气，真好呵。"

"青年团员，还有不好的？"一个邻舍女人说，其实，不久以前，她也担心何锦春的婚姻会发生阻碍。

"生怕她会嫌弃我们，如今看来，好像不会变卦了，你看不会吧？"何妈抬起一双泪眼，含笑地询问。

"保险不会。"人群里，一位相当标致的姑娘肯定地回答，好像她是卜玉英本人，或者卜玉英的有代言资格的姐妹一样。

邻舍们分尝着何家遭灾之后的新的欢喜。

七月望郎郎不来，

姐在后花园中搭一望郎台，

一日望来望三转，

三日望来望九遭，

望郎不到砍台烧。

三个多月以后，村里又听到了何锦春的潇洒

的歌声。他的剃了的烧焦的头发和眉毛都长起来了，脸上也没有瘢痕，只是火烧的地方，皮肤稍微黑一点。他又快活了。到井边挑水，进山里砍柴，都唱着山歌。他的声音清亮而圆润。村里的姑娘们在塘边洗衣，到园里摘菜，都爱听他唱，但又装作没有在听的样子。为什么又要听，又要装作没有在听的样子呢？因为这支歌，依照那位相当标致的姑娘的"恰当"的评论来说："难听死了。""望郎不到砍台烧"，这像什么话？

村里人传说，何锦春的结婚的日子看好了，是在冬天，在田里的晚稻收割了，山里的茶子花开的时候。

一九五七年三月

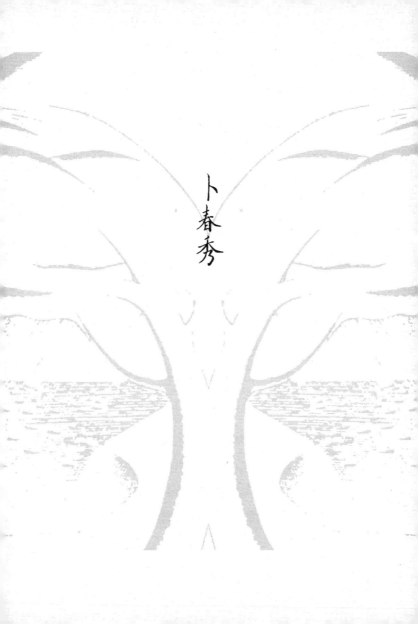

卜春秀

一

　　我们生产队里有一位姑娘……一提到姑娘，年轻的女读者就会急急忙忙地发问：她是么子样子？脸模子好看不好看？穿的么子衣服呀？等等。问个不断纤。我近来发现，最爱议论妇女的，是妇女们自己，而不是男人。至于男人们，大抵都粗心得很，有的还荒唐得很。一听我要说的是位没有出阁的姑娘，就不管它三七二十一，高高兴兴，满怀信心地看下去，好像这标致的女子会从书页上下来，单单看中他似的。其实不见得，因为我要讲的这一位，已经有了够她烦恼、充满矛盾的心事。

今年春天里的一天，歌喉婉转的阳雀子开始啼叫了。田塍上的草色一片绿茸茸。卜春秀，就是我所要说的姑娘，上山砍了一担湿柴禾，正挑下山来。在茅封草长的村路上走了一阵子，她有点累了，微黑的、丰满的脸上汗爬水流；额头上的一绺短头发胶着汗珠子，贴在左边眉尖上。来到一眼井跟前，她放了担子，打算息息肩。这里是她时常歇气的地方。她扯起褪了色的粉红布褂子的大襟抹了抹脸上的汗水，坐在井沿草坪上。在这里，在这芳香的、翠青的草地上，有她好多记忆呵。小的时候，她跟合适的伙伴常到这里来玩耍：吵嘴、胡闹、办席面[1]、打擂台，或是拿草叶子折成小哨子，放进口里，学山里的鸟叫。如今长大了，这些把戏好久不干了；但每一回从草坪里过身，她总要想到那些混混沌沌、欢欢喜喜的往日。她又记起，一年多以前，邻近一个后生子，从前也是她的小游伴，如今长成一位浓眉黑眼、武高武大的莽汉，有一天，正在这里遇见她，没说话，脸先红，随即把他抱的一只黄澄澄的大柚子笨拙地塞进她怀里，慌忙走开了。

"这做么子呀？"卜春秀不由自主地接了柚子，好久才从惊讶里清醒，这样地问，脸也通红了。

"我妈妈说，送给你们吃。"冒失鬼一边答说，一边走得更远了，头也不回，好像为这唐突的举

---

[1]　办席面：原指办宴席，此处是指小孩做游戏时用切碎的蔬菜之类放在瓦片里办"宴席"，有如北方小孩"过家家"。

止，自己蛮不好意思。

"他妈妈和我家里从不来往，为么子送柚子来呢？"卜春秀站在那里，看着柚子，寻思一阵，得出了结论："这不明明是他自己送的吗？"

这是卜春秀生平碰到的头一桩奇事，但细细品味，也蛮有意思；特别是那人手脚失措的紧张的样子，长久地使她发生一种清甜的、自觉优越的快感。

以后不久，冒失鬼参军去了，一走就是一年多。听他妹妹说，如今他守卫着祖国的遥远的边疆。人越离得远，越叫人挂牵。她又打听到，那里有的是机灵、周整的姑娘。"也有柚子么？"她担着心事。想到这里，她叹一口气，起身走到水井边，蹲在踏脚石板上，俯临清澈的水面。瞅着映在水里的自己的略圆的脸块，额上的短发，还有那整齐的、洁白的牙齿，她暗暗地欣赏了一阵，随即用双手捧起微温的泉水，正要洗洗脸，忽然从背后的高处飞来一颗不大不小的石头，掉在井肚里，水花四溅，有两股竟毫不客气，亲到她的脸上和嘴上来了。

"是哪一个鬼呵？"

她生气地问，忙用衫袖揩干脸上溅的水，偏过头去，看见山边树丛里，露出一个姑娘的笑脸。因为身子往前探，这妹子的一双黑浸浸的肥辫子趁势溜到胸前来了。

"是你呀，你这个要死的鬼婆子。"

"是鬼婆子，还要死么？"双辫姑娘调皮地笑笑，跳下堤坎来。她穿一套青布褂裤，底下是赤脚草鞋。走近草坪，她又说道：

"你坦白坦白，为么子一个人叹气？是不是想我的哥哥？你偷偷地说给我听，我悄悄地给你写一封信去，好不好？"这女子说完就跑。

"是角色莫跑。"卜春秀起身追赶这胡说八道的姑娘。在人世间，有好多的事，本来是只准当事人心里想想，不许人家说破的。这个斗胆的姑娘，卜春秀的邻舍，也就是她在想念的参军去了的王桂香的妹妹王菊香，竟敢大声嚷出了自己的心事，这还了得？不给她一点厉害是不行的了。她纵步追赶，但被追的角色已经跑远了。

卜春秀只得回转身子，挑起柴禾担，准备回家去。正在这时候，她听见妈妈在大门口叫唤：

"秀女子，使得还不回家呀？家里来客了。"

"来啰。"卜春秀答应一声，于是，一边挑起柴禾走，一边心里想："不晓得是哪一个来了？"

二

跨进八字门楼里，卜春秀把柴禾捆子搁在屋

端墙边上，抬头一望，只见灶屋门口站着一位五十上下的婆婆，黄皮寡瘦，头上戴顶青绒帽；青缎子棉袄精致而合身；一双小脚走路颤颤簸簸的。

"姑妈，你好！么子时节下乡的？"卜春秀赶上前去，亲热地问候。

"才到不久。还是这样勤快呀，秀妹子？少挑一点吧，要不把背压驼了，找婆家就费力气了。"

"姑妈你没得名堂。"提起婆家，又联想到柚子，姑娘脸红了。

"没大没细，看我不捶你？"从灶屋里出来的卜妈斥骂自己的女儿，"还不去把湿衣子换了，要找病啵？"

卜春秀调皮地对妈妈撇一撇嘴，蹦蹦跳跳跑进卧房里，脱去汗湿的粉色的衣裳，换了一件干净白褂子，披上花棉袄，兴兴头头跑出房间来；

只见妈妈和姑妈坐在矮桌子边上，正讲悄悄话，看见她来，连忙止住。灶上锅里水开了，一股一股白蒙蒙的蒸汽往上空升腾、铺散，然后飘满一屋子。木板锅盖给热气冲得一起一落的。卜妈站起来，走到碗橱的跟前，拿出一摞红花细瓷茶杯子，准备泡茶。

"我来，我来，妈妈，你放下吧。"卜春秀抢上前去，接住茶杯。失了业的妈妈只得退回来，仍旧坐在姑妈的近边。

"放一点盐姜。"妈妈吩咐。

"晓得啰。"卜春秀说着，从碗橱子里寻出茶叶和盐姜，每只茶杯里都匀了一点，然后拿个竹端子，从大锅里舀出滚水，冲了两杯，分送给老人。姑妈接了茶，含笑说道：

"今朝吃你盐姜茶，过不好久，要吃你的糖茶了。"

"姑妈你太不正经了。"卜春秀嘟着嘴巴说。

"混账东西,还不给我进去呀。"妈妈骂她,并且攀她走。

卜春秀走进卧房。心想下半天还要出工,她脱了草鞋,侧身倒在床铺上,打算躺一躺,但心里不能安神。两位老人的悄悄话有些可疑。她们一定是讲她。谈的什么呢?好奇又加上担心,她翻身坐起,顺手理理鬓边的乱发,穿了草鞋,轻轻摸摸走到门背后,左耳贴在门缝边,只听老姑嫂们的谈吐,一时低,一时又高点。姑妈说道:

"……家景蛮好,伢子又利落……"

底下的话听不清楚了。卜春秀撒一撒嘴,离开门缝,从后房里转出,掮把锄头,邀了队上几个女伴一起挖草皮去了。

断黑时节,卜春秀回来,吃罢夜饭,洗完手

脸，就收拾睡了。如今乡村里提倡劳逸结合，农忙季节，轻易不开会，劳动一天的人们都休息得早。卜春秀跟着妈妈和姑妈同睡一挺床。两位老人躺下了。她吹熄了煤油灯，放下冷布帐，在窗口映进的柔和月色里，脱掉外边的褂裤，取去发夹，钻进姑妈一头的被窝里。老人们没有入睡，你一句，我一句，正在小声地谈讲，开首说的是些街上和乡里不相干的琐碎事，后来，姑妈听了卜春秀的低微的鼾息，悄声问道：

"肥桶脚盆都有了？"

"那倒是有了。"卜妈回答，声音也很低，"只是一宗，床置不起。"

"那不要紧，那边会办的。他们如今事体好，不在乎这点。"

卜春秀不愿意听她们说这些落后话，故意翻了一个身。

"细妹子，你还没睡着？"卜妈这样问。女儿虽然满二十岁了，在妈妈眼里，还是一个细妹子。

卜春秀没有作声。

"没有睡着，都听到了？那也好吧。"姑妈把头移得挨近她一点，伸手摸抚她的手。

"看你这手呵，又粗又大，不像姑娘的样子。"

"姑娘的手应该是什么样子，有规定的吗？"卜春秀气愤地反问，把手从姑妈的手里一下子摆开，又翻一个身，背脊对着这个老婆婆。

"姑娘们理当细肉白净，理当……"

"姑妈，你还是这号思想。"卜春秀转过脸来说。

"我是为你好，妹子，你晓得我这回下乡是为么子？"

"我管你为么子呢。"

"还是这样气性大，刚才你妈谈起来，自从你爸爸去世，她的日子没有松活过。如今她老了，你弟弟又小，还在住学堂，你一天到晚跟小伙子们一路，上山、下田、砍烧柴、搬泥块，如何了局呢？"

"这不要你管，我们有人管，了局不了局，反正不会投奔你老人家去。你在街上享清福，是你的私房，我们不眼红，也不会去傍福沾恩。"

"女子，你少讲两句好不好？"睡在那头的卜妈又骂她女儿。

停了一会，姑妈继续说：

"俗话说得好，亲帮亲，邻帮邻；不是骨肉亲，我也不得来管这号闲事。"

"真不来管，倒要多谢你老人家了。"

"到这步田地，反正你也猜到了。索性打开

窗子说亮话，告诉你吧，受了你娘老子托付，我这一回是来说亲的。男家住街上；伢子是在我眼皮下面长大的，蛮好，年龄、相貌都相当……"

"我不要听，我不要听。"卜春秀从被窝里伸出手来，把两耳掩住。

"女子你又发犟脾气了。"妈妈从枕头上抬起脑壳说。

"难得的是八字相合，人才又好……"

"再讲，我就起去了。"卜春秀从被窝里坐了起来。

"好，好，你睡吧，我不讲了。"姑妈连忙说，看样子是怕把事情闹僵。

卜春秀重复躺下，背对姑妈。朦胧的月光从格子窗上慢慢地升起，房里寂寂封音的。三个人都不作声，但都没睡着。各人都在想自己的心事。停了一会，姑妈问道：

“秀妹子，睡着了吗？”

卜春秀没有答应，假装发出了鼾声。她要听一听，两位老人还会谈一些什么。过了一阵，只听姑妈低声地说道：

“最有味的是那伢子自己相中了这边，真是前世的姻缘。”

“他几时来过？”卜妈觉得很惊奇，也很欢喜。

“去年秋收时，学堂里派他到这边来帮忙，看见了我们这个，回去就求我做媒。这门亲事最好不过了。你答应了吧。”

“我有么子做不得的啰，只怕我们这个烈家伙不肯答应。”

“那不容易，明朝我上街，把他引来，叫他们自由对对象，她会满意的。”

“那倒是好，不过我先要问清，要是妥了，那边肯不肯用红花轿子？”

"妈妈，你想花轿，你去坐吧。"在枕头上，在斜月的微光里，卜春秀实在忍不住，大声这样说。

"你混了账呢，女子。"卜妈气得咬牙齿。

"你放心，"姑妈连忙插嘴说，"一定要他们拿花轿来接。不坐花轿，成个么子样子呢？"

"是呀，不坐花轿，自己送上门，那还成么子体统？"姑嫂的意见达到完全一致以后，都安静地睡了。

三

第二天早饭以后，卜春秀的姑妈上街去了。到第三天太阳当顶时，她又来了，后面跟着一个细肉白净的小伙子，年纪约莫二十一二岁，穿一套青斜纹布制服，白底蓝格子衬衣的衫袖微微露在上衣袖口的外边；头上一顶青呢子制帽，压在一绺突出的乱发的上面；颈上围着一条白围巾；底下穿双黑皮鞋，鞋面略略蒙了一层灰；嘴里正嚼着槟榔。他一进大门，昂起脑壳，大模大样，谁也不理，走上阶矶，连连跺脚，并且说道：

"这灰呀，真是泼辣。"

卜妈慌忙走出来迎接，含笑跟姑妈寒暄了几句，转脸对客人问道：

"这位是……呵呵，还不相认呀，真是稀客，请进，请进吧。"

她一边说，一边邀着客人走进堂屋里，拖过一把竹椅子，用右手的衫袖掸去上面的灰土，抱歉似的笑笑说：

"请坐。这屋里像牛栏一样，秀妹子又不在家，贵客莫嫌弃。"

"乡里姑子乡里样嘛，你说是吗？"姑妈讨

好似的转向客人说。

"我去拿烟袋。"卜妈转身进房去，一会拿出一根旱烟袋，是她丈夫在世时使用的白铜嘴烟袋。

"不用，不用，这里有烟。"青年伸手从口袋里摸出一包香烟、一个打火机。他打出火焰，点起一支烟，脸朝着屋外，还是不理人。这时候，门外挤着一群人；小孩打头，也有妇女和老人。听说卜家来了客，左邻右舍轰动了，待在家里打草鞋的王菊香也赶了过来。对于卜家的动静，王菊香近日显得格外地关心，特别是来了年轻的男客这种重大的事情。

看见客人的打火机，孩子们纷纷地议论，一个胆大一点的伸出小手来，笑着说道：

"给我看看好不好？"

"有什么看的？没有什么好看的。"客人把

打火机收起。

"散开一些，都散开一些，没有什么好看的。"卜春秀姑妈对孩子们吆喝。

"由他们吧。"客人勾起二重腿，不在意地说，眼睛瞟着人群里的王菊香。

"看我做么子？"王菊香发问，脸微微红了。

"你不看我，怎么晓得我在看你呢？"客人笑笑说，吧了一口烟。

"你少调一点皮吧。"王菊香板着脸忠告。

"你贵姓？"客人又问。

"她叫王菊香，我们队上的军属。"王菊香还没开口，一个小男孩连忙插嘴。

"你是县一中的学生，名叫黄贵生，是吧？"王菊香说。

"是呀。你怎么知道？"

"你去年来过。"

"不错，你记性真好。"

"如今学校没放假，你怎么有空下乡？"

"每个人都有自己的自由。"

"你的自由太多了。"王菊香说完，又挑战似的问道："你父亲的生意蛮好吧？"

"我们没做生意呀。"黄贵生一口否认，脸却红了。

"没做生意，你瞒哪个？"王菊香紧追直逼，"你父亲下湖里去收了棉花，贩到街上，高价卖出，一转手就赚几百。"

"没有的事，你莫造谣。"

"公社里的党委书记和公安特派员都这样子说，都是造你的谣吗？"

"没有的事。"

"若要人不知，除非己莫为。"

这时候，卜春秀姑妈到后园里摘菜去了，堂

屋前吵嘴，没有人解劝；正在杀鸡的卜妈，连忙撂下鸡和刀，颤颤簸簸走出来，朝门外说道：

"菊姑娘，你妈妈在叫你了，赶快回去吧。"

王菊香一溜烟跑了。挤在门口的老人和妇女陆续地走散。小孩们又观察一阵，料想不会出现新奇事故和变化，也都散了。

黄贵生坐在门口，重新嚼一颗槟榔。意外地被王菊香抢白一阵，他心里还有余愤，正在打主意：到底是发气冲走呢，还是留下看看卜春秀？这时节，大门外头，一个孩子声音叫喊道：

"秀姐姐，你家来了客，是街上的。一进门就跟人相骂。"

黄贵生知道是卜春秀来了，连忙起身，整整白围巾，从堂屋里出来，走到阶矶上；只见大门楼子里走进一个揹着锄头的姑娘。这女子他只会过一面，而且是在对方没有觉察的时候看见的。

不过她的油黑的、微圆的脸蛋，调皮地随便散在额上的短发，整齐的、洁白的牙齿，以及肌肤丰满、四体匀称的身段，给他留下深深的印象，至今还记得一清二楚。这一回猛一见到，他兴奋、激动，心跳得厉害，但是，像老演员一样，他能够控制自己。装出满不在乎的模样，他走上前去，伸手要去接她肩上的锄头，对方闪开了。他笑笑致候：

"春秀姑娘，你辛苦了？"

卜春秀诧异地问道：

"你是？"

"我是你街上姑妈的邻舍，名叫黄贵生。"

"对不住，我们好像不相认。"卜春秀退避一步，红着脸说，一边取下肩上的锄头，顿在板壁边，然后抬起头，从客人的近边擦过身，进屋里去了。黄贵生转身跟在她背后，还是笑着说：

"这不就算认识了？一回生，二回熟，我们

已经是熟人了。"他想放肆点，但一想起王菊香给他碰过的钉子，连忙收敛了。

卜春秀走到厨房，打水洗了手和脸，就转进卧房，不出来了。

两位老人待在灶屋里，油煎火烙，忙了半天，办了九碗菜，满满摆一桌。这边乡里有种客口待客的习惯。平素日子，自己一家吃饭时，只炒点辣椒，顶多还有一碗擦菜子；要是来了客，就想方设法，弄出好多碗，鸡、鸭、烘鱼、腊肉、熏腰子和蛋卷子等等，丰丰富富，香气喷鼻，中间放只汽炉子，主人还要道歉说：

"没得菜，真是对不住。"

卜妈的这一桌席面本来是够讲究、蛮丰盛的了，只有一点不称心，她的女儿无论如何也不肯出来作陪。姑妈进去，劝说半天，没有收效；小脚婆子走出来，把两手一摊。卜妈发火了，咬着牙道：

"上不得抬盘的贱货，你只莫理她。"

嘴里这样骂，心里却怕女儿赌气不吃饭，饿坏了身子。坐在桌上，她时常转过头去，瞧瞧房里的动静。乖巧的姑妈立即领会了，连忙殷殷勤勤拣了一碗菜，又装一碗饭，端了进去。

"你只莫理她，没用的家伙。"卜妈嘴里这样说，却并不阻止。

主客四人，分成两桌。房间里，在纸窗前面红漆长方书案边，卜春秀坐了独席。堂屋里，八仙桌子上，黄贵生端坐在大边客位，老人们上下相陪，敬酒夹菜，忙个不住停。整桌的鱼肉差不多都迁移到客人面前的红花碟子里来了，堆得比菜碗还高。

吃完饭，卜妈听见房间里面塞塞窣窣响了一阵子，不久，只见女儿从后门绕到前面阶矶边，脚上换了一双新草鞋。她赶出来，扬声问道："女子，你又到哪里去呀？"

"去替军属张妈砍柴禾。"卜春秀一边答应，一边拿起柴刀和扦担，越过地坪，往大门走去。

四

黄贵生正在堂屋里喝茶，看见卜春秀出门去了，连忙起身，想要跟去。小脚姑妈颤颤簸簸赶过来，附在他耳边，低声叮嘱道：

"莫要性急，伢子。"她亲昵地叫他"伢子"，好像他已经是她的侄女婿一样。"我们这丫头有个怪脾气，服软不服硬，是个八月十五日生的糍粑心[1]。耐烦点，她慢慢地会依允你的。"

---

[1] 糍粑心：此乡习俗，中秋节吃糍粑。糍粑是糯米做的，很柔软，形容人心软。

黄贵生一连答应几声"知道了"，装作闲散的样子，走出了大门。只见卜春秀低着脑壳，走上了通往后山的小路，剪得整整齐齐的、黑浸浸的稠发遮着后颈窝，发梢披在衣领上。他悄悄地跟着她走去。

　　路过王家的门外，王菊香远远看见了他们，追了出来。

　　在同一条路上，他们一个跟一个，踩着青草和朽叶，往山里走去。卜春秀把扦担扛在肩头上，右手拿着刀，一边走，一边想自己的心事，没有料到背后有人跟踪她。黄贵生心里只有卜春秀，没有想到自己背后还有一个人。

　　到了山边，卜春秀用柴刀拨开拦路的横枝，松松活活进了树丛子。对于这位时常入山的女子，各色野刺不敢太放肆，也许是优待，都不来挨她；但对她的背后的那位，野刺们不讲客气了。他才钻进山，一根扎刺上的尖刺挂住了他的右手的中指，在那上面拉开一条血口子。血流着，痛得他只想叫唤，又不敢叫唤，怕她听见了，破坏了他的预定的计划。他想深入丛林里，走到没有人烟的处所，低声地对她吐诉自己的倾慕的心情。王菊香远远跟在他背后，望见他这狼狼狈狈的样子，喜得她只想发笑，又不敢发笑，怕他听见了，破坏了这次愉快的侦察；她连忙用衫袖掩住了嘴巴。

就这样，只有卜春秀无拘无束，可以随便搅出点声响。她的背后那两位都轻手轻脚，生怕被人家发觉，他们小小心心进了山。但在山里，有的是树枝、巴茅和脚下枯焦的落叶，人们无论怎样地当心，有时也会带出点响动。卜春秀忽然听见背后有声音，连忙回转头去看。黄贵生把身子一闪，躲到一株栌树的后边。卜春秀看不到什么，心里断定："不是野物就是狗。"随即喝道：

"畜生你出来，出来试试看。"

"好呀，骂得我好恶。"黄贵生含愠地想道，"竟敢骂我作畜生。好吧，将来，等你落到我手里，我要叫你作畜生婆子。"想到这点，他转怒为喜，觉得被自己爱慕的这样一位标致的姑娘骂一声畜生，不但不吃亏，而且是很幸福、蛮甜蜜的事情。他欢欢喜喜，相当地得意；看见前边走动了，自己打算又举步。正在这时候，他的背后突然发出一阵可疑的音响。他猛吃一惊，怕是老虎；回转头去，麻起胆子，慌慌张张，拿眼睛往响处搜寻。透过黑洞洞的树叶丛子的间隙，他看见了墨黑的屋瓦的一角。"就是屋边头，黄天焦日怕什么？有么子老虎？"他稳住了胆子，像个英雄了，于是重新骁勇地向前边迈进；自然，还是轻轻摸摸地。

他的后臀的响声的来历是这样。王菊香的两

条肥大的辫子中间的一条调皮地缠在一根拦路的树枝上。她没有觉到,照旧往前走。身子前进的冲力把辫子一带,辫子又把丫枝牵动了,稠密的叶子哗哗啦啦响起来。黄贵生回头看时,王菊香早已蹲下,藏在巴茅丛里了,挽在树上的辫子还是吊挂着,但他没看见;他的心里当时只有老虎,后来又只有前面的姑娘,没有料到后边还有位姑娘,没有想到挂在树上的一条墨黑的东西竟是一位姑娘的辫子。

三个人来到了半山腰,这是一块平坡上,树稠柴密,卜春秀把扦担往地上一插,脱了棉袄,勒起白布褂子的衫袖,弯起腰子,动手砍柴禾。

砍了一阵,衣都汗湿了,她撂下柴刀,坐在一块石头上,扯起白布褂子的前襟揩了揩脸上的汗水,又拿它扇风。一静下来,她又想了。她怀念着出门人,而眼前的局面又十分尴尬。她的妈妈和姑妈的心意，她是晓得的。她们的主张决不能依允。但是，她的眼前现出了妈妈的花白的头发。不顺她的意，她会难过的。卜春秀想到这里，不觉叹了一口气。

"为什么叹气，春秀姑娘？"背后树丛里，一个男子的声音低低这样问。卜春秀吓了一跳，连忙回头看。

"你是哪个？"

"是你不认得的人。"黄贵生笑嘻嘻地从柴蓬里跳到敞阳地面上。

"你，你来这里做么子？"卜春秀脸上发热了。

"你一个人砍了这半天，准定累了吧？"

深山密林里，四围没有人，一男一女在这里，这算么子呀？卜春秀害怕将来有人讲闲话，自己千担河水洗不清。看见他走了拢来，她生气了，手执刀子，红着脸喝道：

"站住，不准拢来。"

"这是做么子？何必呢，急得这样的？"黄贵生满脸带笑，一步一步逼近这姑娘。他充分感到这是一个千载难逢的机会，一朝错过，作兴永不再来了。他大起胆子，又上前一步。

"你再拢来，我叫唤了。"

"叫吧，这山肚里，看你叫得哪个应！"

"我拿柴刀砍你了。"气愤已极，卜春秀真的扬起了砍柴的弯刀。

"你敢。"黄贵生口里这样说，心上却有些怯惧。

"看我敢不敢！"卜春秀扬起的柴刀的雪白的刀口，在树叶缝里透过的太阳光里闪闪地放亮。武器纵令很简陋，而又不过是掌握在妇女的手里，也能够造成流血，在胆小鬼看来，是可畏的。黄贵生更为害怕了。他停止前进，站在那里，眼睛死盯住柴刀，嘴角还是带笑容，但这笑里边，已经不只是包含倾慕，而是有些和缓对方敌忾的用心在内了。

"何必呢？"一时找不到有力的词句，黄贵生重复地说，"我们的事情，不必动刀枪。"看见对方拿刀的手放下去后，他安了心，笑笑又说："你知道我是来做什么的？"

"哪个管你？"

"我是想来帮你砍砍柴禾的。"

"这倒是新闻，你会砍柴禾？"卜春秀轻蔑地一笑，随即把柴刀丢到他脚边，"那你就砍一砍，显显身手吧。"

黄贵生捡起柴刀，走近茅柴丛，直着腰杆子，左手高高握住柴禾的梢尖，右手挥刀去剁砍。奇怪的是茅柴一点也不听他提调，刀子落在柔韧枝条上，给弹跳回来。卜春秀笑道：

"这样的架势，唉，还是算了吧。"

黄贵生一边挥刀，一边打主意。他记起了卜春秀的姑妈的嘱咐："我们这丫头服软不服硬，是个八月十五日生的糍粑心。"根据这提示，他心生一计，随即猛然叫一声"哎哟"，把柴刀扔了。卜春秀慌忙问道：

"何的呀？割了哪里？"她三步两脚，走到他跟前。黄贵生举起右手，把扎刺刮破的手指伸到她眼前。血糊糊的口子使她吃一惊。一时之间，同情掩没了嫌恶，她跑近一步，握住他的受了伤的手，从白褂子上撕下一个衣兜子，给他裹伤。趁着卜春秀全心全意为他料理的机会，黄贵生挨起拢来。他的额前突起的乱发挨着她脸了。正在这时候，他们背后，矮树丛里，爆发一个女子的吃吃的笑声。卜春秀忙问：

"是哪一个呵？"

五

"是你不认得的人。"王菊香从树丛里跳出。看见他们两个人挨肩站着，她斜睄一眼，冷笑一声道："哼，好亲热呀，真对不住，冲散你们鸳鸯了。"说完，她转身就走。

"往哪里走，你这调皮鬼？"卜春秀连忙扑过去，一把拖住王菊香。黄贵生也赶起过来，抓住卜春秀右臂，笑嘻嘻地说：

"不要理她，由她去吧。"

卜春秀把手一甩，身子一扭，含怒地说：

"走开，哪个许你动手动脚的？"

王菊香相当满意卜春秀的这种明确的表示，但是，她看出了，她并不恨他。为了她哥哥，她还要做一点工作。略一凝思，她就板起脸，质问这后生。

"你这个人怎么又跑到这里来了？"

"这里来不得？"黄贵生瞅着这姑娘，显出又怕又恨的样子。

"别人来得，独你来不得。"

"那为什么？"

"你自己明白，你不是我们一路人，是发财人。"

"我发了么子财呀？"

"你爸爸投机倒把，你也插进了一手，以为人家不晓得？"

"你莫造谣。"

"又是这句话，哪一个造了你的谣？事实都摆明摆白，赖也赖不过。"

"他们真的投机倒把么？"卜春秀听了一阵，半信半疑，忙把王菊香扯到一边，小声地询问。

"哪里会有假的呢？"

"春秀姑娘,你莫信她的。我们家里都是规矩人。"

"好个规矩人。人家都说,你老子快要穿起长褂子,到汉口坐庄去了。"

"是真的么?"卜春秀从旁边插问。

"我从公社听来的,哪里有假呢?"

"你莫信她的。我父亲是个老实人,我也是的。我们从来不干那号事,不信,你去调查吧。"

卜春秀皱起眉毛,考虑一阵,于是说道:

"只懒得调查,我为么子要去调查你们家里的事情呢?你和我有么子相干?天色不早,我要砍柴禾,你走你的吧。"

"叫你滚,你就滚吧!"王菊香加重了语气,用了"滚"字。

"你为什么叫我滚?"黄贵生气得颈根都粗了。

"我就是要叫你滚，说不出很多的理由，这里不是你站脚的地方。"

"我偏要站。"

"你站，我拿扦担戳你个对过。"王菊香顺手摸起了扦担。

"你敢，你这鬼婆子！"黄贵生嘴巴还硬，但是看见王菊香来势不善，腿有些软了。要是身上真的挨这么一下，就再不能吃饭，也不能够找姑娘们谈心了。好汉不吃眼前亏，姑娘到处有的是，何必这里呢？他想，不如开溜吧，就装起笑脸，对卜春秀说：

"春秀姑娘，看在你分上，不跟她计较，我走了。"

"你不快滚，扦担真要上身了。"王菊香起身要追，卜春秀把她拖住了。

"泼妇，夜叉，真粗鄙，真野蛮，一点规矩

都不讲。"黄贵生走得远了，估量对方追不上，就破口痛骂。

"你有规矩，你的规矩是父子双双搞转手买卖，黑起良心剥削人。"王菊香一边还嘴，一边弯腰捡石头。

"你做么子？"卜春秀连忙封住她的手，笑着说道，"算了吧。来，你来帮我捆柴禾。"

黄贵生奔下山林，回到卜家，气得脸铁青，二话不说，匆匆就告辞。两位老人拖也拖不住，痛骂卜春秀，说她不晓得好歹，把一段上好的姻缘白白断送了。

在山里，这位不识好歹的姑娘正同她的女朋友砍柴和捆柴，累得满脸的大汗。歇气时，她们坐在青草地上，她扯起衣襟揩揩绯红的脸上的汗水，含笑问道：

"他们真的投机倒把么？"

王菊香跳起身来说：

"你还不信，还在想他么？我去叫他转来好不好？"

卜春秀把这比她矮点的姑娘拖得仍旧坐下来，温和地笑道：

"你呀，真是一只朝天椒，要他走就是，何必骂他，叫他滚呢？"

"对于这号人，不能讲客气，并且，你既然看不上他……呵呵，我说错了，你是看中了他的，是么？"王菊香反激一句。

"你这鬼婆子，要讨打了吧？"

"那么你没有看中？"

"我么？哪一个都没有看上。"

"你没看上他，不想留他，我叫他滚蛋，错了吗？"

"哪个说你错了呢？"卜春秀轻柔地说着，

把头低下去。

"这样，你就真是我的姐姐了。我的好姐姐，"王菊香把围身热情地靠在卜春秀肩上，继续说道，"我要告诉你一个消息。"

"么子消息？好的呢，还是坏的？"

"我的肚子里装的净是好消息。"王菊香大声说完这一句，于是存心鬼鬼祟祟地，小声小气地继续讲道，"我的哥哥来了信。"

"真的么？"卜春秀失口问讯，接着，意识到自己问得太着急，太露骨，脸模子一直红到了耳根。

"还托他朋友，也是一个兵，带回三只黄澄澄的大柚子，信上嘱咐，一只给妈，一只给我，还有一只，他说，送给他和我的一位共同的朋友。我的朋友就是你，他的朋友是哪个？我猜不着，好姐姐，请你费心，帮我猜一猜。"

"我只懒得猜，我要砍柴禾。"卜春秀站起身来，弯下腰去，挥动柴刀。她感觉到，自己如今替军属帮一点小忙，含有一种特别的意思。

"你懒得猜，我也不猜了。他和我们，路隔千里，水隔洞庭，写信去问也麻烦，我就替他做个主，将将就就，把那一只柚子送给你，你也将将就就做他朋友好不好？"

"看你这把嘴巴子。"

"看你这副脸模子，红得那样。走，回家去吃柚子去。"

"不，我要替张妈砍好三担柴，这是任务。"

"那好，你赶任务吧，我先走了。砍完了，赶紧回去吧，柚子好吃呢，甜甜的、酸酸的；甜在心里，也酸在心里。"双辫子姑娘笑一笑，伸手攀开拦路的树枝，一溜烟跑了。

卜春秀砍完柴禾，苍茫的暮色早蒙上山林。

露水下来了。山顶上，阳雀子不住停地送出幽婉的啼声。温暖的南方的清夜飘满了草香、花气和新砍的柴禾的冲人的青味。卜春秀坐在柴捆上，扯起白褂子前襟，揩干脸上的汗水，歇了一阵气；于是重新想起王菊香的话，她的心神又飞到了我们的勇士守卫着的、祖国的遥远的边疆。

一九六二年六月初稿
一九六三年一月改作

飘沙子

一九六二年春天里的一个下午，枫桥公社红星二队的队长王桂香牵回一条栗黄色的小沙牛[1]，吊在生产队的牛栏里，给它上了一把草，自己回家去吃饭去了。新闻不久传遍了全村。队上的人，除开一些只忙家务不理外事的妇女，陆续地都来看牛了。

这牛没有一点引人的地方，又小又瘦，两边的肋骨鼓得一排排，屁股是尖的。身上的毛有好

---

[1] 沙牛：沙牛或沙子就是母牛。飘沙子是不能生育的母牛。

几处被它舐得贴在皮上。看样子，山皮[1]很不少。

村里一位姓张的胡子老倌吧根长长的油实竹烟袋，站在人堆里，把牛仔细察看了一阵，就对近边的队长的大崽王大喜笑道：

"这条威武牛，你爸爸是从哪里觅来的呀？"

"你讲么子阴浸话？"王大喜不愿意听他讽刺自己的父亲。

"牛真是好嘛。"张老倌对旁人一笑。

"好不好，都不要你探。"旁边拱出一个武高武大的角色，名叫王双喜，大喜的族兄弟兼朋友，来帮腔了。

"你们怎么不许人家讲话呀？"张老倌的三崽，张老三也答白了。老倌子心里高兴，但还是喝住自己的儿子：

---

[1] 山皮：一种扒在牛身上吸血的黑皮虫。

"要你多嘴，给我走开些。"

为了缓和双方对垒的局势，老倌子改变话题道：

"不晓得几岁口了？等我来看看。"

他把油实竹烟袋递给张老三，扎起衫袖，双手扳开牛嘴巴，把牛舌拉出，横拖在上颚和下颚的中间。牛感到很不舒服，四只蹄子在地下乱动，只想车转身子来踢老倌子一脚，限于条件，没有做得到。张老倌从从容容看了看牛的牙齿，于是，放松了牛舌，把那沾满口涎的双手在牛背上擦了几擦，对大家宣布：

"三岁，口是嫩的，不晓得功夫如何？"

正在这时候，王桂香来了，接口答道：

"你问它的功夫么？听说还没有发蒙。"

"那你为么子要呢？"张老倌质问，但是，为了减轻大喜他们跟他对立的情绪，他把嗓子压低了，口气显得温和些，脸上挂着笑。

"怕莫是想吃牛肉吧？"张老三没有爸爸的修养，连讥带笑地冲了一句。

"你滚开些。"张老倌喝骂儿子。

"我当时想，"王桂香嘴里衔着竹根子烟袋，从容不迫地说明，"反正是公社里的牛，总得有人要。"

"你为么子不说，反正是中华人民共和国的牛呢？"张老三没有"滚开"，这时候，又来了一句。

有好几个人笑了。另外的人开始发议论，有说该要的，有说队里牛力足，不必再添的，有说作价要低的、纷纷不一；到后来闹成一团，谁讲的话都听不清楚。王桂香大声说道：

"你们肃静点。"等到声音少了一大半，队长又道："大家留点气力夜里吵。今天晚上要开社员大会。"

"在哪里开？"张老倌问。

"在我们屋场。"王桂香回答。

当天夜里，人们陆续地来到了王桂香屋场的大堂屋里。凳子不够，有的搬了稻草捆，放在地上，当作软座，有的干脆坐在门槛上。文书拿出一盏玻璃罩子煤油灯，摆在八仙桌子上。王队长把队干们叫到里头房间里，商量一阵，然后出来说：

"今天的会，人到得很齐。想必大家都是为这牛来的。刚才队委会决定，要我来说明几句。这条牛是……"

"么子牛呵，一条飘沙子，也算得牛么？"张老三打断王桂香的话。

"不是牛，莫非是猪吗？"王双喜反问。

有几个姑娘，还有两个小伙子，听了双喜这

反诘，都笑了起来。张老三还要回嘴，张老倌鼓他一眼，不许他开口。这时候，王桂香接着说道：

"不能算别的，只好还是叫牛吧，要不叫'家伙'也好。这'家伙'是从公社里牵来的。今年这带遭了插花灾，我们公社丰收了，邻近几个公社井水都干了，牛要出卖。我们社里买进了六条，一来呢，为的是加强各队的牛力；二来也有支援灾区的意思。"

"是寄放么？"张老倌忙问。

"不是，卖给我们了，等到明年生产恢复了，他们再购置不一定要买原牛。"

张老倌思量一阵，然后又问：

"六条牛都是一样的货色？"

"其他五条稍微好一点。"

"你太克己了，桂香。"张老倌说，"克己是好的，我很佩服。不过，我们队上家务只有这样大，贴不起呀。"

"明明是吃亏的路径，你为么子要答应？"
张老三给父亲帮腔。

"吃得亏的是好人。"王二喜也帮自己的
爸爸。

"这样好人，你们当吧，我们当不起。"张
老三说。

"你不当好人，要做坏人？把你划个四类分
子行不行？"二喜说话向来爱带点辣味。

"二伢子，你来，你来，我有句话跟你讲。"
里屋一个妇女的声音这样地叫唤。二喜听出这是
他妈妈，只得进去；临走时，还狠狠地瞪了张老
三一眼。他进到里屋，人们就听见，他妈妈在小
声地斥责："人家大人商量事，要你多嘴多舌做
么子？"二喜大声地抗辩："我为么子不能讲话？
我也大了，拍满十二，吃十三岁的饭了。"

在堂屋里，张老倌又道：

"我说队长，平常，你很会盘算，为么子这一回不打打算盘？受了这条牛，我们队里的工分值要降低了，你想过没有？"张老倌家里三个崽出工，挣的工分多，生怕工分值低落。

"想过的。"王桂香回应，"不过，我也想起了，我们队上占便宜的事，也有过的。不久以前，大队发蚕豆种子，我们领的广东种，粒子小，产量高；别队拿的是排豌，粒子大，产量低。我们队那一回占了便宜，哪一队都没说二话，看看人家的风格！"

"人家埋怨了，你听得见？"张老倌总不相信吃了亏的人会不作声。

"至少他们领导上没有意见。"王桂香继续说道，"在新社会里，光顾自己，不想人家，只能占便宜，吃不得一点点子亏，是不作兴的。"

"只讨得媳妇，嫁不得女，是自私自利。"双喜帮队长。他的喉咙略微粗一点。

"蚕豆种哪里能够跟牛比？"张老倌不睬双喜，继续提他的意见，"要我，宁可要排豌，不牵飘沙子。这牲口不但不作用，还要队里贴老本，费草费料，并且，一马一夫，还要找一个人看。"

"是呀，一年要多花六百工分。"跟他父亲一样，张老三也是怕队里出的工分多了，影响工分值。

王桂香没有作声。他枯起眉毛，在抽那根竹根子烟袋。全场都很静，只有张老三还在跟旁边一个社员低声发议论：

"要队上吃亏，自己做好人，借香敬佛，借野猪还愿，哪一个都做得到呵。"

"你……"双喜跳起身子来，义愤填膺，正要对张老三发作，王队长连忙制止道：

"双喜你坐下，坐下，听我来说。"等到这高高大大的王双喜火气稍熄，重新就座了，王队长才从容地继续，"这样好吧，这条牛归我们二喜子看，不要工分。"

"那要得的？"高中学生出身的文书不同意。

"怎么要不得？"王队长说，"我们父子三人都出工，少拿六百分，没有问题。"

张老倌父子低头不作声。文书又跟队长说：

"这不是你个人的问题，按劳分配是社会主义原则，如果违反了，大家以为不要评工记分了，影响出工的积极性。"

"这是个人自愿，又是极特别的事。"王队长想了一阵，就抬头扬声，对全场人说，"大家听着，这次不要看牛的工分，是我们二喜出于自愿。以后，队里的评工记分还是要认真进行；年终分配，俱照旧规。"

"队长这样子克己，我只有钦佩。"张老倌不能不讲一句乖面子话，但又吞吞吐吐，"不过。"他说到这里，又停顿了。

"你有话只管说吧，张爹。"王队长尊他一声。

"说吧，言者无罪。"王双喜补充一句。

"这条牛总得有人教教才好。"凭老经验，张老倌知道这条三岁还没有学会犁耙的飘沙子一定是条烈牛子，不好教导，生怕人家把这个责任推到他身上，因此，他说起话来，就吞吞吐吐。不料，王队长一口答应：

"我自己来教。"

张老倌笑了。他的笑里多少含有这样的意思："你教吧，看你会成得功的。"

再没有人说话了，会就散了。人们一伴一伴回家去。星光照着的路上，有一些人还在议论飘沙子，有说该要的，也有的说不该要的，意见还是不一致。

夜间落雨了。枕上听见了雨声，王桂香决定不到街上去挑粪，起得晏一些；但一起床，他就想到一件事，连忙披衣下床去找二喜子。小伙子也起来了，这时站在灶屋的门边，扣衣扣，揉眼睛，嘴巴噘起，在闹情绪。那原因，据后来查出，是他认为自己长大成人，进了十三岁，队长也当得下了，还要他看牛，干这种小把戏能干的工作。而且，这算是么子牛呵？既不是水牯，又不是黄牯，是条不作用的飘沙子，分配他看，这不是太小看人了吗？站在灶门口，他一声不响，也不动弹。

“二伢子，你来，你来。”王桂香把这小儿子拉到灶下，坐在矮长板凳上，跟他做思想工作，首先问他，“为么子还不去放牛？”

“就是不去。”二喜子说，眼睛并不看爸爸。

“你这不是与我为难吗？”王桂香说，“我答应了的。”

　　“你答应了，就自己去。”

　　“我有我的事，一天到黑忙不赢。”队长说明。

　　“我也一天到黑忙不赢，我有我的事。”二喜子跟爸爸平起平坐。

　　“你们小把戏有么子事呀？要去摆席面，捉摸子，跳房子，是么？”

　　话没落音，王桂香转脸一看，二喜子眼圈发红，跳起身来，往外就跑。他知道自己话说冒失了。事实证明，纵令是对待孩子，也不能心存轻视，随便讲话。他坐在灶下，心里琢磨：要使二喜愉快地接受看牛的任务，一定要根据他的荣誉感，设法激他。打定主意，他起身去寻找孩子。在禾场边上一株樟树下，看见二喜坐在一捆稻草上，不声不响，依然噘起嘴巴子。他走起拢去，挨着这伢子坐下，开始了他的说辞：

"二喜子，你平素不是口口声声讲，听党的话吗？村里只有我一个党员，我在队上就是代表党的，你为么子不听我的话呀？"看见二喜脸上有些松动的样子，嘴也不噘了，他赶紧激道："你不想放牛，是不是因为得不到工分？"

不出他所料，经这一激，二喜子跳起身来道：

"你说的是么子话？"受了爸爸的影响，二喜向来是不把报酬放在眼里的。

"那你到底看不看牛呢？"王桂香连忙追问。

"看就看呗。"

"好，这才是听话的伢子。"

解决了看牛的问题，王桂香就动手教牛。的确，这是件难事。这条沙子和犁耙很少发生过关系，性子又烈。头一回下田，王桂香才把牛挽子挨到它肩上，它猛一下子挣脱身，带着牛绹，亡命跑了。

彻底失败了，但王桂香毫不灰心。第二天，放下别的事，他又去教牛。这一回，他叫二喜在旁边挽住牛绚，沙子移动了几步，就站着，掉转头来，看二喜一眼，喷了喷鼻子，好像在说："小朋友，看你分上，我多背一段。"它劲板板地背起犁，规规矩矩走了十来步，到达一个老墈下，烈性终于按捺不住了，马上翻脸不认人，往前一冲，又一拐，自己的身子灵活地躲开了老墈底下一块突出的青石，犁却碰上了。石头和犁头，发生了激烈的冲击，迸出了耀眼的火花。犁闯断了。二喜气得咬紧牙巴骨，给了一鞭子，牛亡命地跑，二喜追去还要打，他爸爸连忙叫道：

"莫打，莫打。"

"这号家伙，还挨不得打？"二喜子又挥动长鞭。

"打没有用。"

正在这时候，张老倌来了。这胡子老倌蹲在田塍上，看见队长父子两个溅得一身泥，表示同情地叹道：

"唉，我说是，抓了南瓜做鼓打，哪里打得响？"

二喜回嘴：

"打不响也不要你管。"

"二伢子！"王桂香制止他二崽。他晓得，如果由他信口讲下去，什么不知轻重的话都会冲出来的。

"依我的话，"张老倌接着说道，"不如干脆赏它一刀子。"

"我看你自己该挨一刀了。"不出王桂香所料，二喜那牛都踩不烂的话说出来了。他连忙喝道：

"你这个家伙，你……"才喝到这里，张老倌又说："依了我的主意，队里还落得一张牛皮。"

这老倌子根本不睬二喜的话，表示他不屑跟小孩相骂。他接着对王桂香说："你看呢，这意见如何？"

"你这意见，大队也不会赞成。"王桂香回道。

"你留着这一条废牛，徒徒里浪费队里的草料。"

王桂香没有作声，张老倌走了。父子两个收拾了破犁，捉住了发烈的沙子，也回家了。

碰到了困难，队上非议增多了。但这王队长有个犟脾气，越是有困难，他越不服气。他一个人坐在灶脚下，枯起眉毛，只顾抽烟。

"老王在吗？"屋外有人问。听声音，王桂香知道是支书老李，连忙起身去迎接。

"你来得正好，老李，正要去找你。"王桂香把支书拉到灶脚下，两人并排坐在矮长板凳上。谈了一阵队里的工作，终于扯到飘沙子，王桂香把社员意见、牛的情况，一一汇报了。

"家伙不好办。"这是他的汇报的结语。

"是呀，是个费力的路子。我们先去看一看。"

两个人起身，走到牛栏边，把这飘沙子重新观察了一阵，又回到灶下。

"越发瘦了。"支书说道，"杀了也没几斤肉，教又费力。"

"是呀。"

"我看你要把它喂得壮一点，以后再说，十分不行，你送回大队。"

王桂香点一点头。支书又说：

"社里来了些棉枯，你去领一点，喂给它吃。还有，十队有个秦老倌，早先给地主家里养过马；如今看牛，么子牛到他手里，都调理得圆圆滚滚；是一个有本事的老倌子，你们顶好派人去请教请教。"

支书又问了队里积肥的情况，然后走了。他前脚出门，王桂香后脚就挪动，亲自去访秦老倌。到得秦家，两个人谈得十分融洽，老倌子和盘托出了自己的经验，王桂香非常满意。离开秦家，他拐到社里，领了五十斤棉枯。回到家里，他的第一着是把棉枯捣碎，掺进剁碎的草里去喂飘沙子。第二着是把秦老倌的指点传授给二喜，叫他按照老人的意见去行事：天天把牛栏打扫得溜干二净，天天给牛捉山皮，用南竹丫枝扫帚顺着毛，扫它全身，拿秦老倌的话来说，这叫给牛"去风寒"。牵去喝水时，二喜子不叫它喝田里的喷泥腥气的死水，一定绕到溪涧边，或是越口里，饮那淙淙流动的清冽的活水。这一切都是秦老倌的指点。经过这样的调理，飘沙子果然一天一个样，不到两个月，长得溜圆滚壮了。它对王桂香父子发生了好感，牵去教功夫，再不发烈，规规矩矩地学习；不到三个月，它的学习成绩非常地可观，犁、耙、蒲滚，般般都会了。

这年中秋后，有一天清早，王桂香吩咐二喜子去捉泥鳅。二喜是很高兴侍奉爸爸的，二话没说，提个鱼篮出去了。不到中午，他提回了一篮子泥鳅，足足有三斤来重。王桂香接了，一声不响，就往牛栏屋里走。

"爸爸，你做么子去？"二喜诧异，跟在背后。

"你来帮帮忙，给这家伙开开荤。"

王桂香说着，来到牛栏边，找出那个灌牛药用的，口上削成马蹄形的竹筒子，把泥鳅装上，吩咐二喜把牛嘴扳开，自己把一筒子泥鳅灌进去。这些泥鳅突然来到了一个温暖如春的新鲜的地方，似乎十分地高兴，都欢蹦乱跳，一条一条地溜进了牛的喉咙里去了。

喂完泥鳅，王桂香走了。二喜子故意落后一

步。站在牛栏边，眼睛盯住这条心满意足的沙子，他生气地训道：

"你这家伙，倒会享受，拍满一篮子泥鳅，爸爸、妈妈，和我们，没尝一口，都给你吃了，吃了生泥鳅，肚子会痛的，看吧。"二喜实在不服气，咒了它一句。

牛吞了泥鳅，一点也没有露出肚子要痛的模样。也许痛了，人不知道。

顺便插一句，给牛吃泥鳅，王桂香也是根据秦老倌的指点办事的。以后，他又喂了它一次。

经过这样细心的调理，沙子圆膘了，身上的肉把背脊挤成了一条浅槽，屁股溜圆，毛色放亮。下到田里，它背起犁，往前直冲，那派头、气势，像是一条劲板板的大黄牯。

第二年，就是一九六三年，春天里的一个下午，太阳晒得叫人穿不住夹衣；深红的映山花普山普岭地开着，衬着青青的蕨和巴茅，显得格外的醒眼。王二喜从山上跑下，气喘呼呼，沿着村路，直往屋里奔。才到大门外，他大声报道：

"爸爸，爸爸，飘沙子拦起了草了。"

"你叫么子，有么子叫的？"王桂香从屋里出来，连忙喝骂他二崽，但自己也忍不住笑了，因为，从他看来，这实在是一件没有料及的喜事。

二喜子心想，是大喜事，为么子叫不得呢？真是奇怪。但他还是依照爸爸的吩咐，不再高声，跑进屋里，尽他可能地压低了嗓子，悄声悄气地说道：

"拦起了，真的不扯谎，爱人是一队那只黑骚牯，他妈的，偷偷地跑来，信都不把，它……"

"你少讲几句，好不好？"二喜妈妈在房里喝他。

二喜子出去，照旧上山去看牛，到了傍黑边，他把沙子赶回来，吊在牛栏里。吃罢夜饭，又洗了脚，王桂香吧着竹根子烟袋，从从容容往牛栏走去，二喜子悄悄地跟在他背后。

"你这个家伙，"二喜子听他爸爸责备牛，"原来不是飘沙子，你骗了人了，好吧，好吧。"

二喜听来，爸爸的口气略含威胁，不知道要把这牛怎么办？但是，话才落音，他看见爸爸走到牛栏旁边的杂屋里，找出一个铁篦子，开始给沙子篦痒。二喜悄悄躲开了。

全队的人听到沙子驮了肚，都十分欢喜。只有张老倌的心情有一点特别。他又喜又愧：喜的是沙子不是飘沙子，而且怀了崽，给队里添加了财喜，这于他是有好处的；愧的是他从头到尾都是反对购进这牛的，事实证明他错了。他有一点子不好意思见队长，至少是在这几天里。

第二天，人们传说，张老倌赶一黑早溜出了村庄，到外乡的亲戚家里吃喜酒去了，三天才得回。

一九六四年四月

新

客

中秋后一天，正是冬粘黄熟的时节，生产队长、共产党员王桂香的家里来了客，全队的人都知道了，而且很关心。没有出工的老人、妇女和孩子纷纷地跑去探看。小把戏们是顶积极的了。他们扒在窗户上，挤到门旁边，好奇地研究这位外乡的生客，又悄声地议论。有个半大后生子也在门边站了一会子，不久就走开，并且不以为然地宣告：

　　"有么子看的？也不过是横眼睛直鼻子。"

　　人们还是在观察，有的小声评论客人的容貌

和举止，有的研究她带来的一把描花的油纸伞。

客人是一位姑娘，如今坐在王妈房里一条红漆春凳上，年纪约莫十八九。身穿红地白花的夹袄，下着青布单裤子。衣裤都合身，显出了身段的苗条和匀称。脚穿一双蓝布小胶鞋。头上一边别一个黑色的发夹；短短的散发掩住了高高的前额。看见窗外和门外来了这样多的人，她随手把一条垂在胸前的乌油油的长辫子轻轻甩到背后去，瓜子脸上露着笑。

"如今的妹子真是……"窗外一位翁妈子小声地评议。她这一句话，不晓得是赞扬呢，还是非难。

"好大方呵。"隔壁的郭嫂却对姑娘发生了好感。

"太大方了。要在从前，没有过门的红花女，婆家的人看都看不见。"第一位翁妈子悄声地又说。

"看不见，要是对了一个麻子呢？"一位小伢子忙问。

"那也只好怨你自己的八字了。"翁妈子回答。

"队长回来了。"郭嫂子望着禾场说。

大家回转头，看见一位单单瘦瘦的中年的男子，肩上背一把锄头，从禾场那头慢慢走过来。他穿一身青布旧衣服，卷齐膝盖的裤子尽泥巴点子。

"王队长，"有个小把戏连忙报信，"你家来了客。"

"你媳妇子来了。"又一个补充。

"你好命呵，队长，"郭嫂说道，"媳妇子又乖，又和气，满脸都是笑，"

"照你这样讲，媳妇不笑的，家耶的命就不好了，是么？"少年当中，一个调皮角色问。

"你这鬼崽子，最爱拆烂人家话来讲，"郭嫂子回骂，"看我不告诉你妈去。"

队长微微笑一笑，捎着锄头挤进了房门。他正把锄头放下，听到一个女子的清婉的声音清清楚楚叫一声"爸爸"。他回转头来，看见房里一副带笑的瓜子脸，打算回应，又不晓得如何回法时，有人给他披上一件新蓝布罩褂。

"把这个换了。"王妈从背后催他。

"换个么子呵？"王桂香生性朴实，爱穿旧衣服。他时常说："穿了新衣，人都不自在。"

王妈对着他，朝客人那边使一个眼色，他会意了，只得把衣服换上。理好衣扣，向姑娘笑笑，他想讲一点什么，以表欢迎，但又一时没有找到恰当的言语，正在运神，纸窗外面有一个人问道：

"队长在家吗？"

"在呀。"他答应一声，连忙出去，解脱了

这次酬对的困难。

"你看蚕豆秧在哪里呀？"窗外的人问。

"秧在横村子，"队长回答，"我去看看。"

"你家里有客，不要去了。"

"不，我要去看看。"什么时候，王队长都没有忘记自己的责任。

房间里，王妈打开柜门上面贴着一张奖状的红漆衣柜子，再又拿出两件新蓝布衣裳，放在床边墩椅上，然后回到灶屋去，刷锅舞饭。看热闹的人们渐渐地散了。郭嫂担心王妈一人忙不赢，特意留下来，走到灶脚底下去帮助烧火。两位妇女一边劳作，一边扯谈。

"叫么子名字？"郭嫂小声问。

"姓吴，叫菊英。"王妈低低地回答。

"那一定是九月里生的了。看了日子吗？"郭嫂又问，声音更低了。

"没有。跟那边去商量过。"王妈悄悄说，"我们这个不谙事的家伙不答应，他说，他要再过八年才结婚。"

"哎哟哟，这是哪里话？不把人都等老了？"郭嫂还不理解晚婚的意义。

"我们这个家伙说，如今政府在提倡计划生产。"王妈把"计划生育"说成了"计划生产"。

外边进来一个挑担空尿桶的小后生，年纪大约是二十左右，身子横实，脸色红润。进了灶屋，他放下尿桶，走到灶上茶缸边，舀了一碗冷茶子，站在那里大口大口地猛喝。

"大喜，看哪一个来了？"郭嫂笑一笑问他，用手指指房间里。

后生子端起茶碗，走到房门口一瞄，脸马上红了。他转过身子，刚把茶碗放在灶头上。新客出来了，大大方方走到他面前，眼含微笑，似乎要跟他说话。他赶紧走开，随即起跑了。最初是小跑，出了灶屋门，到得禾场里，这小伙子越跑越快，好像害怕背后有人来追他一样。

"你跑么子，你？"王妈慌忙赶到门外边，手里拿一件新的蓝大布罩衣，口里这样子责骂，"裤包脑，没得出息的东西。"骂完，只得打转身进屋，放下新衣服。

正在这时候，一个十二三岁的少年从门外，从她背后蹿进来，一眼看见新来的女子，一时不认得，不知怎办。

"快叫姐姐，二喜子。这是你哥哥的爱人。"郭嫂子含笑催促。

"姐姐。"少年亲亲热热、大大方方叫一声，并不红脸，不像他哥哥。

新客还来不及回答，王妈早从房里拿出一件小点的新蓝布罩褂，叫孩子穿上。

"为么子要穿？"少年反问，不肯换新。

"你穿不穿？"对于小点的孩子，王妈使用的是较重的口气。

"定局要穿，就穿吧，那有么子办法呢？看样子，姐姐新来，你是要我摆一摆？"

"本也摆得。"郭嫂接口说道，"妈妈是模范，爸爸是队长，又是一位好队长，心地好，盘算好，一连安得几个好。今年遭了这样的天干，他还领导队上得到了丰收，这样人家还不该摆摆？"

"摆阔是落后，俭朴是先进，你懂不懂？"少年拿了新近学来的先进思想，生硬地教育这长辈。

"只有你这鬼崽子，顶爱多嘴多舌的。"王妈看见郭嫂脸色不自然，连忙喝骂二喜子，"还不滚开些，看打不打你！"

少年跑走了，王妈没有再追究，走到案板边，动手洗白菜。郭嫂还是坐在灶脚底下帮他们烧火。青黑的炊烟一阵阵升上瓦屋顶，然后布成散兵线，纷纷寻找天窗或壁缝，匆匆钻出去；满屋遗下浓重的柴禾的烟味。新客也来到灶屋，看见大家忙不赢，就扎起衫袖，帮助洗菜。

"你放了，崽子，"王妈亲亲热热叫她作"崽子"，并且说道，"不要搞污一身了，我自己来，我一个人洗得赢。"

吴菊英没有听劝阻，还是帮着洗。

"如今的姑娘多好呵，一来就做事。"郭嫂子十分叹赏。

新客只是笑。

"看这姑娘有味啵，不住停地笑？"郭嫂又说，"要晓得，你还是个没亲事的新客呵。"

听了这话，菊英使劲忍住笑。过了一会，等到郭嫂她们说些有趣的，或是略为有趣的言语，她又忘记了自己的身份，又发笑了，有时笑得举起她的冷水浸红的手背来遮住嘴角。

　　三人一同把饭舞好了，这间灶屋兼饭屋的房间上首摆着一张八仙桌。桌面布好了杯筷，菜也一道一道端上了，一共九只碗，有烘鱼、鳜鱼、腊肉、泅肉、肉枣子、红烧鸡、葱炒蛋、白菜汤等等，在王家，这场面是够威武的了。

　　"王妈，你存积真好，"郭嫂起身，看了看桌上，这样子说，"搞得好体面。"

　　"不瞒你说，都是过节留下的。"王妈回道，"你不能走，在这里给我陪客，决不能走，哪有这样道理呀？"王妈拖着郭嫂的手臂，但留不住。这位邻舍还是按照当地互助的习惯，帮完忙走了，定不肯吃饭。

　　王队长父子三人先后回来了。大喜也换了新衣，三个人穿着一色新的蓝布罩褂子，鲜明晃眼。

大家就座。大喜坐在新客的斜对面，不敢抬头看对方。

"你只随意请一点。真是没得菜。"王妈举起筷子来让客。

"这还算是没得菜呀？一桌子碗，比平素多七八个了。"二喜一边不讲客气地放肆吃，一边这样说，"我倒愿意天天吃顿这号没菜饭。"

吴菊英低头笑了。由于这笑，一粒饭呛住了喉咙，她咳嗽了，咳完，又笑，连忙举起左手的手背掩住嘴巴子，半晌才忍住。

王妈骂二喜，同时站起身子来，把鸡、鱼、精肉，一块一块用筷子搬到这未来儿媳的面前去了。

"妈妈，你太偏心了，只喜欢姐姐。"二喜子说。

王妈没答理，光拿眼睛狠狠瞪了他一眼。

吃罢饭，喝完茶，洗好手脸，新客起身告辞道：

"妈妈，我走了。"

"走吗？不在这里住下吗？"王妈留她。

"不，"新姑娘回说，"队上还有事。"

"反正是要过来的，先留一夜，有么子关系？"二喜子从一旁插嘴。

"你这个鬼崽子，要讨打了。"王妈斥骂。

新客笑着走出灶屋来，到了禾场上。

"实在要去，你去送送她。"王妈吩咐大喜说。

"我不。"大喜脸上又红了。

"你不送，我送？"王妈严厉地问。

"他不送，我送。"二喜连连说，准备挪动。

"要你送呵，是样的离不得你这药铺里的甘草。"王妈用眼睛压住二喜。

"你早呢，"隔壁郭嫂又来了，这时笑道，"等你找到婆姐了，爱送好远就好远，这时候还轮不到你。"

起初，听见王妈叫大喜相送，吴菊英停了脚步，显然在等他，后来又听这人不答应，她打转身子，把一封粉红信皮的信件亲手塞给他，并且笑道：

"等我走了，你再拆吧。"

王妈瞅见这位姑娘凭空把一封信送到大喜的手里，心里一惊。她猜不出她写些什么，总怕姑娘会变卦。她晓得这个女子在初中读过一年书，大喜不过是一个高小毕业生。相形之下，她的儿子资历矮一点。她不明白初中生比高小生，在学问上，到底强多少，总之是要高一点。她又时常听人说，中学生是不愿意下嫁高小生的，这姑娘会不会变呢？哪个料得准？心事重重的母亲看大喜一眼，忙道："还不快给我去送一送呀？"

大喜还是站着不动身。

"送一送嘛。"爱探闲事的郭嫂也劝驾了。

"快去送送。"正在灶下吧旱烟袋的王队长发出了一道简短的命令。

大喜服从了。王队长蛮会作田，又会盘算，在队里劳动，总是带头，因此，他在社员心里，包括儿子们在内，享有很高的威信。大喜跟着菊英走，但脚步迟缓，远远落在她后面。调皮姑娘知道爱人送她了，回头一笑，表示欢迎。这样一来，吓得小伙子越发走得慢些了。两个相距两三丈，姑娘故意放慢了脚步。

"裤包脑，还不使得走快一点呀？"王妈倚在灶屋门框上，这样催促她儿子。

过了禾场，上了村路，两人还是保持相当的距离。走到村口山坡上的一个稻草垛子边，菊英看一看偏西的太阳，含笑说道：

"天色还早，在这里坐一坐吧。来呀，这里背风。"菊英靠着草垛子坐下，用手拍拍身边的地上，招呼她爱人。大喜一想，"坐坐也好，有句要紧话正要跟她讲明白"，于是坐下了，但离她蛮远。菊英移身接近他，他又挪开一点点。姑娘又移近一点，几乎接近他的肩膀了，他不好再躲，但心跳得厉害，脸颊像火烧。菊英看了他一眼，就从草垛子上抽出一根稻草，伸到口里嚼着。过了一阵，正要发话，抬头忽然看见对面斜坡上，一派竹林，枝繁叶茂。微垂的竹梢在风里摆动，倒影在山边的田里跟着也轻轻地摇晃。

"这地方漂亮、幽静。"吴菊英说。她想久坐一会子，嫌地上潮湿，随即起身，伸手想从草垛子上扯一把草。

"不要扯吧，一扯下来，就糟蹋了。这是队

上的稻草，我们要爱护。"

听了这话，吴菊英就住了手，重新坐在地面上，笑道：

"你完全对，是我错了。"

在这问题上，两人意见达到了完全的一致。大喜的心思转到他们之间的那个迫切的问题。他想："再不开口，她要走了。"就麻着胆子，打算说话，半晌，不晓得如何启齿。

"你怎么呐？"新客看出了他这窘态，有点诧异。

"我，有句要紧话，不知该讲不该讲？"大喜终于吐出这一句。

"该讲的就讲。不该讲的，你斟酌一下，暂时沤在肚子里也好。"菊英半开玩笑地回应。

"我想，我们都年轻。"

"是的，都还不老。"菊英调皮地笑着接口，

"比起爸爸、妈妈来，我们更显得年轻，你说是么？"

大喜生性蛮本真，不会说玩话，而且现在，心里也没有说点玩话的余力，他集中地考虑自己那句要紧话；低头琢磨了一阵，又开口道：

"我是个共青团员，我晓得你也是的。党和团号召我们青年把农村搞好。为要这样，我们不能只顾个人的生活。"

"哪个叫你只顾个人生活呢？"菊英问他，没有笑了。

大喜避免正面回答她，继续说他的。

"我们要把青春献给我们的亲爱的党，我们的伟大的祖国。"

"这句话好像在报上见过。"菊英含笑说。

"报上的话就是我们心坎上的话。但我母亲却有一种另外的打算。"

"她有么子打算呀？"菊英故意吃惊地问讯。

"她说她老了。"

"她还不算老，比我翁妈年轻得多了。"

"她说。"大喜讲到这地方，闭住口，抬头望着对面翠青的山坡。

"她说什么？"

"她说，'伢子，顺顺娘的意，了却娘的这桩心事吧'。她的心事……你是猜得到手的。"

"我猜不到，我是个笨人。"菊英这样说。

"她……要我们早一点亲事。"大喜麻起胆子来，冲口说出这一句，脸上通红了。为了减轻情绪的紧张，他又慌慌乱乱地继续讲道："她说，'我老了，肚子又痛'。"

"我们亲事不亲事，跟你妈妈的肚子痛，有么子关系？"

大喜又不正面回答菊英话，只顾补充前面他

说的：

"她说她气痛常发，要叫吵烦[1]了。她得了这个讨厌的气痛症候，我心里实在难过，但是，我们的亲事不能以她的气痛为转移，要以祖国的农业为转移。"

"大喜同志，你不用拐弯抹角说这些废话。"菊英头一次露出了严峻的面容，"请你直截了当告诉我，你打算怎样？"

大喜悄悄瞄了一下菊英的冷若冰霜的脸色，他的心好像是往下沉落了；想了一阵，心里好像聚集了浑身的力量，于是果决地，但又充满不祥的预感，结结巴巴说："我打算，我想，我晓得，你今年十八，我进二十，我们再过几年，也不为晚。"

[1] 叫吵烦：告别，这里是指告别人世。

"你是说，再过几年，我们才结婚？"菊英爽朗地质问。

"是的，等到祖国的农业现代化以后。"

"你，当真是这样子想吗？"菊英用那闪闪发亮的黑眼睛泼泼辣辣紧逼他的脸。

"我是从来不说假话的。"大喜坚定地回答。

"这是你一个人的意思吗？"

"就是要同你商量。"

"你已经决定，还有么子商量的？"菊英跳起身来说，"天色不早，我走了。再见，祝你快快乐乐地把青春献给祖国农业现代化，大喜同志。"

菊英大步往村路走去。才到路口，又回转头来，看见大喜一个人依然坐在草垛子旁边，两手抱住头，两只手肘撑在膝盖上。她笑了，打转身子，悄悄从草垛子侧面轻轻绕到他背后。她看见，几滴眼泪，像是一串银样的露珠，落在他面前的几根金色的稻草上。她使劲拍拍他肩膀，蹲下身子，双手握住他的泪水落湿的右手，大笑起来。

"哈哈，我都看见了。"正在这时候，从她背后伸出一个人的脸。这是二喜。他的手里拿着一把精巧的油纸伞，这样笑着说。"你们在家假装正经人，话都不讲。如今在这没人看见的地方，两个人手牵着手，挨在一起，好亲热呀。你们的悄悄话我都听见了，么子农业现代化，妈妈的肚子痛。哥哥还哭了，现在又笑了。不要脸啰，'又哭又笑，黄狗子进灶'。我去告诉妈妈去，说你们在这里讲她的亏空。"

这个自己以为发现了秘密的半大人，连跑带跳，离开了他们；忽然又打转身子，跑了回来，把手里的雨伞交给吴菊英，并且笑道：

"姐姐，你快活得连伞都不想要了，妈妈叫

我送来的。"

菊英接了伞，跟大喜握了握手，笑道：

"这回我真该走了。回去看看我那一封信吧，猩子[1]。"

姑娘走了。大喜跟二喜一路，也动身了。但是，等不到回家，在半路上，大喜从怀里抽出那封信，站在路边看。信的内容是这样：

亲爱的大喜：

我要告诉你一件事情，想你一定会替我欢喜。前天夜里，我们生产队正式把我选做文书了。党委书记说，文书是一个重要的职务。我一定要不辜负团的培养和社员的倚托，尽心竭力，把工作做好。党支书还通知我说，这个月底，公社要调

---

[1] 猩子：傻瓜。

我到县里会计训练班学习。大喜，你不晓得，我的心里好高兴。我要感激党和人民对我的信任和器重。我下定决心，要把我的珍贵的青春全部献给党，献给社会主义。我相信：在党中央、毛主席的正确领导下，在我们这一代略识"之乎"的新的农民的手里，祖国的农业一定会要逐步实现现代化。

听说，省里的工业的明珠，柘溪水电站，已经输电了。离开我们村子不远的河边，就要建立一个巨大的电气排灌站，用的就是柘溪的电力。多么好的消息呵。不久，我们这一带，遭了天干，人们再也不要汗爬水流用脚去踩水车了。使用累死人的龙骨水车的时代就要一去不返了。

但是，我要告诉你另一个消息。你妈妈托人带了一个口信来，要给我们看日子。这对于我们都是不好的，老人们却把它当作喜事。如果按照他们的计划，那我就要丢下刚刚接手的工作。我怎么对得起党，又怎么对得起队上？社员们会说，"看这个共青团员，为了亲事，就把工作轻轻飘飘扔下了走了"。个人的打算妨碍集体的事业，这是可耻的，大喜同志。

我想来和你商量一下，我们的婚期可否推迟点，比方说推迟到十年以后，等到村里响起了马达声，电灯也照亮了各个农家的窗子，再来办我们的事，好不好呢？

亲爱的大喜，从我初次看见你的那天起，我就觉得，我的心只能是属于你的了。我是多么渴望和你在一起，朝朝暮暮，都不分离呵。但是，为了社会主义的建设，为了伟大的党的事业，请你同意我的提议吧。

我要来找你，又怕没有机会进行这样的长谈，事先写了这封信。我深深相信，你会跟我同心合

意的。专此

握手。

你的菊英 于中秋节

二喜瞅着哥哥一边看信，一边点头，有时还一个人笑，猜测信上一定写了一些有趣的新鲜的故事，想要打听个究竟，就赔笑问道：

"哥哥，信上写了些么子，公开公开好不好？"

"对不起，这是机密，现在不能够公开。"大喜把信折叠好，珍重地收进褂子口袋里。

"将来呢？"

"将来也不能。"

"好吧，我一定要还起你的这个礼。"二喜发誓说。

"你还么子礼？"大喜轻视地询问。

"将来，等我找到了朋友，得了她的信，也不公开给你看，看我做不做得出？我说到做到，哼，你等着吧。"

兄弟两个一先一后，沿着小径往回走，一路上谈谈讲讲，心情都是轻快的。走到灶门口，他们的母亲，就是我们已经结识的那位勤快俭朴的王妈，下了一道不许讨价还价的硬性的命令："都给我把新衣脱下。"他们服从了，把罩衣换下，叠好，收进房间里的红漆柜子里。随手关起柜门时，两个人又看见了柜门上边贴着公社党委会奖给王妈的一张大奖状；米色道林纸面上，绘着红旗、牡丹、谷穗和喜鹊的图案，正当中，还有下面七个毛笔仿书的潇洒豪迈的毛体字：

"勤俭持家的模范。"

一九六四年二月

周立波经典作品集

那山，那水，那人

CS 湖南人民出版社 ·长沙·

周立波　著

目　录

山乡巨变（节选）

面糊

天粉粉亮，值日的财粮委员李永和赶到乡政府，推门不开，就从祠堂耳门口进入邻舍家，再走那里一张月洞门，绕进乡政府，把大门打开。隔不好久，陆陆续续，来了好多的农民。

李永和伏在厢房南窗下的一张方桌上，手不停挥，在给人们开写各种各样的条子。厢房里外，挤满了人，有要卖猪的，有要买糠的，有要打油的，有要借钱的，都吵吵闹闹，争着要条子。

陈大春在享堂里听见大家吵成一片，跨进房间，粗声喝道：

"吵什么？人家邓同志还在睡觉呢。"

"张飞三爷，你这一叫，倒把人家惊醒了。"李永和笑道。

"不要紧的，我们起来了。"是后房里的邓秀梅的声音。

邓秀梅和盛淑君都起床了。听见陈大春说话，盛淑君的脸泛红晕。她扣好衣服，对着李主席桌上的那面镜子，用梳子拢了拢额上的短发，就打开房门，走了出来。一眼看见大春站在房门的对面，她一溜烟跑了，两条大辫子在她背后不停地摆动。邓秀梅穿好衣服，叠起被窝，用手略微抚平了头发，对镜夹上了夹子，就提个脸盆，出来舀水。端起一盆水，回到房间时，陈大春也跟进来了。她弯腰弓身，一边洗脸，一边跟团支书谈论村里青年的思想。才一壶烟久，李主席来了，帮邓秀梅捆好行李，准备带她往亭面胡家去。

"我不送你了。"大春说完就走了。

"那是盛家里。"李主席帮邓秀梅背着行李，走了一里多点路，指指前边一个屋场说，"这原先是地主的坐屋。"

邓秀梅远远望去，看见一座竹木稀疏的翡青的小山下，有个坐北朝南、六缝五间的瓦舍，左右两翼，有整齐的横屋，还有几间作为杂屋的偏梢[1]子。石灰垛子墙，映在金灿灿的朝阳里，显得格外地耀眼。屋后小山里，只有疏疏落落的一些南竹、枫树和松树，但满山遍地都长着过冬也不凋黄的杂草、茅柴和灌木丛子。屋顶上，衬

---

[1] 偏梢：搭在正屋两旁的草盖的侧屋。

着青空，横飘两股煞白的炊烟。走近禾场，邓秀梅看见，这所屋宇的大门的两边，还有两张耳门子，右边耳门的门楣上，题着"竹苞"，左边门上是"松茂"二字。看见有人来，禾场上的一群鸡婆吓跑了，只有三只毛色花白的洋鸭，像老太爷一样，慢慢吞吞地，一摇一摆地走开，一路发出嘶哑的噪叫。一只雪白的约克夏纯种架子猪正在用它的粗短的鼻子用劲犁起坪里的泥土，找到一块瓦片子，当作点心，吃进嘴里，嚼得嘣咚嘣咚响。

进了门斗子，里边是个小小的地坪。当阳的地方，竖着两对砍了丫枝的竹尾做成的晒衣架子，架上横搁几根晒衣的竹篙。麻石铺成的阶矶，整齐而平坦。阶矶的两端，通到两边的横屋，是两张一模一样的月洞门，左门楣上题着"履中"，右门楣上写着"蹈和"，都是毛笔书写的端端正正的楷书。

邓秀梅正在留神察看这一切的时候，一位微驼的中年农民从屋里迎出，笑着打招呼，这就是面胡，都是熟人，不用介绍。他们坐在阶矶上的板凳上，抽烟，谈讲。盛家的孩子和邻家的孩子都围起拢来，看城里人，李主席赶了一回，他们散开一阵，又拢来了。一位中年妇女一手提一沙罐子温茶，一手拿几个粗碗，放到谈话的人们跟前的一张朱漆墩椅上。邓秀梅想，这一定是面胡婆婆，便悄悄地看了几眼，只见她腰身直直的，穿一件有补丁的老蓝布罩褂，神态很庄重。放下茶罐和茶碗，她不声不响，退到横屋门边的太阳里，坐在竹椅上，戴起老花镜，补一件衣服，间或，她抬起头来，眼睛从眼镜上望去，赶一声鸡。

主客的谈话，由收成扯到了冬耕，由冬耕谈到互助组，又提起了面胡进城去卖竹子的事情，邓秀梅没有责备他嘲笑他，只是顺便地问起竹子的价格。

"卖不起价啊，晓得这样，不该去的。三根竹子抵不得一个零工子的钱。"

"你在街上没喝酒吧？"李主席笑着插嘴问。

"还喝酒呢！酒都贵死人，哪个喝得起？"

李主席笑道："酒价高些，意思是要你少喝一点。邓同志要到你家做客了，你欢迎吧？"

"欢迎，欢迎，哪有不欢迎的道理？"亭面胡还没有完全听清李主席的话，就先一连说了三个热烈的"欢迎"，然后才问，"你是说，她要住在我们这里吧？那好极了。只要不嫌弃，看得起我们。我把我们文伢子住的那间正屋，腾给你住。我们到横堂屋里去坐吧，这里当风。"

面胡替邓秀梅提起背包，引导他们进了横堂屋。这里摆着扮桶、挡折、箩筐、锄头和耙头，还有一张四方矮桌子，几条高凳，一些竹椅和藤椅，楼护[1]上挂了一束焦黄的豆壳子，还有四月豆和旱烟叶子的种子。他们坐下来，又继续谈话。

这位亭面胡的出身和心性，我们已经略加介绍了。在他的可爱的心性里，还有几点，值得提提。他一碰到知心识意的朋友，就能浑得好半天。

他的知心朋友又容易找到。不论男和女，老和少，熟人或生人，只要哪一个愿意用心地，或是装作用心地倾听他的有点啰嗦的谈吐，他就会推心置腹，披肝沥胆。他的话匣子一开了头，往往耽误了正事。好久以前有一回，他们还是单家独户，住在上边茅屋子里的时候，灶屋里的缸里没有水，灶上的瓮坛快要烧干了。婆婆要他赶紧

---

[1] 楼护：把楼板托起的梁木。

去挑一担水来应急。他挑起水桶，走出去了，足足有一餐饭久，还没有回来。婆婆站在阶矶上一望，看见他离井边不远，放下水桶，蹲在小路上，正在跟一个人谈讲。她只得自己跑出去提水，回来时，只听见啪嗒一声，瓮坛烧炸了。

现在，因为谈讲，他把腾房间的事，丢到九霄云外了。邓秀梅看了看表，过了七点，快要开会了，她望李主席一眼。李月辉会意，随即问道：

"老亭哥，房间怎样了？"

"还没有收拾，"亭面胡说，接着就扬声叫骂，"文伢子，快把正房间收拾出来，你这个鬼崽子，在那里搞什么鬼？没得用的家伙。"

亭面胡在外边，对什么人都有讲有笑，容易亲近，在家里却是另一个样子。他继承了老辈的家规，对崽女总是习惯地使用命令的口气，小不顺眼，还要发躁气，恶声恶气地骂人，也骂鸡和猪和牛。他的二崽，名叫学文，已经十五岁，住初中了，有时也要挨他几句冲。对于小儿女：满姐和菊满，他骂得更多，也更厉害。"你来筑饭不筑，你这个鬼崽子？"他总是用"筑饭"代替"吃饭"，来骂贪玩的菊满，"还不死得快来洗脚呀，没得用的家伙！""我抽你一巡南竹丫枝。""要吃南竹丫枝炒肉啵？""我一烟壶脑壳挖死你。""捶烂你的肉。"等等，好厉害呵，要是真的这样照办了，他的崽女，他所喂的鸡和猪，和他用的牛，早都去见阎王了。可是他们还健在，而且，哪一个也都不怕他。凭经验，他们都晓得，他只一把嘴巴子，实际上是不会动手认真打人的。

儿女们的不怕他，还有个理由，那就是他的恶骂，他的发脾气，都不在点上，该骂的，他没有开口；不该骂的，他倒放肆吵起来。比方说，天才断黑，孩子们还没有洗脚，这又何必动气呢？但他也要猛喝一两句。他的这些不在点上的凶狠的重话，不但没有增长自己的威风，反而使得他在孩子们的心上和眼里，失去了斤两。他的婆婆和他正相反。这位勤劳能干的妇女说话都小声小气，肚里有主意，脸上从不显出厉害的样子。她爱精致，爱素净，总是把房间里，灶门口，菜土里，都收拾得熨熨帖帖。她烧菜煮饭，浆衣洗裳，种菜泼菜，一天到黑，手脚不停。因为心里有主张，人很精明，家里的事，自然而然，都决定于她，而不决定于面胡。对于孩子们，她注意家教，但是她从不乱骂。他们都很畏惧她。有时候，他们也不听她话，不去做她吩咐做的事，她温温婉婉劝一阵，还不听，就把脸一放，问道："你真不去吗？"听了她的这一句，孩子们往往再不说二话，乖乖地依着她的吩咐去做了。左右邻舍说：

"盛家翁妈有煞气。"

初中学生盛学文，对他能干的妈妈很是孝顺。这个十五岁的后生子的气质有些接近他妈妈，一点也不像爸爸。他说话小声小气，做事灵灵干干，心眼儿多，人又勤谨，通通都是他妈妈的脱胎。他在学校里的功课好；一下了课，回到家里，挑水、砍柴、泼菜，什么都来。他还有一些特殊的本事，会扎扫把，会劈刷把子。就是有一点，对他爸爸的谈吐，他不敬佩，尤其是，动不动就要他回来住"农业大学"，他更不心服。除非不得已，或是经过妈妈的劝说，他一向都是不大爱听爸爸的话的。比方这一次，他正在后门阶矶上劈刷把子，爸爸叫他去收拾房间，他不想去，还是低头只顾劈他的东西。盛妈起身走进去，小声动员他：

"伢子，你去吧，快去把正房间打扫一下，

腾得客人住，你住楼上去。"听了妈妈的这一番和婉的叮咛，他才起身，带领满姐和菊满，奔到正房里。三个人就在那里，一边收拾，一边玩耍，房间里噼里啪啦，闹得翻了天。小菊满爬上床铺，大翻筋斗，把铺床的稻草，弄得稀巴乱，草灰子飘满一房间。

谈了一阵，李主席告辞先走，亭面胡也砍柴去了。盛妈带着邓秀梅来到正房里。邓秀梅看见，这是一间面了地板的熨熨帖帖的房间。面向窗户，靠紧板壁，摆着一挺朱漆雕花嵌镜的宁波床。东窗前面，放着一张黑漆长方三屉桌。桌上摆个酒瓶子，插着一朵褪了色的红纸花。南边粉墙上，贴着一张毛主席的像，两边是一副红纸对联：

现在参加互助组
将来使用拖拉机

盛妈把孩子们赶走，自己打了一桶水，帮助邓秀梅揩抹桌椅和门窗，一边闲扯着。她问："邓同志也是我们这边的人吧？"

　　"我的老家在癞子仑那边。"

　　"你们先生呢？"

　　"他也在工作。"

　　"你们何不在一起工作？少年夫妻，分开不好啊。"

　　"有什么不好？"邓秀梅笑着说道，脸上微微有点红。

　　"不好，不好。"盛妈又连连地说。

　　"不在一起，通通信也是一样。"邓秀梅有心转换话题，她问，"你的崽住中学了？"

　　"讲得你邓同志听，这也是霸蛮[1]读呢。老

---

　　[1] 霸蛮：勉强。

驾不肯送，要他回家来作田。"

"那也好嘛。"

"伢子横心要读书，劝也劝不醒。"其实，她自己也是横心怂恿他读高中的。她总觉得，肚子多装点书好些。

房间收拾干净了。邓秀梅打开拿了进来的背包。盛妈帮助她铺好被褥，挂起帐子，就到灶门口煮饭去了。邓秀梅从挎包里拿出了好些文件："互助合作""生产简报"，还有她爱人的一张照片。她拿起这一张半身相片，看了一阵，就连文件一起，锁在窗前书桌的中间抽屉里。

在盛家吃了早饭，邓秀梅锁好房门，走到乡政府，开会，谈话，一直忙到夜里九点多钟。

等到人们渐渐地散了，邓秀梅才准备回面胡家去。刚到大门口，李主席赶出来说：

"你路还不熟，送送你吧。"

"不必，我晓得路了。"

"不怕吗？"

"怕什么？"邓秀梅嘴里这样说，心里想起那段山边路，也有点怯惧。刚出大门，他们碰到一个十五六岁的后生子，拿一个杉木皮火把，向他们走来。火把光里，李主席看出他是面胡的二崽，连忙问道：

"学文你来做什么？"

"妈妈叫我来接邓同志，怕她路不熟。"

"看你这个房东好不好？盛妈是最贤惠的了。"李主席笑着说道，"你们去吧，我不送了。"讲完，他转身进乡政府去了。

"难为你来接。"邓秀梅一边走，一边对中学生表示谢意。

"这是应该的。"

两个人打着火把，在山边的路上走着，脚下

踩着焦干的落叶，一路窸窸嚓嚓地发响。

"这里是越口[1]，小心。"碰到路上一个搭着麻石的越口，中学生站住，把火把放低，照着邓秀梅走过麻石，才又往前走。

"听说你想读高中。"

"没有希望，爸爸不答应。他说：'等你高中毕了业出来，我的骨头打得鼓响了。算了，还是回来住农业大学，靠得住些。'"中学生说。

"'住农业大学'，有意思，他叫得真好。"邓秀梅满口称赞。

中学生听见邓秀梅这样地赞美农业，和他自己想要升学的意思显然有抵触，就稳住口，没有做声。两个人默默地走了一段路，邓秀梅又开口问道："我看你妈妈是很能干的。"

---

[1] 越口：横过大路或田塍的小流水沟。

"是呀，可惜没有读得书，要是读了书，她要赛过一个男子汉。"

"读了书的人，不一定能干。"

盛学文沉默了一阵，才又说起，他们家里离不开妈妈。他说，有一回，妈妈到外婆家去了，家里饭没得人煮；屋没得人扫；衣没得人洗；满姐和菊满，夜夜打死架，爸爸骂不住；猪不吃食；鸡给黄竹筒拖走了一只；菜园里的菜没得人浇，土沟土壤，都长满青草，把菜荫死了。临了，他说：

"邓同志，你不晓得，我们这个家，爸爸不在不要紧，妈妈只要出去得一天，屋里就像掉了箍的桶一样，都散板了。"

争吵

　　邓秀梅足日足夜忙着开会和谈话，没有工夫回亭胡家吃饭，总是在乡政府隔壁老龙家，随便用点家常饭。老龙婆婆看见她是上头派来的，人又和气，有一回给她蒸了一碗蛋，她不肯吃，并且说道："我喜欢吃你们的擦菜子，擦芋荷叶子[1]，酸酸的，很送饭。你们要特别搞菜，我反而不爱，不得吃的。"老龙婆婆听她说得明白和恳切，也就依直。她来吃饭，有什么，吃什么，再不额外添菜了。

　　邓秀梅每天回寓，常在深夜。从乡政府到亭面胡家，虽说不到两里路，但有一段山边路，还要翻越一个小山坡。坡肚里有座独立的小茅屋，

---

[1] 擦菜子：腌萝卜菜；擦芋荷叶子：腌芋荷叶子。

住着一个被管制分子。夜深人静，她一个人独来独往，李主席有点不放心。他又告诉她，有年落大雪，坡里发现一些围碗[1]粗细的老虎的脚印。坏蛋，老虎，都有可能从山上冲出，扑到她身上，伤她的性命。李主席劝她还是住在乡政府。

"我回去住。"他说，"把这房间腾给你。"

"你住回去，不是也要赶夜路？"邓秀梅反问。

"我家隔得近，又不要过山。"

邓秀梅默了默神，还是打定主意住在老百姓家里，彻底地做到三同一片[2]。她说："你不要操心，还是让我住在盛家吧。至于赶夜路，我有手枪，不怕。"

这时也在旁边的盛清明笑了起来说：

"手枪不能打老虎，也很难对付坏蛋。这样

---

[1] 围碗：装菜的圆瓷碗。

[2] 三同一片：干部和农民同吃同住同劳动，打成一片。

吧，秀梅同志，我们每夜派民兵送你。"

"莫该你们的民兵都不怕？"

"他们怕什么？乡里人都搞惯了。"

"他们搞得惯，我也搞得惯。"

心性要强的邓秀梅谢绝了民兵护送的提议。每天深夜里，她从这条必须爬山过岭的路上，至少走一回，走时不觉得，等回到寓所，闩上房门，熄了油灯，困在床上，把头蒙在被窝里，想起这段路，不免稍微有一点心怯。但是她始终不开口要人，久而久之，也习惯了。

"走夜路，打个火把就不怕老虫。"有一回，亭面胡这样忠告她。

"为什么？"邓秀梅偏起脑壳问。

"老虫怕火烧胡子，远远望见火把光，就会躲开你。"

"你亲眼见过？"邓秀梅笑笑问他。

"没有，听人说的。"

"眼见为实，耳听为虚，听人说的靠不住。"

这个心性高强的女子，每天深夜里，有时亮起手电筒，有时手电也不打，一个人在这空寂无人的山野间来往。普山普岭的茶子花香气，越到夜深，越加浓郁。

入乡后的第五天傍晚，做完了一天的工作，邓秀梅回到住处，洗了一个脸，换了一身衣，从从容容在亭面胡家吃饭。忽然，他们听见，对门山上，有个女子的尖声拉气的叫唤，由喇叭筒传来。她号召互助组员和周围的单干，当天夜里到乡政府去开群众会。邓秀梅放下碗筷，含笑问面胡：

"老盛你去不去呀？"

"也想去听听。"亭面胡说。

"你一家人都去吧，今夜里的会很重要。"

"我一个人去行了。"

亭面胡本来不喜欢开会。平素日子，碰到联组或互助组的什么会，他总是派遣他的二崽学文做他的全权代表。大懒使小懒，学文有时自己也不去，转派妹妹满姐做他的代表。满姐平常要求乞哥哥指点功课，只好去为他效劳。其实，这个差使，对她不算太劳碌。她一到会场，就拣一个灯光暗淡的合适的角落，背靠板壁打瞌睡，她常常睡得跟在家里床上一样的酣甜。

这一回，亭面胡听了村里的合作化宣传，又碍着邓秀梅的面子，决计亲自出马了。

吃了饭，坐在灶脚底，抽完一壶烟，亭面胡才从从容容，点亮一个焦干的杉木皮火把，臂膀下面夹着他的那根长长的油实竹烟袋，随邓秀梅一起，往乡政府走去。一路上，邓秀梅转弯抹角，探寻面胡对于合作化的心里的本意。扯了一阵，他说：

"大家都说好，我也不能另外一条筋，讲一个'不'字。"

"你仔细想过没有？"

"政府做了主，还要我们想？"

"将来要是吃了亏，怎么办呢？"邓秀梅故意逗他用心想一想。

"吃得亏的是好人。在旧社会，哪一个没吃过大亏？比起从前，如今吃点亏，不算亏了。"

"我看你婆婆有点不赞成入社。"邓秀梅转了话题。

"由得她吗？"

"你家里的事好像都由她做主。"

"家务事由她，大事不由她。我入了社，她不入，看她那份田靠哪个去作？"

"靠你二崽。"

"靠他？你不要把作田看得容易了。你晓得谢庆元吗？"

"他怎么样？"邓秀梅一有机会，就对于村里的任何干部进行了解。

"讲作田，他算得一角，田里功夫，样样都来得。有一年，他在华容一个地主家里当作头司务[1]。东家看见他门门里手，心里欢喜。有天他正要用牛，少个牛攀颈[2]，去问东家要。那个狗婆养的财主冷笑一声说：'这倒时兴了，你问我要，我问哪个去要呀？'当天就打发他走了。老谢这家伙称一世英雄，叫人拿个牛攀颈卡得挪都挪不得。他不会织牛攀颈，人家就叫他铺盖吊颈。"

---

[1] 作头司务：领头的长工。略如北方的把头。

[2] 牛攀颈：把那架在牛的肩上拉犁的牛轭子扣在牛颈上，不使移动的篾织的带子。

一路说着话，他们不知不觉到了乡政府。

　　一进大门，亭面胡自去寻熟人，抽烟、闲扯、打瞌睡。邓秀梅找着刘雨生和陈大春，进到李主席房里，商量会议的开法。李主席本人到下村掌握会议去了。

　　过了九点，互助组的八户到齐了，除这以外，来了二十一家单干户，有现贫农，新老下中农，也有新老上中农。全体到会的，一共是二十九户。看见该来的人都到了，刘雨生把大家叫进厢房。这位单单瘦瘦的青皮后生子，站在桌边，背着灯光，面向人群，从从容容作报告。他没有稿子，也不拿本本，却把邓秀梅和李主席在支部会和代表会上的讲话，传达得一清二楚。

　　解放前，刘雨生家里顶穷。他只读得两年私塾。他是一个大公无私的现贫农，或者用亭面胡的话来说："是一个角色。"他的记性非常好。

开会时，他不记笔记，全靠心记。开完了会，他能把他听到的报告大致不差地传达给人家。许他发挥时，他就举些本地的例子，讲得具体而生动，非常投合群众的口味。

刘雨生的互助组的八户人家和周围单干的家底，人口和田土，以至这些田土的丘名、亩级[1]和产量，他都背得熟历历。他出生在这块地方，又在这里作了十六年的田。村里的每一块山场、每一丘田、每一条田塍的过去几十年的历史，他都清楚。他是清溪乡的一本活的田亩册。

他为人和睦，本真，心地纯良，又吃得亏，村里的人，全都拥护他。

但是，刘雨生所走的道路不是笔直的，而且也并不平坦。村里组织互助组时，他是组长之一。

---

[1] 亩级：查田定产时，按照田的好坏，分出等级。

那时候，唤人开个会，都很困难，他要挨门挨户去劝说，好像讨账。他的堂客张桂贞是个只图享福的、小巧精致的女子，看见丈夫当了互助组组长，时常误工，就绞着他吵，要他丢开这个背时壳。他自己心里对互助合作，也有点犹豫。互助组到底好不好？他还没有想清楚。

如今，上级忽然派个邓秀梅来了，说是要办社。他心里想，组还没搞好，怎么办社呢？不积极吧，怕挨批评，说他不像个党员，而且自己心里也不安；要是积极呢，又怕选为社主任，会更耽误工夫，张桂贞会吵得更加厉害，说不定还会闹翻。想起这些，想起他的相当标致的堂客，会要离开他，他不由得心灰意冷，打算缩脚了。

"你是共产党员吗？"他的心里有个严厉的声音，责问自己，"入党时节的宣誓，你忘记了吗？"

开支部会时，听了邓秀梅的报告，刘雨生回到家里，困在床上，睁开眼睛，翻来覆去，想了一通宵。一直到早晨，他的主意才打定。他想清了："不能落后，只许争先。不能在群众跟前，丢党的脸。家庭会散板，也顾不得了。"

从那以后，他一心一意，参与了合作化运动。张桂贞看他全然不问家里的冷暖，时常整天不落屋，柴不砍，水也不挑了，只想发躁气，跟他吵闹。刘雨生每天回来都很晚，吃了饭就上床睡了，使她根本没有吵架的机会。开这群众会的头一天晚上，刘雨生回家，发现灶上锅里，既没有菜，也没有饭，张桂贞本意是要激起他吵的，但他也没有做声，拿灯照照，看见米桶是空的，就忍饥挨饿，吹熄灯睡了。张桂贞翻了一个身，满含怨意地说道：

"你呀，哼，心上还有家？"

第二天，也就是开这会的同一天的上半日，张桂贞从床上起来，招呼孩子穿好衣服，牵着他走到邻舍家，借了三升米，回来煮了，又炒了一碗韭菜拌鸡蛋，一碗擦菜子，侍候刘雨生和他的孩子，吃了早饭。刘雨生心里有一点诧异："她今天为什么这样好了，不声不响地，还炒一碗蛋？"

洗好碗筷，张桂贞用抹胸子擦了擦手，坐在饭桌边，瞅着坐在对面抽烟的刘雨生，露出有话要说，不好启齿的样子，隔了一阵，才说："今天是我妈妈的阴生，我要回家去看看。"

"阴生何必回去呢？人又不在了。"刘雨生抬起眼睛，看着她，本本真真地说道。

"不，我要回去，"张桂贞凄怆地说，低下脑壳，扯起抹胸子的边边，擦擦眼睛，又说，"我要抱住老人家的灵牌子，告诉老人家，她女儿的命好苦呵……"她泣不成声。

刘雨生晓得她的回家的意思了，竭力忍住眼泪。他晓得，事情到了不可挽回的地步，除非他退坡。对于他这样的共产党员退坡是办不到的。隔了一阵，他问：

"我们的孩子怎么办？"

"孩子我先带回去。"

就在这天，张桂贞带着她的三岁的孩子，回到了娘家，找哥嫂商量去了。她的娘家，就在本乡。她父母双亡，娘家的人只有大哥和大嫂。她的大哥张桂秋，人生得矮小，人都叫他秋丝瓜，解放以前，他是个兵痞，家里也穷。土改时，划作贫农，如今成了上中农。他一心一意，盘算要把他久想离婚的妹妹嫁到城里去，给他当跳板，好让他往城里发展。

虽说眼看要遭遇不幸，他喜欢的儿子要遭到

他们的婚变的影响，但刘雨生还是忍着心痛，出席和主持了晚上的会议，并且平平静静地做了报告。在灯光下面，人们看得出，他的脸上有愁云，眼睛含着沉郁凄楚的神色。

"他心里好像有事。"亭面胡旁边有一个人低低地说。

亭面胡并非精细一流的人物，平常对自己马马虎虎，对人家也谈不上细致，但经人说破，他也看出了，刘雨生显出没有精神、大有心事的样子。

"准是他的堂客又跟他吵了。"面胡身边那个人又低声地说。

"这号没得用的堂客，要是落在我手里，早拿烟壶脑壳挖死了！"面胡一边说，一边把他的烟壶脑壳在高凳脚上磕得嘣咚嘣咚响，好像高凳的脚就是张桂贞的脚一样。

"你这是二十五里骂知县，她人不在这里，落得你吹牛。当了她的面，你敢说她一个不字，算你有狠。"

"你敢赌啵？"

面胡正在说这一句话的时候，一个短小单瘦的中年人来了。刘雨生的报告顿了一顿，手也好像轻轻抖动了。他的眼睛有意避开不看这个进来的男子。

"那是哪一个？"桌子边上，邓秀梅小声地问陈大春。

"那是雨胡子的大舅子，张桂秋，小名秋丝瓜。"陈大春说，声音也没有平常粗大。

稍稍打了一阵顿，刘雨生忍住心里的凄楚，继续做他的报告。他说起了农业社的优越性，又谈到将来，乡里要把有一些田塍通开，小丘改成大丘；所有的田，除缺水的干鱼子脑壳，都插双季稻；按照土地的质量，肯长什么，就种什么，有的插稻谷，有的秧豆子，有的贴黄麻，有的种瓜菜。

听到刘雨生说起这些具体的作田的事，大家都用心地听。刘雨生的心也轻快一些了。

亭面胡没有用心听报告。他时常站起，把烟袋伸到煤油灯的玻璃罩子的口上，接火吧烟。他把灯光吸得一闪一闪，一阴一亮的。抽完一袋烟，他精神来了，就跟邻座议论今年的小麦，又扯到入冬打雷的这事，他说："雷打冬，十个牛栏九个空，开春要小心牛病。"等等。他只顾扯谈，完全不守会场的规矩。

休息时节，刘雨生和张桂秋，彼此都不打招呼。他们过去虽说是郎舅至亲，因为性格不一样，思想是两路，平常见了面，也是言和意不和。如今，张桂贞回了娘家，意在离婚，他们两个更不讲话了。邓秀梅冷眼观场，看见秋丝瓜离开大家远远的，背脊靠在板壁上，正跟一个头戴毡帽的青年悄悄弄弄地谈话。她问刘雨生：

"那个戴毡帽的后生子是哪一个？"

"他叫符贱庚。"刘雨生低低地说。

"小名符癫子，又叫竹脑壳。"陈大春补充说道。

"怎么叫做竹脑壳？"邓秀梅笑了。

"因为他凡事听别人调摆，跟竹子一样，脑壳里头是空的。"

邓秀梅的凝视的眼光，精灵的秋丝瓜已经发觉了。他丢开了符癫子，偏过脑壳，找亭面胡扯谈。亭面胡一声不响。他闭住眼睛，一边抽烟，一边养神，吧完一壶烟，他起身走了。

重新开会前，刘雨生点了点人数，发现少了两个人：一个是富裕中农王菊生，一个就是亭面胡。现在房间里只有二十七户了。怕再有人走，刘雨生连忙把人找拢来开会。讨论办社时，符贱庚站起身来说：

"据我看，这社是办不好的。"

"何以见得呢？"邓秀梅偏起脑壳问。

"一娘生九子，九子连娘十条心，如今要把几十户人家绞到一起，不吵场合，不打破脑壳，找我的来回。"

"我们有领导。"陈大春说，用劲按住心头的激动。

"你这领导，我见识过了。你办的那个什么社，到哪里去了？"符癫子冷笑着说，看秋丝瓜一眼，后者躲在灯光暗淡的地方，低着头抽烟，装作不理会他的样子。

"那是领导上自己砍掉的。"邓秀梅解释。

"为什么要砍掉呢？还不是嫌它麻烦，晓得

搞不好。"符贱庚说。

"如今不同了，领导加强了，大家的思想也跟往昔两样了。"刘雨生插进来说明。

"你说搞得好，打死我也不相信。请问刘组长，你这一组搞好了没有？还不是天天扯皮，连你组长自己的家里也闹翻了，如今你堂客到哪里去了？"符贱庚看见刘雨生听了这话，受了刺激，用上排的牙齿轻轻咬住震颤的下唇，他十分称意，滔滔地说了：

"自己枕边人都团结不好，还说要团结人家，团结个屁。"

"他个人屋里的事，跟办社有什么关系？"邓秀梅问。

"跟办社没有关系？我看，跟办组都有关系，他刘雨生要不当组长，稍微顾顾家，他的堂客会走吗？"

刘雨生低下头来，用劲忍住他的眼泪花。陈大春接过来说：

"你为什么要提起人家的私事？"

"好吧，不提私事，就讲公事。"符癞子流流赖赖地说，"我看既然明明晓得搞不好，小组也散场算了，我们各走各的路，各干各的去，组长你也免得操心了。要这样莽莽撞撞，不管三七二十一，把我们大家的炉罐锅火尽都提到一起来，有朝一日，烂了场合，没得饭吃，你们有堂客好卖，我呢，对不起，还没得这一笔本钱，组长，你的本钱也丢了。"

"符贱庚，你这个家伙，这是人讲的话么？"陈大春憋一肚子的气，再也忍不住。

"我又没讲你，你争什么气？啊，你也和我一样，还是打单身，没得办社的老本。"符贱庚嬉皮笑脸地说着。

"你再讲混账的话，老子打死你。"陈大春鼓起眼睛，右手捏个大拳头，往桌子上一摆。

"打？你敢！你称'老子'，好，好，我要怕你这个鬼崽子，就不算人。"符癞子看见人多，晓得会有人劝架，也捏住拳头，准备抵抗。

陈大春跳起身来，一脚踏在高凳上，正要扑到桌子那边去，揪住符癞子，被刘雨生一把拦住。陈大春身材高大，有一把蛮劲，平素日子，符癞子有一点怕他。这一回，他看见邓秀梅和刘雨生在场，有人扯劝，态度强硬了一些。他扎起袖子，破口大骂：

"妈的屄，你神气什么，仗哪个的势子？"

邓秀梅气得红了脸，但是经验告诉她，该提防的不是符癞子这样的草包，而是他的背后的什么人。她的眼睛，随着她的思路，落到了阴阴暗暗的秋丝瓜的身上，这个人正不声不响，一动不动地坐在远离桌边的东墙角，埋头在抽烟。

刘雨生看见吵得这样子，早把私人心上的事情完全丢开了，他沉静地，但也蛮有斤两地说着：

"你们都不怕丢丑？都是互助组员，先进分子，这算什么先进呀？吵场合也叫先进吗？"

有人笑了。陈大春的愤怒也逐渐平息，他的火气容易上来，也不难熄灭。他坐下来了。符癫子猛起胆子跟陈大春对垒，本来是个外强中干的角色。他一边吵，一边拿眼睛瞅着门边，随时随刻，准备逃跑。如今，巴不得刘雨生用两个"都"字，把两边责备了一番，官司打一个平手，他多骂了一句粗话子，占了便宜，就心满意足地，也坐下来了。

看见风波平静了，刘雨生稳稳重重地站在桌子边，开口说道：

"符贱庚，你是一个现贫农，刚才说的那些

话，是出于你自己的本意呢，还是听了旁人的弄怂？"

"我听了哪个的弄怂？笑话！"符贱庚说。

"你这正是爱听小话的人的口白。听了别人的挑唆，当了竹子，还在大家的面前，装作聪明人。"

邓秀梅暗暗留神，刘雨生说这些话的时候，秋丝瓜脸上的神色纹风不动，安安稳稳地坐在阴暗的墙角边，低着头抽烟。她想，这个人要么是沉得住气，要么真和符癞子没有关联。刘雨生又问：

"你听了哪一个人的话？他本人在不在场？"

会场的空气，顿时紧张了。所有的人，连符癞子在内，都一声不响，房间里头，静静悄悄的，只有小钟不停不息地、嘀嘀嗒嗒地走着。从别的地方，传来了鼾声，大家仔细听，好像就是在近边。邓秀梅诧异，思想斗争这样的尖锐，哪一个人还有心思睡觉呢？有人告诉她，鼾声是从后房发出的，她起身走去，推开房门，跟大家一起拥进了后房。她拧亮手电，往床上一照，在白色的光流里，有一个人，脑壳枕在自己手臂上，沉酣安静地睡了，发出均匀、粗大的鼾声，一根长长的油实竹烟袋搁在床边上。这人就是亭面胡。陈大春挤到床面前，弯下腰子，在面胡的耳朵边，大吼一声。面胡吃一惊，坐了起来，一边揉眼睛，一边问道：

"天亮了啵？"

"早饭都相偏了，你还在睡！"有人诳试[1]他。

"佑亭哥真有福气，"刘雨生从来不叫亭面

---

[1] 诳试：骗。

胡这个小名，总是尊他佑亭哥，"大家吵破了喉咙，你还在睡落心觉，亏你睡得着。"

"昨夜里耽误了困，互助组的那只水牯病了，我灌药去了。一夜不睡，十夜不足，啊，啊。"亭面胡说着，打了个呵欠。

大家重新回到厢房里，继续开会。

会议快完时，邓秀梅把刘雨生叫到一边，小声地打了一阵商量。她说："我们应该开个贫农会。"

刘雨生想了一想说：

"就怕开贫农会，目前刺激了中农，对办社不利，依我看，不如开互助组的会，吵架的都是组员。互助组一共八户，只一家中农，差不多是个贫农的组织。"

"好，就照你的意见办。"邓秀梅点头同意，心里暗暗赞许刘雨生的思想的细致。

散会的时节，刘雨生高声宣布：

"互助组员，先不要走，组里还有事商量。"

等到房里只剩八户时，刘雨生心平气和，但也微带讽嘲地说道："今天，互助组员唱大戏了，嗓子都不错，都是好角色。"刘雨生朝着符贱庚和陈大春的方面瞅了一眼，接下去道："你们两位算是替组里争了不少的面子！前几天，我还跟秀梅同志夸过口：'我们互助组是个常年互助组，牛都归了公，基础还算好，骨干又不少，转社没问题。'"刘雨生本来要说"贫农占优势"，但怕刺激组里那唯一的中农，话到舌尖，又咽回去了。他接着说道："你们打了我一个响耳巴。你们真好，真对得住人。"

"不要冷言冷语，啰啰嗦嗦，我顶怕啰嗦。"陈大春说，"我承认是我错了，我是党员，又是团支书，不该跟他吵。"

"年纪轻轻，更不应该对人称'老子'。"邓秀梅笑着替他补充了一句。

"大春自己认了错，这个态度是好的。"刘雨生沉静地说，"我们这里，只有他不对，应该认错吗？我们想想看。"他的眼睛看一看符贱庚的方向，又说："世界上有这种人，自己分明也是一根穷骨头，解放以前，跟我们一样，田无一合，土无一升，土改时，分了田土，房子……"

"他跟亭面胡，一家还分一件皮袍子。"陈大春忙说。

"面胡还分了一双皮拖鞋，下雨天，不出工，他穿起拖鞋，摇摇摆摆，像地主一样。"盛佑亭身边有个后生子说，"面胡，你是不是想当地主？"

"我挖你一烟壶脑壳！"亭面胡说。

"不要扯开了，"刘雨生制止了大家的闲谈，转脸对着符贱庚，"得了这么多好处，等到党和政府一号召，说要办社，你就捣乱，这是不是忘本？"

"刚才你跟秋丝瓜唧唧哝哝讲些什么？"邓秀梅插进来问。

"是呀，你要是角色，就把悄悄话公开。"刘雨生激他一句。

符贱庚一受了激，就按纳不住，站起来嚷道：

"你们都不要说了，算是我一个人错了，好不好？"

"邓同志的意思，是叫你把你背后摇鹅毛扇子的人的话，告诉我们。"刘雨生温和地说。

"你是说秋丝瓜么？他教我扎你的气门子，要我讲你连堂客都团结不好。我对他说：'扎了他，也伤了你的老妹，怕不方便吧？'他说：'你只管讲，不要紧的。'我就……"

"你就讲了，"陈大春替他接下去，"真是

听话的乖乖。"

　　"你又被人利用了。"刘雨生的话，声调平和，但很有分量，"清溪乡的人，哪个不晓得，秋丝瓜是个难以对付的角色，遇事不出头。"

　　"总是使竹子，"陈大春插进来说，"偏偏，我们这个山村角落里有的是竹子。"

　　"大春伢子，不要老嚼竹子竹子的，惹发了，我是不信邪的呀。"符贱庚提出警告。

　　"不信邪，又怎么样？你做得，人家讲都讲不得？"陈大春又跟他顶起牛来了。

　　"不要吵了。"刘雨生制止大家的吵嚷，接着又说秋丝瓜，"他是一个爱使心计的角色，爱叫人家帮他打浑水，自己好捉鱼。"

　　"国民党时代，他当过兵，你晓得么？"陈大春问符癞子。

　　"那倒是过去的事了，只是他现在也不图上

进，"刘雨生说，"总是要计算人家，想一个人发财。"

"当初划他个中农，太便宜他了。"陈大春粗鲁地说。

"听信他的话，跟我们大家都吵翻，你犯得着吗？"

符癞子低下脑壳，一声不响。刘雨生的这些话所以打中了他的心窝，是因为句句是实情，又总是替他着想，而且，他的口气，跟大春的粗鲁的言辞比较起来，显得那样的温和。他心服了，没有什么要说的。刘雨生看见他已经低头，为了不说得过分，就掉转话题来说道："大家提提佑亭哥的意见吧，一听要办社，他去卖竹子，这对不对呀？"

"他这是糊涂。"陈大春说。

"他火烧眉毛，只顾眼前。"另外一位青年说。

亭面胡坐在墙角，把稍微有一点驼的背脊靠在板壁上，舒舒服服在抽烟，一声不响。

"还有，"刘雨生道，"平素开会，佑亭哥十有九回不到场，总是派代表。他家里代表又多，婆婆、儿子、女儿，都愿意为他服务。他的满姑娘代表他来出席时，根本不听会，光打瞌睡。这回他自己来了，算是他看得起合作化。不过他来做了什么呢？到后臀房里，睡了一大觉，吹雷打鼾，闹得大家会都开不下去了，这算什么行为呢？"

"散漫行为。"陈大春说。

"老盛自己说一说。"邓秀梅担心大家过于为难亭面胡，连忙打断人们的七嘴八舌的批评。

大家没有做声了，都要听听面胡说什么。隔了一阵，他才慢慢地开口，口齿倒是清清楚楚的：

"各位对我的批评，都对。"亭面胡顿了一下，吧一口烟，才又接着补一句道，"我打张收条。"

人们都笑了。

会议散后，邓秀梅问刘雨生道：

"今晚你碰得到婆婆子吗？"

"我要去找他。"

"请你跟他说，明天上午十点钟，各组汇报，地点在这里。"

邓秀梅说完这话，跟亭面胡一起出了乡政府。面胡手里拿着一支点燃了的杉木皮火把，一摇一亮地，往村南的山路上去了。

菊咬[1]

邓秀梅跟亭面胡一起，沿着山边的小路，转回家去。亭面胡打着火把，走在前头，过一阵，就摇摇火把，把火焰摇大。干枯的杉木皮火把，烧得轻微地作响，把一丈左右的道路照得通明崭亮的，路上的石头、小坑、小沟、麻石搭的桥，都看得一清二楚。一路上，亭面胡不停地说话。一来了兴致，或是喝了几杯酒，他总是这样。他告诉邓秀梅说，有时自己不出来开会，到会安心打瞌睡，是因为心里有底，党是公平正直的，不会叫人家吃亏。他是贫农，出身清白，凡是分得大家都有的好处，他站起一份，坐起也一份，不

---

[1] 菊咬：自己利益看得重，难以讲话的人，叫做咬筋，又叫咬筋人。上面冠以本人名字的一个字，下面简称咬，或咬咬，也可以，如菊咬就是。

必操心去争执。他笑笑说："我又不像秋丝瓜、菊咬筋他们，难以说话，心像钩子，叫花子照火，只往自己怀里扒。"

"菊咬筋是什么人？"邓秀梅听到她不熟悉的人名，总是要寻根。

"菊咬筋么？你只莫提起，又是一个只讨得媳妇、嫁不得女的家伙，比秋丝瓜还要厉害。他姓王，名叫菊生，小名叫做菊咬筋，难说话极了。"

"今天会上开溜的，是不是他？"

"想必是他。"

"你看他会不会入社？"

"不晓得，猜不透他。不过他生怕吃亏，舍不得他那点家伙，其实也不是他自己的。"

"是哪个的呢？"邓秀梅觉得这又是新鲜的事情，好奇地忙问。

"是他满婶的，他是满房里的立继子。"

两个人一路闲谈着，不知不觉，到了家了。邓秀梅回到房里，收拾睡了。在床上，她盘算明天要去找人了解王菊生。她要查明，他从会上开小差，究竟到哪里去了。

第二天黑早，邓秀梅起床，用冷水洗了一个脸，出门去找盛清明。治安主任正在屋端菜园里泼菜，看见邓秀梅，他笑着招呼："秀姑奶奶，你老人家好。"盛清明一见熟人，爱开玩笑。他称这位二十来岁的女子做姑奶奶。"这样早，有何贵干呀？"

"要请你帮我了解一个人。"

邓秀梅进了园门，蹲在土沟里，帮助盛清明用手薅土里的乱草，问起王菊生。盛清明一边泼菜，一边说起这人的来历和品性。他说，王菊生的生身父母不住在本村，离开这里有五里来路。

他是过继来的。立继本来轮不到他名下，他贪图这里的房屋、田土和山场，想方设法，巴结满叔。他长得高大、漂亮，伶牙俐齿，能说会讲，作田又是个行角。满叔看中了，指名要立他。有人劝这老倌不立继，开导他说："你有六七亩好田，饱子饱药，百年之后，还怕没得人送你还山？立什么继呢？一只葫芦挂在壁上好得紧，为么子要取了下来，吊在颈根上？"老倌子哪里肯听？又有人劝他立菊咬的弟弟，老倌子打不定主意，菊咬晓得了，装作从容地跑去看望他，问长问短，一把嘴巴涂了蜜一样。他说："两位老人家都年高了，还要自己砍柴火，煮茶饭，做侄儿的，过意不去。我先叫我堂客来服侍一向，等你立好继，她再回去。"说得老倌子满心欢喜，连忙叫她搬过来。堂客进了门，菊咬筋和他的小女自然也都住进来了，立继的事，生米煮成了熟饭。强将无弱兵，菊咬主意多，堂客也不儿戏。她一天到黑，赶着两位老人家，叫"爸爸"，叫"妈妈"，亲热到极点，把老驾呵得眉开眼笑，无可无不可，逢人告诉说："一个好侄子，难得的是侄媳也贤惠。千伶百俐，心术又好，哪个说的，田要冬耕，崽要亲生啊？只要巴亲，过继的崽还不一样也是崽。"

菊咬搬进满叔家，不满一个月，老驾兴致勃勃地办一桌酒席，接了亲房、近戚和邻居，还请了菊咬的生身父母，写了文据，叩了头，菊咬正式立继过来了。

立过来没有好久，菊咬就撒翅膀了。他先拿把牛尾锁把谷仓锁起，钥匙吊在自己的裤腰带子上。家里钱米，往来账目，一概抓在自己的手里，继父丝毫不能过问了。这头一着，就把老驾气得个要死，三番五次大吵大闹，说要分家，菊咬还他个不理。有一回，正在吃饭时，老驾又吵了起来，把筷子往桌上一掼，骂菊咬是混账家伙，横眼畜生，没得良心，把屋里的东西，一手卡住，分得自己没得闲事探。左邻右舍，都来看热闹。人们看见老驾气得口角喷白沫，青筋暴暴的。菊咬不回一句嘴，低着脑壳只顾扒饭。菊咬堂客起身到灶屋，舀一盆温水，恭恭敬敬端到老驾的面前，请公公洗脸。菊咬的小女，那时才四岁，放下饭碗，跑到祖父的跟前，滚在他怀里，卷着舌头，娇声娇气地叫道："爷爷，爷爷，我要吃茶。"老驾心软了，虽说嘴里还是不住地吵骂，但声音温和得多了。

人们劝慰了几句，看场合不大，渐渐散了。等人一走尽，菊咬筋满脸堆笑，细声细气地跟老倌子谈讲。他说，做崽的是怕老人家操多了心，身子有碍，才把家务事一概揽到他怀里，宁肯自己辛苦点，叫老人家多活一些年，享几年清福。如今老人家不肯放心，自己要管，他正乐得少吃咸鱼少口干，情愿把账簿、钥匙、谷米杂粮、大小家什，通通交出来，自己只认得作田，家里事无大小，都听老人家调摆。一席话，一句一个"老人家"，把老驾呵得不知说什么才好。账簿钥匙，他不肯收，叫菊咬照旧掌管。那一回以后，菊咬筋把钱米抓得更紧，老驾想吃碗蒸蛋，也得不到手了。

"你倒熟悉人家的情况。"邓秀梅笑一笑说。

"我吃的是哪一门的饭？不熟情况还行吗？"盛清明一边泼菜，一边接着说，"老驾得了气喘病，隔不好久，就呜呼哀哉，一命归阴了。菊咬两公婆哭得好伤心，真不明白，这些人的眼泪是从哪里来的？他们的继母，跟继父一样老实，胆子更小。老婆婆娘家是地主成分。这个把柄抓在菊咬筋手里，把她管住了。其实，他继母十五过门，至如今整整有四十五年了，还算什么地主呢？菊咬堂客的娘家，也是地主，过门还只有十年，他倒不追究，两家来往很勤密。"

"不要扯他们的家谱了，依你看，他昨天从会上溜走，是不是到他岳家去了？"邓秀梅插断他的话。

盛清明停止泼菜，运了运神，才说：

"我想这时节，他不会去。"

"何以见得？"

"这位老兄财心紧，对人尖，笔筒子眼里观天，不过，要他跟地富泡到一起去，还不至于。"

"你不是说，他跟他岳家往来勤密吗？"

"那是在平常，这个时节他不会。"

"那你看他到哪里去了呢？"

"多半是到外乡的贫雇亲戚家打听合作化的事情去了。"

"他回来没有？"

"不晓得。"

"我们看看他去吧。"

盛清明泼完了菜，挑担空尿桶，跟邓秀梅一起，走出菜园，反手把竹篱笆门关了。到家放了尿桶，两个人就往王家村走去。

他们远远地看见，王家村的村口，有幢四缝三间的屋宇，正屋盖的是青瓦，横屋盖的是稻草，屋前有口小池塘，屋后是片竹木林。这就是菊咬筋的家。他们走近时，淡青色的炊烟，正从屋顶上升起，飘在青松翠竹间。

他们进了门斗子，看见菊咬正在地坪里拿扫帚扫一条黄牯的身子。

"老王你打点牛呀。"盛清明笑着招呼他。

"是呀，给它扫掉点风寒。"吃了一惊的菊咬筋停了扫帚，回转头来，一边回答，一边把客人让进堂屋。请他们坐了，又叫他堂客出来装烟、筛茶。他自己坐在他们的对面，噙着烟袋，心里在想，他们一定是来催买公债的，要不，就是为的合作化。

邓秀梅坐在上首的一挺竹凉床子上，仔细打量菊咬筋。她看出来，他就是她才入乡的那天路上碰到的那一个高个子农民。他相貌魁梧，英俊不在陈大春以下。年纪约莫三十五六了，鬓角的头发略微秃进去一些，眉毛浓黑而整齐，一双栗色的眼睛闪闪有神光，看人时，十分注意，微笑时，露出一口整齐微白的牙齿，手指粗大，指甲缝里夹着黑泥巴。跟清溪乡的一般的农民一样，他穿一件肩上有补疤的旧青布棉袄，腰上束条老蓝布围巾。"看样子，是个一天到黑，手脚不停的勤快的家伙。"邓秀梅心里暗想。

"无事不登三宝殿,这些人这样早来,究竟是为什么事呢?"菊咬筋也在运神。他的闪闪有光的眼睛不停地窥察对方,想从客人的脸色上,看出他们的来意。他想,要是为办社的事,顶好不要叫他们开口,免得费唇舌。他先发制人,笑着说道:

"清明胡子你来得好,正要找你。"

"找我干什么?报名入社吧?"机灵的盛清明好像猜透了他的心事一样,故意这样地逗他。

"不是。"菊咬筋连忙否认。近几天来,只有这件事,使他感到有点子紧张,但他脸上还是挂着镇定的微笑,接着说下去:"我们屋里来了一个客,是我们老驾的外孙。他家里是地主成分。现在他们还在后房里,鬼鬼祟祟,说悄悄话。"

正在这时候,屋里出来一个小后生,挑担装

满干红薯藤子的庝谷箩[1]，他跟菊咬打招呼：

"舅爷，吵烦你老人家了。"

菊咬的继母，一位六十来岁的小脚老婆婆，从房里出来。她穿一件新青布罩褂，下边露出旧棉袄的破烂的边子。她颤颤波波，走到阶矶上，回头跟菊咬说声："我走了。"就跟在外孙的背后，走到地坪里，菊咬的堂客和女儿，都在阶矶上，看着他们走。菊咬站起来，凝神注目把他外甥挑的庝谷箩看了一阵，转脸对盛清明说道：

"箩筐不轻，里边一定有家伙，我要去看看。"说完，他夹根烟袋，追了出去，盛清明怕他们出事，也跟去了。

邓秀梅走到王家灶门口，坐在灶脚下，一边帮菊咬筋堂客烧火煮饭，一边谈话。她问东问西，

---

[1] 庝谷箩：一箩能装二斗五升谷米的小箩筐。

菊咬堂客心里不暖和，脸上还笑着，客客气气回答她的话。

　　谈了一阵，邓秀梅起身，说要看看他们喂的猪。她从灶门口走进杂屋，那里有座小谷仓，仓门板子关得严丝密缝的，上面吊把铁打的牛尾锁。她想，这就是盛清明讲起的那一把锁了。就是这东西，替菊咬筋管住了要紧的家当，把他继父气得坐了气喘病。她好奇地仔细看了这把黑黑的粗重的铁锁，没有钥匙，不要说是老人家，就是年轻的猛汉，也打不开的。她走进柴屋，发现那里码起好几十担干的和湿的丁块柴；走到灰屋，那里除了大堆草木灰以外，还有十担左右白石灰；走进猪栏屋，看见那间竹子搭的、素素净净的猪栏里关着两只一百多斤重的壮猪，还有一只架子猪。猪栏的竹柱子上，有张褪了色的红纸条，上面写着"血财兴旺"四个字。

菊咬筋的堂客和他的女儿，跟在邓秀梅背后。小姑娘噘起嘴巴，一声不响。她的身躯略胖的妈妈，也是问一句，答一句，显出不耐烦，但又无可如何的样子。

在这同时，老婆婆和她的外孙走到下边邻舍家门口，被菊咬赶上。

"姆妈，"他照女儿的口气叫他继母，"你老人家停一停，我有句话说。"

后生子把箩筐放下，姆妈子停了脚步，坐在邻家门槛上。几家邻舍的妇女和小孩都拥出来，围住他们看热闹。盛清明也赶上来了。

"要不要搜搜他们的箩筐？"菊咬悄悄地机密地跟盛清明商量。

"搜什么？"盛清明瞅他一眼问。

"箩里有家伙。"

"有家伙也不能搜，人家没犯法。"盛清明

猜透了菊咬筋的假公济私的用意，坚决制止他。菊咬断定，那些干红薯藤下边，准有东西。存心想要怂恿治安主任揭开这秘密，好当人暴众，丢继母的丑。遭到盛清明的拒绝以后，他不甘心，站在那里，枯起眉毛，又心生一计，他走到老婆婆跟前，含笑问道：

"姆妈，你到妹妹那里，要住好久？"

"十天半月不一定。"胆小的老婆婆心里不高兴，嘴上还是不敢不回答。

"如今家家的口粮都有一定，你不带米去，人家如何供得起？你先不要走，我去借一斗米来，给你带去。"

左邻右舍，听到这席话，都觉得奇怪。他们晓得菊咬筋是个啬家子。去年，他家杀了一只猪，自留三腿肉，只肯拿出一腿来，卖给周围二十户人家。"这一回，他怎么变得这样慷慨，这样体贴别人了？"正在这时候，他肩了一撮箕白米，赶得来了。

"这一斗米，你老人家先拿去，不够，再带信来，我给你送。快把红薯藤拿开，好倒米。"

"你放下吧，我自己来倒。"继母不肯当他的面拿开红薯藤。菊咬筋把撮箕搁在一边，一手用力把继母拂开，一手揭起红薯藤。他得意地笑了，招呼盛清明和左邻右舍说道：

"你们来看看，我们屋里出贼了。"

大家走拢去一看，箩筐里放着两个小白布袋子。菊咬筋解开袋子口，亮给大家看，一袋是荞麦，一袋是绿豆，还有约莫一斗粗糠子，垫在箩底。继母又是羞愧，又是气愤，半天说不出一句话来。菊咬站在一边，对人冷笑道：

"真是生成的，她明的要，我哪里有不给的呢？偏偏要这样，东摸一把，西拿一点。"

"绿豆、荞麦，都是我自己种、自己收的，几时变成你的了？"老婆婆隔了一阵，才声辩一句。

"糠呢？"菊咬筋轻巧地笑一笑问道。

"糠是你一个人的吗？"笨嘴笨舌的老婆婆又顶了一句，但也说不出更多的话来。

"好吧，好吧，不必再说了。"菊咬连忙说，"这米还是给你，我这个人是八月十五生的糍粑[1]心。"他指挥外甥："你把糠归到一个箩筐里去，我好倒米。"

米倒进去，箩筐都收拾好了，老婆婆跟着挑担的外孙，又动身上路。菊咬站在人堆里，望着他继母渐渐远去的瘦削的、微弯的背脊，摇摇头说：

_____

[1] 糍粑：捣烂了的糯米饭做的粑粑，很软，这里是形容心软。

"唉，真是生成的。我们两公婆恨不得把心都掏出来给她，她的心里只有她的女。我们的粮食，她明拿暗盗，也不晓得运走多少了。"

"你的仓不是上了锁吗？"盛清明顶他一句。

"外边也还有东西，糠就放在灶门口。"

"老王，我劈句直话，你不见怪好不好？"盛清明说。

"你讲吧。"

"她把一个家务给你了，如今到女屋里去，只拿点糠，你就说她是偷的，拿自己的东西，也算偷盗，世界上有这个理吗？"

"哪个说，她把什么家务给我了？她的家务在哪里？"

"在王家村，有两石田[1]，一个瓦屋，还有

[1] 两石田：一石田是六亩三分。

一座茶子山。"盛清明笑着给他开了一个大略的账目。

"她这些东西,我们要不来,早都卖光了,还等今天。"

"你凭什么,猜她会卖光?"

"田没得人作,她不会坐吃山空?"

"他们还是全靠你啰?"

"对不住。"

"你没占便宜?"

"当然没有。"

"那你当初为什么争着要立过来呢?"

"我争,是我一时糊涂了。认真摸实讲:不立过来,我就不会划一个中农。"

"这样说,你吃亏了?"

"是呀。"

"你说吃了亏,我把我分的田土山场和那个

茅屋子，跟你换一换，好不好？尽你一个人吃亏，我过意不去，我也吃点亏，住几年瓦屋，试一试看。"盛清明俏皮地说，旁边的人都笑了。

"好呀，那有什么不好呢？"菊咬红着脸，一边走开，一边这样说。

"慢点走，我要跟你去。"盛清明笑道。

"你去做什么？"旁边一个后生子发问。

"去跟他换屋，免得尽他一个人吃亏，俗话说，吃得亏的是好人。"盛清明笑道。

"不要闹了，人家脸上泼满猪血了，还讲，他会来煞你了。"

菊咬掉转头走了，盛清明也真的跟在他背后，但他自然不是去换屋，而是去邀邓秀梅。到得王家村，正碰着邓秀梅走出了王家，两个人一块儿走了。

等他们一走，菊咬堂客就对菊咬大骂邓秀梅：

"晓得哪里来的野杂种？穿得男不男，女不女的，是样的东西都要瞅一瞅，不停地盘根究底：'仓里有好多谷呀？猪有好重？牛的口嫩不嫩？'问个不住嘴，是来盘老子的家底子的么？婊子痫的鬼婆子！"

"这一家要耐烦地教育和发动，不能性急。"邓秀梅一边走，一边告诉盛清明，"你这方面，倒是要留神考察，看看他岳家对他是不是有一些影响。"

淑君

这些日子，每天晚上，邓秀梅跟李月辉分头掌握各种各样的会议，宣传和讨论农业合作化。这一天夜里，邓秀梅正在乡政府的厢房里主持妇女会，李主席不慌不忙从外边进来，悄悄告诉她，外乡又起谣言了。

"什么谣言？"邓秀梅低声地急问。

"说是鸡蛋鸭蛋要归公，堂客们都要搬到一起住。"

"盛清明晓得了吗？"

"他下去摸情况去了。"

邓秀梅默了默神，就从容地说：

"好吧。这事等等再商量。"

李主席才要走时，听见房间里有个姑娘叫：

"欢迎李主席参加我们的会议。"李月辉不看也晓得，说这话的是盛淑君。他回转身子，满脸春风地问道：

"要我参加？我有资格加入你们半边天？"

"你怎么没有资格？你不是婆婆子吗？"盛淑君笑嘻嘻地说。

"这个细妹子，敢在太岁头上动土，调起我

的皮来了，好，好，我去告诉个人去。"

"告诉哪个，我也不怕。"盛淑君偏起脑壳回复他。

"我晓得你哪一个都不怕，只怕那个武高武大的蛮家伙，名字叫做……我不说出口，你也猜到了，看啊，颈根都红了，你调皮，是角色，就不要红脸，有什么怕羞的呢？从古到今，哪个姑娘都要找个婆家的。"

李主席说完就走，盛淑君起身要追，被陈雪春拖住，低低劝她："不要理这老不正经的。"李主席站在厢房的门口，没有听见雪春的小声的说话，只顾对盛淑君取笑：

"细妹子，不要得罪我，总有一天，你会求到我的名下的。晓得吗，人家叫我做月老？月老是做什么的？"

"吃糠的。"盛淑君噘起嘴巴说。

"好，好，骂得好恶，我一定会帮你的忙，一定会的，妹子放心吧。"在一大群姑娘们的放怀的欢笑里，李月辉走了。厢房里，会议继续进行着。妇女主任把那屁股上有块浅蓝胎记的她的孩子，按照惯例，放在长长的会议桌子上，由他乱爬，自己站在桌子边，做了一个简短的报告，号召大家支持合作化。她说：做妈妈的要鼓励儿子报名参加，堂客们要规劝男人申请入社，老老少少，都不作兴扯后腿。她又说：姑娘们除开动员自己家里人，还要出来做宣传工作。

　　讨论的时节，婆婆子们通通坐在避风的、暖和的角落里，提着烘笼子，烤着手和脚。带崽婆都把嫩伢细崽带来了，有的解开棉袄的大襟，当人暴众在喂奶；有的哼起催眠歌，哄孩子睡觉。没带孩子的，就着灯光上鞋底，或者补衣服。只有那些红花姑娘们非常快乐和放肆，顶爱凑热闹。

她们挤挤夹夹坐在一块，往往一条板凳上，坐五六个，凳上坐不下，有的坐在同伴的腿上。她们互相依偎着，瞎闹着，听到一句有趣的，或是新奇的话，就会咻咻地笑个不住气。盛淑君是她们当中顶爱吵闹的一个，笑声也最高，妇女主任的报告也被她的尖声拉气的大笑打断了几回。

　　讨论完了，快要散会时，邓秀梅宣布，家里有事的妇女可以先走，姑娘们都要留下。她跟妇女主任商量一阵，宣布组织一个妇女宣传队，号召大家踊跃地参加。开头一阵，没有人做声，盛淑君只顾不停地咻咻地发笑。妇女主任说：

　　"盛淑君，你是吃了笑婆婆的尿吧？"接着，她又转身对大家说道，"你们不做声，都是怕割耳朵啵？"

　　妇女主任是军属，是个一本正经的女子，平常不轻于言笑，开会时，就是说点轻松话，惹得别人都笑了，自己也不露笑容，好像是在做政治报告一样。就像这时节，她说的怕割耳朵的这话，引得姑娘们又都笑了，淑君伏在雪春的肩上，笑得喘不过气来，这位主任还是板着脸，正正经经说：

"你们不报，我来点名了！盛淑君，你干不干？"

"我怕割耳朵。"盛淑君说完，俯身又笑了。

"那你不想参加了？"主任严肃地问她。

"哪个说的？我为什么不参加？"盛淑君这才忍住笑回道，"我要抢先报了名，慢点又说是爱出风头，搞个人突出。"

"这些牢骚，你跟陈大春发去，只有他讲过你这话。好吧，记下你的名字了，还有哪个报？"妇女主任问。

"还有陈雪春。"盛淑君连忙代答。

陈雪春是陈大春的妹妹，也是高小生，和盛淑君同过两年学，她们相好过，也做过"亲家"。"做亲家"是清溪乡的孩子们的特有的术语，那含义，就是不讲话。这两个做过"亲家"的姑娘近来好得没有疤。村里人都说，她们共脚穿裤，干什么都在一块。她们为什么会亲热得这样？有人推测，这和盛淑君的恋爱有关系，她爱这姑娘的哥哥，自然而然，跟她也亲了。

　　如今在妇女会上，两位姑娘手挽手，肩并肩，坐在板凳上。淑君替雪春报名的时候，这个才十五岁、有些早熟、脸色油黑的姑娘羞得连忙把脸藏在同伴的背后，有好一阵，不敢露出来，直到妇女主任记下第四个报名者的名字时，她才腼腼腆腆，抬起头来，把身子坐正。这时候，一个瘦小的姑娘声明自己不打算参加。

　　"为什么？"妇女主任问。

"不认得字。"

"不认得字，要什么紧？"邓秀梅接过来道，"我才参加工作时，斗大的字，认不到一担。"

"不识字，怎么好作宣传呢？"瘦姑娘又说。

"认得字的，写标语，不认得的贴标语。"邓秀梅笑道，"要怕贴倒了，叫一个人帮你看。"

大家笑了，盛淑君的笑声最响亮。

妇女主任推荐盛淑君做宣传队长。这个泼泼辣辣的姑娘听到这任命，兴奋得脸都红了，低下头来，没有做声。妇女主任没听到异议，宣布散会了，有些人动身要走。

"报了名的不要走。"盛淑君高声吆喝。

"新队长走马上任了。"正要离开厢房的邓秀梅对盛淑君笑笑。

"不要讥笑吧，我做得什么队长啊？还不是无牛捉了马耕田。"盛淑君说。

"你是一匹烈马子。"邓秀梅笑着走了。

宣传队的会议短促而热闹。姑娘们叽叽喳喳地讨论了一阵，研究了宣传的内容和方式。全队决定分两组：一组作宣传，用广播筒分头到各村山顶去唤话；一组写标语、编黑板报和门板报。

这以后的几天里，宣传队里的姑娘总是一绝早起来，三三五五，分散爬上各山头。在村鸡正叫，太阳还没有出来的灰暗的拂晓，清溪乡的所有的山岭上，都传出了用土喇叭扩大了的姑娘们的清脆嘹亮的嗓音。她们用简短有力的句子，宣传农业合作化的优越性，反复地说明小农经济经不起风吹雨打。不过几天，她们的喉咙都哑了。

盛淑君自己，天天鸡叫二遍就起床，在星光朦胧的阶矶上，拿起木梳，摸着梳了梳头发，扎好松散的辫子，就急急忙忙往山顶上跑。因为她起得最早，又闯惯了，总是一个人，不去邀同伴。她的妈妈向来是不管她的，看着女儿天天这样的横心，这样舍得干，有一天，跟邻舍谈起，她叹口气说：

"晓得吃了什么迷魂汤啰？"

"如今的妹子都了得！比起差不多的男人来，还要强一色。"一位邻舍的堂客当她妈妈夸奖她。

但在盛家的背后，说这话的这位堂客的口风又变了：

"一大群没有出阁的姑娘，天天没天光，就跑到山上，晓得搞的么子名堂啰？"

"都是淑妹子一个人带坏的，一粒老鼠屎，搞坏一锅粥。"另外一位邻舍堂客附和说。

"你不晓得这妹子的根基吗？一号藤子结一号瓜，没得错的。"

"会出绿戏的，你看吧！"

这些闲话，有些片断吹进盛淑君自己的耳朵里来了，但她不过笑一笑，照旧热情地工作，其余的姑娘，在她鼓舞下，也都冒着闲言的侮谩，一直不打退堂鼓。

有一天，离天亮还远，广阔无人的原野，只有星星在田里和塘里发出微弱的反光。盛淑君跟平素一样，手杆子下边夹着喇叭筒，踏着路边草上的白露，冒着南方冬夜的轻寒，往王家村的山顶上走去。山里还是墨漆大黑的，茂密的四季常青的杂木林，把星光遮了。茶子花的香气夹着落叶和腐草的沤味，随着微风，阵阵地送进人的鼻子里。

王家村是菊咬筋所在的村子，全村都落后。盛淑君把这当做宣传的重点，常常亲自来唤话。跟全队的别的姑娘们一样，盛淑君的喉咙也嘶了。

站在山顶一棵松树下，举起喇叭筒，正要呼

唤时，盛淑君听到背后茅柴丛里有响动，不像是风，好像是野物，或是什么人。她吓一大跳，转身要跑，这时候，从她后边蹿出一个人，拦住了她的去路。

"不要怕，是我。"看见盛淑君吓得身子都发颤，手里的铅皮喇叭筒掉了，蹿出来的汉子这样说。

盛淑君没有做声。

"是我，不要怕。"汉子重复一句。

"你是哪一个？"心里稍稍镇定了，盛淑君恼怒地发问。

"我么？是熟人。"这男人笑嘻嘻地说。

在树木的枝叶的隙间漏下的星星的微亮里，盛淑君辨出，这人就是符贱庚，小名叫做符癞子的同村人。这个发现使她越发恼火了。她素来看这人不起，不是由于他的头上的癞子。他的癞其实早好了，脑门心里只剩几块铜钱大的癞子疤，留起长头发，再加上毡帽，是一点也看不出破绽来的。但他起小不争气，解放以后，照样不长进，别人都是人穷志不穷，只有他是人穷志气短。他常常跟在富裕户子的屁股后头跑，并且还偷偷借过富农曹连喜的钱。人都讨厌他，符癞子小名以外，还给他起了个外号，叫做竹脑壳，一叫出去，就传开了，贱庚的本名，倒少有人叫了。贱庚这名字，本是妈妈心疼，怕他不长命，给他起的。这名字里头包含了母亲的好多慈爱啊！而符癞子、竹脑壳的小名呢，唉，听起来，真有点叫人伤心。有了这名号，他找对象，碰到了不少的阻碍。他错过了村里一般后生子的标准的成家的年纪。今年满二十五了，还是进门一把火，出门一把锁。他父母双亡，没有兄弟和姐妹，也没有一个真心为他着想的朋友给他当一当军师，出一点主意。他自己又口口声声，说要娶个标致的姑娘。墨水[1]差点的，还看不上。这一回，他找到了全乡头朵鲜花名下了，用的又是这样不算温柔、效力堪疑的手段。他想借这突击的办法，不凭情感的交流，来赢得一位十分漂亮的、没有出阁的姑娘的心意。

符癞子走拢一步，抬起手来，想要施展粗蛮手段了。情势危急，深山冬夜，空寂无人，山下人家又隔得很远。盛淑君心里想道：在这样的地方，这样的时候，纵令是叫得人应，也来不及援助她了。心里一转念，她装成和气的样子，用嘶哑的喉咙跟他说道：

"让开路，隆更半夜，这是做什么？"

符贱庚挨她很近地站着，笑嘻嘻地说：

---

[1] 墨水：颜色。

"等你好多天数了。"

　　盛淑君移步要走。符贱庚又把她拦住，说道：

　　"想走吗？那不行。"

　　"你要怎么样？"盛淑君昂起脑壳问，心脏还是怦怦地跳动。

　　"等你好多天数了。你起好早，我也起好早。我注意了，有时你到这里来，有时也到别的山上去，今早我等到手了。"

　　"你要怎么样？"盛淑君气得说不出别的话来，重复地质问。

　　"要你答应一句话。"符贱庚伸手要拉这姑娘的手。她脸模子热得发烫，把手一甩，警告他道：

　　"你放规矩点，不要这样触手动脚的。"

　　使符贱庚这样癫狂的这位姑娘的面庞很俏丽，体质也健康，有点微微发胖的趋势。她胸脯丰满，但又没有破坏体态的轻匀。在家里，因父亲去世，母亲又不严，她养成了一个无拘无束、随便放达的性子。在学校里，在农村里，她像一匹脱缰的野马，欢蹦乱跳，举止轻捷。她的高声的谈吐，放肆的笑闹，早已使得村里的婆婆子们侧目和私议。"笑莫露齿，话莫高声"的古老的闺训，被她撕得粉碎了。她的爱笑的毛病引动了村里许多不安本分的后生子们的痴心与妄想。他们错误地认为她是容易亲近，不难到手的。符癞子也是怀着这种想法的男子中间的一个。因为已经到了十分成熟的年龄，他比别人未免更性急一些。

符癞子本来是个没得主张、意志薄弱的人物。在爱情上，他极不专一。村里所有漂亮的，以及稍微标致的姑娘，他都挨着个儿倾慕过。秋丝瓜的妹妹张桂贞，一般人叫她做贞满姑娘的，没出阁以前，也是符癞子的垂涎的对象。她生得脸容端丽，体态苗条，嫁给刘雨生以后，符癞子对她并没有死心，路上碰到她，还是要想方设法跟她说说话，周旋一阵子。

在乡里所有的姑娘里，符癞子看得最高贵，想得顶多的，要算盛淑君。在他的眼里，盛淑君是世上头等的美女，无论脸模子、衣架子，全乡的女子，没有比得上她的。事实也正是这样。追求她的，村里自然不只符癞子一人，但他是最疯狂、顶痴心的一个。平常在乡政府开会的时候，他总是坐在盛淑君的对面，或是近边。一有机会，就要设法跟她说一两句话。这姑娘虽说带理不理，但是她的爱笑的脾气又不断地鼓励着他，使他前进，使他的胆子一天比一天大了起来，终于在今晚到山里来邀劫她了。他没考虑过，这位姑娘的心上早已有人了，也没有想过，盛淑君是这样的女子：在外表上，她继承了母亲的美貌和活泼；在心性上，却又禀承了父亲的纯朴和专诚；她的由于这种纯朴和专诚派生出来的真情，已经全部放在一个人的身上了。有关这些，符癫子是一点消息也没摸得到手的。他是正如俗话所说的，"蒙在鼓里"了。

盛淑君急着要脱身，温婉地对他说道：

"你这是做什么呢？这像什么？放我走吧，我们有话慢慢好商量。"接着，她又坚定地威胁他道，"你要这样，我就叫起来。"

听到这话，符癫子把路让开了。他不是怕她叫唤，而是怕把事情闹得太僵，往后更没有希望。盛淑君趁机往山下跑了。

"你说，有话慢慢好商量，我们几时再谈呢？"符癫子追上她来问。

"随你。"盛淑君一边往山坡下奔跑，一边

随便回答他。

"在哪里？到你家里去？"符癞子又追上来问。

盛淑君没有回答，符贱庚又说：

"你不答应，好吧，看你散得工。我要去吵开，说你约我到山里，见了面。叫你妈妈听见了，抽你的筋，揭你的皮。"

盛淑君听了这话，心里一怔。她感到了惶恐，但不是怕她妈妈。她是担心符癞子首先把事情吵开，又添醋加油，把真相歪曲，引起她所看中的人的难以解释的误会。默一默神，想定了一个主意，她停住脚步，转身对着符癞子，装着温婉地说道：

"这样好吧，明天你到这里来等我。"

"真的吗？你不诒试我？"符癞子喜出望外，蹦跳起来，连忙问道，"这个原地方？"

"这株松树下。"

"好的。什么时候？"

"也在这个时候吧。"盛淑君说完这句，转身就走。天渐渐露明，山脚下，传来了什么人的赶牛的声音，符癞子没有再来追逼她。他站在山上，痴呆地想着明天，想着她所亲口约会的吉祥如意的明夜。盛淑君走到估计对方再也追不上了的距离，就扯开脚步，放肆跑了。她跑得那样快，一条青布夹裤子被山路上的刺蓬挂破了几块。她一口气跑回了家里，走进自己的房间，闩上房门，困在铺上，拿被窝蒙头盖住了身子，伤心地哭了，低低地，房外听不出一丁点儿声息。妈妈向来不管她。她每天黑早，跑出去又走回来，去作宣传，总是累得个要死，总要在房间里歇一阵子气，她看惯了，不以为奇。今天她以为又是跟往常一样。女儿没有带喇叭筒回来，她没有介意。

低低地哭泣一阵，盛淑君心里想起，这事如果真的由符癞子吵开，传到陈大春的耳朵里，可能影响他们的关系。想到这里，她连忙坐起，扎好辫子，脸也不洗，饭也不吃，又跑出去了。她找到了陈雪春。

"何的哪？哭了？看你眼睛都肿了。"陈雪春诧异地问。盛淑君把这件事，一五一十都说了。

"家伙，真坏。"陈雪春骂符癞子。

"我想给他点颜色，你看呢？"盛淑君说。心的深处，她有故意在爱人的妹妹跟前漂白自己的意思。

两位姑娘咬一阵耳朵，盛淑君恢复了轻松的情绪，人们又能听到她的笑声了。她们两个人，当天晚上，写完黑板报以后，又在宣传队里找到几个淘气的姑娘，讲了一阵悄悄话，内容绝密，旁的人无从知晓。

符癫子有事在心，彻夜没合眼。第二天，鸡叫头一回，他翻身起床，洗了手脸，旧青布棉袄上加了一件新的青斜纹布罩褂，毡帽也拍掉了灰尘，端端正正戴在脑顶上。他收拾停当，把门锁好，一径往王家村的树山里走去。在微弱的星光下，他进了山，摸到了那株约好的松树的下边。他站在那里，边等边想："该不会是捉弄人吧？不来，就到她家里去找，把事情吵开。"

鸡叫三回，天粉粉亮了。符癫子东张西望，竹木稠密的山林里，四围看不见人影。他抬起头来，从树枝的空隙里，望望天空，启明星已经由金黄变得煞白。青亮的黎明，蒙着白雾织成的轻柔的面网，来到山村了。野鸟发出了各色各样的啼声，山下人声嘈杂了。符癫子感到失望，深深叹口气，准备下山了。正在迈开脚步时，毡帽顶上挨了一下子，是颗松球子。打得不痛，但吃了一惊。他抬起头来，脸上，额上，又挨了两下，这倒有点痛。接着，松球子和泥团骨，像一阵骤雨，从周围所有的树木上倾泻下来。他的头上，额上，脸上和肩上，都挨了几下，有一颗松球击中了右眼，打出眼泪了。他护住眼睛，慌忙跑开，并且边跑边骂道：

"树上是哪里来的野杂种？我肏你的妈妈。"符癞子嘴巴素来不文明，这回恼了火，越发口出粗言了。

回答他的，不是言语，又是一阵雨点似的松球子和泥团骨。他冒大火了，弯下腰去捡石头，打算回敬树上的人们。天大亮了，树上的一位姑娘，扯起嘶喉咙，对他叫道：

"要用石头吗？你先看看我们手里是什么？我们提防了你这一手的。"符癞子抬头一望，薄明的晨光里，他看得清清楚楚，说这话的，是盛淑君，正是他所眷恋、他所等待的姑娘。这个可怕的发现，使得他心灰意冷，手也瘫软了，好大一阵，没有做声。盛淑君骑在松树枝枝上，笑嘻嘻地从衣袋子里抓出一大把石头，亮给他看。"我们在树上，你在下面，要动手，就请吧，看哪个吃亏？"

符癞子看见周围的松树杈杈上，都骑得有人，这些姑娘手里都拿了石头、松球和泥块，只要他动手挑衅，他的脑壳上就会砸几个小洞。他只得抛下手里的石头，忍气吞声，往山下走了。姑娘们听到他边走边说：

"打得好，打得好，我去告诉去。"

树上的人一齐大笑了，没等符癞子走远，她们同声朗诵道：

"癞子壳，炖猪脚，两围碗，三蒸钵。"

以盛淑君为首的姑娘们的这宗顽皮的事件，

不久传遍了全乡，乡里的人们有骂符癞子的，也有怪盛淑君的：

"打得好，要得！哪个叫他去调戏人家的红花室女？"

"盛家里的那个妹子也不是好货。她要自己站得正，别人家敢么？"

"对的呀，妈妈是那样的妈妈。"

陈大春听见了传闻，十分生气。他是正经人，但有时也不免略带迂腐。对己对人，他都严格。他的性情脾气跟盛淑君恰好相反。盛淑君聪明活泼，他戆直古板；盛淑君爱笑爱闹，他认真严肃，打扑克都正正经经，输了硬生气，赢了真欢喜。他办事公道，脾气却大，一惹发了，拍桌打椅，父母都不认。村里的年轻人，青年团员们，都敬重他，但也畏惧他。自然，谁人背后无人说？说是他这样的人，也是有人议论的。有个追求盛淑君的后生子说他实行家长制，动不动骂人。后生子发问："哪一个是该他骂的呀？"但就是这些背后议论他的人，当了面，也都不敢奈何他。陈大春没有一点把柄，没有任何见不得人的阴暗的东西，一脸正气，工作舍得干，劳动又当先，不怕他的，也都不能不服他。

爱笑爱闹的盛淑君一见了他，又是欢喜，又是害怕。她觉得一个男子，应该是这样，有刚性，有威严，心里有主意。糯米粑粑，竹脑壳，她都看不起。村里好多青皮后生子们都在追求她，她不介意，这位团支书却有一种不能抵挡的内在的力量，吸引着她，使她一见面，就要脸红，心跳，显出又惊又喜，蛮不自然的样子。

姑娘们用松球子和泥团骨警告了符贱庚的当天的上午，在乡政府门外，陈大春碰到了盛淑君。

"你跟我来，有句话问你。"他鼓眼怒睛，

对她这样说。

她晓得是为符贱庚的事，想不去，又不敢违拗。她胆怯地跟在他背后，进了乡政府。陈大春三步两脚跨进会议室，坐在桌边一把靠手椅子上。盛淑君慢慢走进来，站在他对面，不敢落座，他也没有叫她坐。这阵势，好像是他审犯人一样。

"做的好事，搞的好名堂，我都晓得了。"他粗声地说。

盛淑君低着脑壳，两手卷着辫子尖，没有做声。

"你为什么要打符贱庚？"

"没有打他。只不过稍微警告了他一下。他太没得名堂了，他……"盛淑君低着脑壳，打算再声辩几句。

"没有打？人家为什么告你？"陈大春打断

她的话。

盛淑君不停地卷着辫子尖，卷起又放开，放开又卷起，没有做声。

"说呀！"陈大春催促。

"你不晓得，他好可鄙，他破坏我们的宣传。"

"他怎么破坏？造了谣言吗？"

"那倒没有，不过他太没名堂，尽欺侮人。"

"他欺侮哪个？怎样欺侮？"

盛淑君心想，这详情，怎么好说出口呢？尤其是在这样古板的人的跟前。

"说呀。"陈大春催她。

"问你的妹妹去吧，她都晓得。"盛淑君被迫得急了，只好这样说。

"问她，她还不是包庇你。你们两个人的鬼把戏，我都晓得了。你这样调皮，这样不成器，一点也不顾及群众影响，还想入团呢，哼！"陈大春用粗大的右手在桌面上只轻轻一放，就拍出了不小的声响，"放心吧，团不会要你的。"

陈大春说完这话，站起身来，大步走出了房间。盛淑君听了他最后的话，心里着急了，连忙转身，跑出房间，扯起她的嘶哑的喉咙，慌忙叫道：

"团支书，大春同志，大春！"

陈大春出了大门，头也不回地走了。盛淑君跑到大门口，浑身无力地靠在石门框子上，望着他那越走越远的背影，在那里出神。

"淑妹子，你在想什么？"

盛淑君抬头一看，问这话的，是李主席。他走近门来，笑嘻嘻地跟她又说：

"你在想哪个？告诉我吧。我给你做媒。怕什么？你不是很开通的吗？是不是在想符贱庚？"

"只有李主席，爱讲俗话子。"盛淑君把脸一扭，正要跑开，李主席又笑着说道：

"不要发气，我是故意逗起你耍的。我早就猜到你的心事了。"

"人家又不准我入团了，李主席。"盛淑君枯起眉毛说。

"哪一个？陈大春？这你放心，不能由他。只要你安安心心，把工作做好，把这回合作化宣传搞得漂亮些，创造了条件，他也不会反对的。"李主席牵着盛淑君的手，走进享堂，边走边说。讲到下面这几句，他把嗓音压得低低的，故作机密地说："至于你们两个人的那宗事，我教你个窍门：去找两个人，请他们帮帮你的忙。"

盛淑君转过脸来，瞅住李主席，没有好意思开口，但眼神好像在问："是哪两个人？"

"近来他听这两人的话：一是邓秀梅，一是刘雨生，你找找他们，把心事坦白他们听一听。"

"我有什么心事呢？"盛淑君满脸飞红地抵赖。

"没有心事？哈哈，对不起，那我算是多嘴了。"李主席笑着要走开。

"李主席……"盛淑君叫他一声，有话要说，又怕说似的。

"什么？你也学得吞吞吐吐了？有心事又不丢脸。每一个男子，每一位姑娘，都有自己必要的合理合法的心事。好吧，你要是怕说，包在我身上，我去替你讲。安心工作，我包你称心如意。"

"李主席，我不懂得你这是什么意思？"盛淑君低着脑壳说。

"不懂，为什么脸红？脸红就说明懂了。"

这时有人来找李主席，把他们的谈话岔开了。盛淑君回家去了。

差不多在这同一个时刻，符癞子到了秋丝瓜家里。自从在联组会上吵过架以后，秋丝瓜越发看重符癞子，符癞子也把秋丝瓜当做好心的知己，凡百事情，都向他倾吐。现在，他坐在张家茅屋的堂屋门槛上，把他挨了打的这一段公案，一五一十告诉秋丝瓜。

"我看算了吧，老弟，不是姻缘，霸蛮是空的。"秋丝瓜一边用手搓草索，一边这样地劝他。

"心里总有一点舍不得。"符癞子弓起腰杆，低着脑壳，用右手的食指在泥巴筑的地面上乱划，一边这样说。

"你舍不得什么？她的相貌呢，还是她的情分？"秋丝瓜抬头问他。

"自然是相貌。"符癞子想起了山里的松球

子，觉得不好谈情分。

"论相貌，她也不过是平常。"秋丝瓜说。

"这话你就说得不公平。"

"就是有一点墨水，你的名下也没得份了，你不晓得么？她看上陈大春了。"

符癫子一听这话，好像闻到了一个炸雷。他抬起头来，呆了半天，才开口问道：

"你这话是听哪一个说的？"

"都晓得了，只有你一个人蒙在鼓肚里。"

"造谣，你这个家伙，只想打断我们的关系，好叫我爱你的老妹。"符癫子听见盛淑君心里有人，发了疯了，说出来的话，牛都踩不烂。

"这话混账不混账？我好心好意告诉你，你反来咬我。哪一个要你爱我的老妹？自己不去照一照镜子，我的老妹再不值钱，也不会爱你这个没得出息的家伙。"秋丝瓜发了火了。

符癫子不愿得罪秋丝瓜。他已经晓得，秋丝瓜的妹妹早要跟刘雨生一刀两断。对这一位也还标致的、自己从前爱过的人，他没有完全死心。就不再做声，只低头划地。看风使舵，秋丝瓜的口吻随即也变温和了：

"你不应该把盛家里的妹子看得太起了，你不晓得她的妈妈吗？"

"她不像她妈。"符癫子为她辩白。

"她本人的那个样子，也就够了。你看她走起路来的那个轻狂的样子。什么好货！"秋丝瓜竭力诋毁盛淑君。

"我就喜欢她，总觉得她好。"

"老弟，你的心事，我都明白的。这几年，你看上的人，说少一点，也有这个数。"秋丝瓜伸出右手的五指，笑了。

符癫子没有做声。这是实情，他不好否认，

只听秋丝瓜又说：

"我晓得，现在你只喜欢她，不过她不喜欢你，又有什么法子呢？好好想一想，想开一点就会感得她也不过是那样。你年纪轻轻，成分蛮好，劳力又强，有了青山，还怕没得柴砍吗？"

几句米汤，灌得符癫子舒服透了，觉得秋丝瓜实在是个数一数二的好人。但他心里还是十分怀念盛淑君。回家的路上，看见山边边上落了好多松球子，他不但没有不快的感觉，反而有种清甜的情味涌到心上来。盛淑君的手拿起松球打过他。重要的是她的那双胖胖的小手，至于松球子，却是无关轻重的。而且，她为什么不拿石头，偏偏拣了这些松泡泡的松球子来打呢？可见她很体贴他。这不叫体贴，又是什么呢？想到这里，他得意地笑了。得意了一路，忽然之间，想起陈大春，他的心又痛起来了。

"有了青山，还怕没得柴砍么？"快近家门时，他想起了秋丝瓜的这句知心话。他的心里，又在品评村里所有的姑娘了，不过这一回，他把嫁过人，正闹离婚的贞满姑娘张桂贞也包括在内。

深入

听了李主席的话，盛淑君和她带领的宣传队更为活跃了。同往常一样，每天天不亮，盛淑君穿双旧青布鞋子，踏着草上的露水，到山里去。不过在符癞子事件以后，她天天邀一个同伴，或是陈雪春，或是别的细妹子，跟着一起走。

这一天清早，盛淑君和陈雪春，手杆子下边夹着喇叭筒，手掌笼在袖筒里，从山上下来。在田塍路上，她们碰到了邓秀梅。

"秀梅姐姐，你早。"

"你们辛苦了。"邓秀梅拍拍盛淑君的肩膀说，"不过，我要向你建个议，你们的宣传方式要多样一些，而且应该深入到一些落后的家庭里去。"

盛淑君和她的女伴当天写了两百张标语。第二天，她们把一部分标语，贴在路口的石崖上，山边的竹木上。另一部分贴在落后的王家村的各个屋场的墙壁上，门窗上，和别的可以张贴的地方。

宣传队和清溪乡的小学合作排了几出小小的新戏，准备在各村演出。

这几天来，菊咬筋心里十分不安。他日里照样出工，晚上翻来覆去睡不着。每天清早，听到盛淑君的话以后，他总要苦恼地思量一阵。要是大家入了社，一个人不入，他怕人笑骂，怕将来买不到肥料，又怕水路被社里隔断；要是入呢，他生怕吃亏。耕牛农具，一套肃齐，万事不求人，为什么要跟人家搁伙呢？在他看来，贫农都是懒家伙，他们入社，一心只想占人家的便宜。他跟别人伙喂的黄牯要牵进社里，放足了肥料的上好的陈田也要跟人家的瘦田搞一起。"这明明是个吃亏的路径，我为什么要当黑猪子呢？"他这样想。

一连几夜没睡好，他茶饭不思，掉了一身肉。这天清早，他到猪栏屋里去喂猪，看见猪栏一根竹柱上，原来贴着"血财兴旺"的地方，盖了一张翡绿的有光纸，上面写着"三人一条心，黄土变成金，参加农业社，大家同上升"的字样。他一看完，心里火起，走上去把它撕了，回到房间里，问他堂客道：

"这张挥子是哪个贴的？"

"大概是那班细妹子吧？我没介意。"堂客回答他。

"你是蠢猪呀？为什么叫她们进来？"

"你挡得住？"

"几时贴的？"

"昨天，你砍树去了。总只记得你那几根树，不砍，会跑掉吗？"

"你晓得什么？她们来了几个人？"

"来了一大群，为首的是盛家里的淑妹子。"

"骚到我家里来了，她说了些什么？"

"她坐在灶脚底下，花言巧语，说一大套。左一声'嫂嫂'，右一声'嫂嫂'，又说小龙什么的，怕风吹雨打。小龙不就是蛇吗？蛇怕什么风吹雨打啊？"

"我说你糊涂，话都听不懂。她说的定是小农经济，怕风吹雨打。还说了些什么？"

"还说了好多。原来，她这用的是计策，是盘住我，好让别的女子到猪栏屋里去贴这鬼标语。"

菊咬筋没有做声。他捎把锄头，打算到田里去看水，去塞越口，这是他的老习惯，吃早饭以前，先做一点零碎事。一打开大门，他又生气了。双幅门上的两张花花绿绿的财神上也蒙上了两张红纸，上边写着：

听毛主席的话
走合作化的路

菊咬放下锄头来，动手撕标语，因为手打战，标语又贴得绷紧，他撕不起来，就转身回家，不去看水了。整整这一天，菊咬筋心灰意冷，不想做功夫，拿根旱烟袋，提只烘笼子，坐在阶矶上面晒太阳。这在他是少有的。他这正在上升的中农是一个勤快的角色，就是雨天，也要寻事做，砻米，筛糠，打草鞋，手脚一刻也不停。这时节，他懒心懒意，什么也无心去干了。到下午，远远地，忽然传来一阵锣鼓声和拍手声。他夹根烟袋，寻声走到乡政府。只见乡政府的草坪里，两个草垛子中间，围着好多人。清溪乡小学的师生，跟盛淑君的宣传队一起，正在演出秧歌戏。有个小学生扮个不肯入社的中农，在场子上，一边扭动，一边独白自己的心事，说他的崽女亲戚都入了社，连堂客也吵着要入。"天哪，我怎么办？"那个扮演中农的孩子，仰起脑壳，枯起眉毛，手掌拍拍额头说："我怎么办啊？入呢，明明是我要吃眼前亏；不入呢，又怕从今以后，买不到大粪，石灰，也请不到零工子了。土地老倌，财神菩萨，你给信民指一条路吧。"

观众都笑了，小孩子都拍手喝彩。菊咬站在人群里，不笑，也不说什么。他的身边有两个人闲谈："你看他扮的是哪个？""你看呢？"菊咬好像看见他们的眼睛都盯在自己的身上。"混账！"他心里骂了一声，转身挤出了人丛。"是哪一个家伙编的？拿我开心了。"

"菊满满[1]，你老人家也来看戏了？"菊咬筋抬头一看，他的面前站着一个年轻人，小学教员，他的堂侄。

"你的意思是说，我不配来看么？"菊咬筋近来很有些神经过敏，气也大了。

"不是，你老人家说哪里的话？"教员赔笑说，"我是说，你老人家轻易不得空，今天怎么有工夫来了？怎么样，我们的戏演得如何，那个中农像不像？"

"像哪个？"菊咬筋又过敏地忙问。

---

[1] 满满：叔叔的昵称。

"像不像一个不肯入社的中农？"

"你问我，我哪里晓得？"菊咬筋正要走开，心里又想起，正要向他打听一件事，就笑着说，"你来，问你一件事。"

两个人走到草垛子边头，坐在一捆稻草上，菊咬又问：

"如今村里要办农业社，单干怕不行了吧？"

"入社自愿，不愿入的，单干也行。"

"真的吗？你听哪一个说的？"

"报上讲得很明白。"

"你不诒试我？"

"只有菊满满说的是，我诒试你做什么呢？"

"入社既然凭自愿，那他们到我屋里去宣传做什么呢？"

"你有不入社的自由，别人也有宣传入社的自由，都是自由的。"

"你看还能单干几年呀？"

"你愿意单干多少年，就是多少年。不过，菊满满，我劝你还是入社好些，早入早好，早养崽，早享福，迟养崽，迟享福。"

"你也来宣传我了？"

"我这不算是宣传，你是我叔叔，我说的是心里的话。"

"你们都是一鼻孔出气。我们村里组都办不好，还办社呢。公众堂屋没人扫，无怪其然。"

"菊满满，你不入，将来会要吃亏的。"

"吃什么亏？"

"外乡办的社，人多力量大，都插了双季稻了。"

"不入也好插。"

"双季稻是两季工夫，挤在一起，要抢火色的，你一个人忙得过来？人家入了社，你零工子都请不到手了。"

菊咬怕的是这点，但是他单干的心，没有动摇。他和堂侄作别了，回到家里，越发地愁眉不展。当天夜里，睡到半夜，他说梦话："请不到零工子了，看你如何抢火色？"堂客把他推醒来。他翻一个身，一只脚踢着了他的小女儿，她醒来哭了。他爬起来，给她一个嘴巴子，小女子号啕大哭。堂客骂道：

"你要死了，为什么要拿她出气？"

菊咬一夜没有睡得好，一听鸡叫，就爬起来，浑身嫩软的，要挪懒动，他想歇天气，但他是个闲不住的人。不等吃早饭，他拿一把开山子，盘算进山去砍树。走到他的山和面胡的山搭界的地方，看见自己的山的进口有根竹子上，贴了一张长长的粉红油光纸标语，他走上去，看完上面的字句，气得举起斧头来，几下子把竹子砍了。

"老菊。"背后有个人叫他。他回转头，看是陈大春。这个大块片青年责问他道："你为什么要把这根贴了标语的竹子砍了？"

"自己的竹子，自己不能砍？"

大春蹲到砍倒的竹子的旁边，把标语揭下，扯根细藤条，绑在面胡山里的一根竹子上，标语上的字句正对着菊咬筋这边山里：

农业社，真正好，树村插起双季稻，割得快，收得早，单干户子气死了。

字体有点歪歪斜斜的，架子都不稳，但是不俗气。大春认得，这是盛淑君的手笔。"写个标语，都比别人不同些。"他一边不无情意地这样想着，一边离开了菊咬。

这时候，从王家村的山顶上，喇叭筒传来一

个女子的嘶喉咙。她告诉大家，乡政府今天登记入社的农户，大家赶快去申请。

申请

在清早的风里，听到盛淑君的宣传队号召申请，亭面胡对他二崽下了一道紧急的命令，要他写个申请书。大家已经熟悉了，面胡在家里，对他的崽女，向来都以命令行事的。当时，他说：

"文伢子，过来，快给老子写一张禀帖。"

他儿子遵照他的命令以前，照例必须由婆婆用和软的口气，小声地做一番恳切的动员：

"文子，你去吧，听妈妈的话，"说到这里，声音更低沉，生怕那位发号施令的家主听见了："去帮你爸爸写写。"

这一天是星期日。盛学文坐在阶矶上的一把

竹椅子上，正在替一位同学扎个扫帚。他眼尖手巧，是村里扎扫帚的能手。听到爸爸的吩咐，他没有动身，还是低着头，在捆扎竹枝。听了妈妈话，他才丢下手里的活站起身来，伸了个懒腰，走进房间，再从书桌抽屉里，找出一张褪了色的旧红纸。他走到爸爸房间里，坐在窗前桌子边，提笔伸纸，问他爸爸：

"你说，写些什么吧？"

"你这样写，"亭面胡仰脸睡在藤椅上，吧了一口烟，默了一默神，才慢慢地说，"你写。邓同志，李主席：我屋里开了一个家庭会。我本人跟我的崽女都愿意入社，只有婆婆开头有点想不开。"

"照这样写吗？"中学生问。

"照这样写。"

"太啰嗦了，不像申请。我不写。"

"你写不写？你这个鬼崽子，唧了几年牛屁眼[1]，连老子的话都不听了？这号书有么子读手？还不如干脆，回来住农业大学算了。"

"文子，照你爸爸念的写吧。"盛妈在隔壁房里，没有听清面胡说的话，只顾劝她儿子写。她怕老倌子动气，真的吵着不让儿子读书了。

"好，你说下去吧。"中学生无可奈何，伏在案上，装作在写的样子。亭面胡继续说道：

"我婆婆讲：'搭帮共产党，好不容易分了几丘田，还没作得热，又要归公了？'我开导她说：'这不叫归公，这叫入社。我问你，我们单干了一世，发财没有？还不是年年是个现路子，今年指望明年好，明年还是一件破棉袄。'她一默神，晓得我说的确是实情，就不做声了。……"

---

[1] 唧了几年牛屁眼：读了几年书。

盛学文伏在桌上，只是暗笑。他心里讥讽："啰啰嗦嗦一大篇，这算什么申请呀？"但他顺着妈妈的意思，没有反驳，还是装作在写的样子，却没有落笔。亭面胡并不介意，只顾继续说他的：

"我婆婆又问：'田土都交出，不留一丘吗？'我说：'当然，一入，都入，留一丘，你来作吗？我是不作的，入一点，留一点，脚踏两边船，我不干。'她又问我：'田塍路呢，也都入吗？我们到哪里去秧豆角子、绿豆子呢？'我说：'社里会一总安排。'我们两公婆，足足扯了一通宵。到天光时，她思想才通。如今，我报告各位，我们一家五口，真正做到了口愿，心愿，人人愿，全家愿。我请求入社。"

亭面胡说到这里，起身到灶屋里去点火抽烟。吧着烟袋回来时，他问二崽：

"写尉帖了吗？念给我听听。"

这一回，可是将了中学生的军了。爸爸的这一大篇啰嗦话，他并没有写，只在红帖上，简简单单，作了下边这样的几句文章：

"邓同志，李主席：我们开了一个家庭会，全家五口，都愿入社，做到了口愿，心愿，人人愿，全家愿，兹特郑重申请，恳予登记为盼。清溪乡上村农户盛佑亭签署。"

尾巴上的"签署"两个字，是他从报上公布的许多外交协定书上学来的。用在这里，他觉得冠冕堂皇，恰当极了。

爸爸讲的那一大篇话，他记不清了，如今要他念，如何背得出？他心里打好了退一步的稳主意：要是背不出，就给爸爸来一个批评，反守为攻，把不是推到老驾自己的身上。正在这时候，住在西头屋里的他二叔来了。盛佑亭一跨进门，就问面胡：

"大老倌，写了申请吗？"

"写了。你呢？"面胡回问。

脸色焦黄、常唤腰痛的二老倌点了点头。老两兄弟，一个仰在藤椅上，一个靠在竹椅上，扯起长棉线，谈家务讲了。盛学文趁机说道：

"爸爸，申请书我封起来了。"

"找个红纸封，封得紧一点。"亭面胡不介意地说。

盛学文从抽屉里的乱纸堆里，找出一个褪了色的红信套。他记得，这东西本来是给他姐姐送庚帖用的，后来不知怎么样，没有用上。中学生在封套上写了这样几个字：

送呈　邓同志 李主席　台启

把申请书纳入封套里，中学生跑进灶屋，用

手指从饭甑里挖出一团软软的甑边饭，把信套牢牢地粘住。这样，亭面胡没有晓得，他所口授的那段精彩动人的陈述，根本没有写在申请上。

亭面胡特意换了一件半新不旧的大襟青布罩褂子，怀里塞着申请书，跟他的兄弟一起，往乡政府走去。盛学文担心申请书的秘密被揭穿，也跟了去，相机掩护。一路之上，面胡和佐亭互相剖析着心事。

"这一入了社，我就不怕没有饭吃了。"亭面胡十分放心。

"只怕龙多旱，人多乱，反为不美。"佐二爷有点怀疑。

"人多力量大，哪里会搞不好呢？"同样的情况，得出了两样的结论。

"还是这些田，还是这些人来作，泥色一样，水利、阳光、风向，也都不会变，凭什么搞得好些？"佐二爷还是疑心。

"人一多，功夫可加细，又有力量多插两季稻。看，那边来了一群人，怕莫都是申请入社的？我们正好，不在人前，不落人后。"

他们来到乡政府，只见大门口熙来攘往，好像做喜事，热闹非常。人们有的手执红帖子，有的拿着土地证，还有个家伙，不知为什么，掮张犁来了。

"你把这张破犁掮来做么子？"亭面胡问他。

"我不晓得写申请，拿了这个来表表我的心。"掮犁的人说。

亭面胡他们挤进会议室，看见邓秀梅和李主席坐在桌子边，面对着房门。桌子上，小钟边，摆了一叠五颜六色的纸张，还有几张道林纸印的土地证。

这时候，厢房门口出现一个单瘦微驼的老倌

子。他戳根拐棍，颤颤波波，走了进来。他胡须花白，手指上留着长指甲，身上穿件破旧的青缎子袍子，外套一件藏青哔叽马褂子，因年深月久，颜色变红，襟边袖口，都磨破了。李主席看见他走进房间，站起来和他招呼，又把自己坐的红漆高凳让出一截来，请他坐下。邓秀梅看见这人和农民不同，李主席对他又这样亲近，心里正在想："他是什么人？"

"他是我的发蒙的老师，李槐卿先生。"李主席好像猜到了邓秀梅心里的疑惑一样，连忙介绍。接着，他又附在她的耳朵边，悄悄地说："他是个小土地出租者，儿子是区上的仓库主任，听说入党了。"

李槐卿起身，双手捧着申请书和土地证，恭恭敬敬递送上来。李主席接着一看，大红纸的申请帖子上，工楷写着这样的字眼：

主席同志：鄙人竭诚拥护社会主义化，谨率全家，恭请入社，敬祈批准。附上土地所有证一件，房契一纸。专此顺候

台安。

　　　　　　　　　　　　　　　李槐卿谨具。

　　邓秀梅看完申请，含笑对李主席说道："这位老先生，说得倒干脆。"

　　"我们老师向来都是先进的。反正那年，他还拿把剪刀，到街上去剪过人家的辫子。"

　　"唉，"李槐卿用手摸摸自己下巴上的稀疏的花白的胡子，叹口气说，"老了，作不得用了。只要转过去十年，我就高兴了。"

　　"老人家今年高寿？"邓秀梅问。

　　"六十八了。"

"老人家住在乡下，保管能活一百岁。"

"像我这样没用的老朽，要这样长的寿命做什么？我倒惟愿北京毛主席活到一百岁。他是个英雄，是个人物。"

"你不晓得，我们这位老师，人真是好。"李主席笑着跟邓秀梅称赞，"他把文天祥的《正气歌》背得烂熟。国民党强迫他填表入党，他硬是不肯，差点遭了他们的毒手。日本人来，他跟难民一起，逃到癫子仑，躲进深山里，吃野草度日，宁死也不愿意当顺民。解放军一来，他马上打发儿子出来做事。"

邓秀梅站起身来，表示敬意。李老先生也站了起来，倚着拐杖，低头弓身，退后两步，抬头说道：

"我老了，又不能作田，不过还是要来请大家携带携带，允许我进社会主义。"

"社里会欢迎你的。你说是吗，李主席？"
邓秀梅说。

"我们再困难，也要养活老人家。"李主席
担保。

"这才真是社会主义了。孟子曰：'老吾老，
以及人之老。'我们的先人早就主张泽及老人的。
好，你们谈讲吧，我不耽搁你们的公事。没得别
的手续吧？我少陪了。"李槐卿一边说，一边回
转身。他走到门口，听李主席叫道：

"李老师，房契请你带回去，房屋不入社，
归各人占有。"

桌边有个后生子，也是在李槐卿手里发过蒙
的，接了房契，赶去交还了老人。

"这个老驾有意思，但他拿孟子的话来衡量
社会主义，未免有点胡扯。"邓秀梅发表评论说。

李槐卿刚走，门边有人唤：

"盛家大姆妈来了。"

邓秀梅看见从门外进来一位约莫七十来岁的老婆婆，头上戴顶青绒绳子帽子，上身穿件青布烂棉袄，下边是半新不旧的青线布夹裤，两鬓拖下雪白的头丝，脸色灰白，眼眶微红，因为脚小，走起路来，有点颤颤波波的样子。她的右手戳一根龙头拐棍，左手扶在一个小伢子的肩膀上。孩子手里提个腰篮子，里头放着一只黑鸡婆。这一老一少，慢慢走近桌边来。

"请坐，姆妈子。"邓秀梅把高凳让出一截，招呼这位婆婆子。老人家坐了下来，侧转身子，打量邓秀梅，随即问道：

"这位是李同志吧？"

"邓同志。"有人笑着纠正她。

"呵，邓同志，是的，邓同志，我老糊涂了。在我们乡里，住得惯吧？告诉你，李同志，啊，又叫错了。邓同志，人一老了，就不作用了。我年轻时，也还算是利落的，只是脚比你的小。"她低头看看邓秀梅的那双短促肥实的大脚，又抬头说道，"老班子作兴小脚。绣花鞋子放在升子里，要打得滚，才走得起。可怜我从五岁起，就包脚，包得两只脚麻辣火烧，像针一样扎，夜里也不许解开。如今的女子真享福。"老婆婆说着，把拐棍搁在桌边，用手摸摸邓秀梅肩膀，问道：

"穿这点点衣裳，你不冷吗？"

"不冷。"

"细肉白净，脸模子长得也好，"盛家大姆妈抓住邓秀梅的手，望着她的脸，这样地说，"先说我们盛家里的淑妹子好看，我看不如邓同志……"

"盛家姆妈，不要说笑话。你是来申请入社的吗？"邓秀梅红着脸说。

"是的。"大姆妈说，"看见你们，我又想起我那几个女。要不死，作兴也当干部了。可怜她们一个个走了，丢下我这老不死的老家伙，孤苦伶仃。阎王老子打瞌睡，点错了名，死倒了人了。"大姆妈说到这里，从她那双本来有点发红的眼眶里，滚下两滴浑浊的眼泪。她用她的青筋暴暴的枯焦的老手，擦了擦眼睛，又说："生头一胎，听说是女的，她爸爸犹可，爷爷就不答应了。我月里没有吃一顿好的，发不起奶，孩子连烘糕也吃不到手，活活饿死了。第二胎又是个女的，她爷爷发了雷霆，吩咐丢在马桶里。我舍不得，叫人偷偷摸摸从耳门抱走，寄在邻舍家，带了一个月，还是错[1]了。"

"盛家大姆妈，你讲正事吧。"有人听得不

---

[1] 错：夭亡的代语。

耐烦。

"听她讲一讲。"邓秀梅对这老婆婆的遭遇，十分同情。

盛家大姆妈接着又讲：

"有人说我是个九女星，要生九个赔钱货。接接连连，又生了四胎，都是女的，有的死了，有的把了。有月里，没得东西吃，还要听公公的伤言扎语，肚里怄气，吃饭时也不由得伤心，用眼泪淘饭，眼睛哭坏了，迎风就要流眼泪。第七回，一怀了胎，我就着急，生怕再生个女的，那就不要想活了。"

"生了一个男的吗？"桌边一个小伢子着急地问。

"男的，女的，还不是一样！"伢子旁边一个小姑娘斥他。

"不要打岔，听大姆妈讲吧！"李主席说。

大姆妈接着说道：

"家里的人忙着替我许愿心，许了土地老倌的钱纸，答应等到生了崽，落地是几斤，烧几斤钱纸；南岳菩萨的面前，许了三年香；又给送子娘娘，许了一只猪。等怀胎十月，生下来时，又是个女的。这一回，连我老公也气了。妈妈听说，生怕我要怄大气，亲自提个腰篮子，来打三朝。篮里放些红糖、红枣、红蛋，还有两只鸡。她一进大门，见了亲家和亲家母，好像做了亏心事，脸上怪不好意思，没弹几句弦，就躲进了我的房间。女婿大模大样的，见她进来，也不起身。老人家放下腰篮子，走到床跟前，小声安慰了我几句，就小心小意，走到女婿的面前，低三下四，向他告罪：'真对不住你。常言说，种子隔年留，崽女前世修，姐夫只好认命吧。'满了月，我又把那可怜的小家伙送给人了。"

"到第八胎，又是个女的，她爷爷气得要死，趁我出去解手时，他闯进房来，把孩子蒙在被窝里，一霎时就闷死了。"盛家大姆妈说到这里，伤心地哭了，这哭泣，渐渐地变成了嚎啕，身子往后倒，好像要昏过去了。邓秀梅连忙扶住，自己的眼睛这时也湿了。过了一阵，老婆婆才平静下来，擦干眼泪，又说：

"生到第九胎，送子娘娘才送我一个秋崽子。这时候，爷爷死了，他爸爸在隔壁打牌，不肯回来看，报喜的人说是伢子。他冷冷地笑道：'伢子是伢子，只怕阎王老子打发他来时，路上走得太急性，绊了一跤，把个把子[1]绊掉了。'打完牌回来，他无精打采，走进房间。我说：'你来看看小乖乖。'他走到床边，抱起孩子，

---

[1] 把子：男孩生殖器。

偷偷地探了一探小鸡鸡，才相信了。做三朝，足足请了十四桌。"

"大姆妈的结论做得好。"有个后生子笑道。

"大姆妈，你说入社的事吧。"陈大春在一旁认真地催她。

"等她讲完。"邓秀梅说。

"我那老倌子不久死了，满崽带到十八岁，娶了妻房，生了这个小把戏。"她拍拍她身边的孩子的肩膀，又说，"不料，"她又哭起来，举起滚着宽边的衣袖，遮住她的眼泪婆娑的布满皱纹的瘦脸，呜咽地说道："他还是走在我的前头。他娘守不住，改了嫁，剩下我这老家伙，带了这个小孩子，几丘田哪里作得出来啊？做阳春，收八月，田里土里，样样事情，无一不求人。收点谷子，都给人家了，年年还要欠人家工钱。这一回，毛主席兴得真好，有田大家作，有饭大家吃。

我到这里来过三回了，回回你们都不在。这一回，总算找到了，你们不准，我也要入。邓同志，费心帮我写一个申请。"

"不必要申请，我们记下你的名字了，你请转吧。"邓秀梅告诉她说。

"大姆妈，你还需要什么？柴有烧的吗？"李主席问她，"没有了？大春，你找个人，帮她去砍一天柴火。"

"我自己去。"陈大春说完，马上出去了。

盛家大姆妈从她孙子手里的腰篮子里提出那只黑鸡婆，塞在邓秀梅手里，恳切地说道：

"这只生蛋鸡，我也交公。"

"鸡不入社。"邓秀梅连忙解释。

"不是说，鸡鸭都由公众一起来喂吗？"姆妈子又问。

"没得这个话，请拿回去吧。"邓秀梅说。

"不一起喂，我也不带回去了。我们后山里出了一只黄豺狗，一连吃了我七只巴壮的鸡婆，都是生蛋鸡。剩的这只，我与其好了那野物，不如送你们。"

"盛家姆妈说笑话，我们要你的鸡做什么呢？"邓秀梅含笑推辞。

"送给你们吃。你们隆日隆夜，为大家开会，辛苦了，吃个把鸡，补一补，也不为过。"

"起这个意，都不敢当，请拿回去吧。"

"摸摸胸子，还不瘦呢，你收了吧。"盛家姆妈又把鸡婆塞过来。

"肥瘦都不要。"

"鸡不要，鸭子想必是爱的。有人喜欢鸡，有人喜欢鸭，各喜各爱。我们老驾顶喜欢炕鸭子咽酒。我拿这只鸡去换个鸭子来给你，好不好？"

"鸡鸭都不要。"

"为什么？"

"不要啰嗦了，大姆妈，"有个人插嘴，"他们要了你的鸡，不是成了贪官吗？请你让开些，我们好申请。"

"真的不要？"盛家姆妈又询问。

"哪个诒试你？"那人替邓秀梅回答，"他们不要，社里也不收。你拿回去吧。你要是怕黄豺狗，我去给你杀了，请我吃顿吧。"

盛家姆妈只得把鸡放回腰篮子。她一手戳着拐棍，一手扶住孙子的肩膀，挤挤夹夹，走出人丛。一边走，一边口里还在念：

"好灵捷的姑娘呵，眼睛水汪汪，耳朵厚敦敦，长个好福相。我的女，只要救得一个在，怕不也当干部了……"她自言自语，念到这里，又举起衣袖，擦擦眼睛，"鸡都不要，真是杯水不沾的清官，我只好依直，带回去了。"

盛家姆妈一走开，面胡父子兄弟三人就挤到了桌边。老兄弟两个，同时从怀里掏出申请书，双手递上。邓秀梅首先接了面胡的申请，拆开封套，抽出帖子。盛学文站在一旁，急得出汗了。他生怕邓秀梅念出声来，父亲听了不对头，又会要他回去住农业大学。邓秀梅一下看完，含笑点点头。中学生放下心了。亭面胡却感到奇怪。他掉转脑壳，问儿子道：

"我们写了那样多，她怎么一下子就看完了？"

"她一目十行，不是一下子，还要两下子？"中学生回答。

"世上真有一目十行的人吗？真了不起，单凭这一点，社也办得好。"

"老亭，"邓秀梅叫他，"你真做到了四愿，不会反悔吧？"

"做了申请，纸书墨载，反悔还算人？"亭面胡说。

"我怕你还有点勉强。"邓秀梅又尽他一句。

"不勉强，不勉强。我如今就算是社里的人了。我去砍几担柴火，送给你们办社的人将来烤火。搞社会主义，不能叫你们挨冻。"

亭面胡走后，背犁的人挤进来，把犁搁在桌子上，用手拍拍犁弓子说道：

"我不会写字，请了这个伙计来，代替申请。我这一生，苦得也够了，办起社来，该会出青天了吧？"

"你决心大，我们欢迎。不过，"邓秀梅眼睛望着犁弓子，说道，"我们还没有处理耕牛农具，这犁请你捎回去。唤声要集中，你再搬来。"

正在这时候，外边远处，传来一片锣鼓声，人们一哄跑出去，站在大门口。只见一群人，

· 141 ·

敲锣打鼓，抬着一台盒，由谢庆元领头，沿着田塍路，走向乡政府。

进了乡政府大门，人们把盒放在享堂的中央。谢庆元打开盒盖，拿出一张红帖子，一本花名册，一叠土地证，恭恭敬敬，双手递给李主席，得意地笑道：

"我们全组的人家都来了。"

"都愿意转社？"李主席接了这一些东西，反问一句。

"没有一家不愿意。"

"李盛氏呢？她说些什么？"

"她说，都一人，我为么子不入呢？"谢庆元回答以后，慢慢从李主席身边走开，带着抬盒打锣鼓的人们出门去了。

"谢老八真行。"人丛里有人称赞。

"他做得干脆，不零敲碎打，一斩齐地都来

了。"有人佩服。

"真的都来了？怕不见得吧？一娘生的，有高子、矮子、胖子、瘦子、癫子，还作兴有扯猪栏疯的。一个十几户人家的互助组，平素尽扯皮，怎么一下子就一斩齐来了？"有人提出了怀疑。

邓秀梅侧耳听了这一些议论，也疑惑不定。等谢庆元一走，锣鼓声远了，她问李月辉：

"谢庆元这个人如何？"

"你是问他哪方面？德还是才？论作田，他倒算个老作家。早先，他到华容去作过几年湖田。田里功夫，他门门的都是个行角。不过，盛清明听公安方面的人说，"讲到这里，李主席压低声音，悄悄地说，"他入过圈子。"

"圈子是什么？"

"洪帮。"

"有确凿的证据吗？"

"不晓得。我想，可能还是根据一般常情推测的，到华容作田，不入圈子，是站不住脚的。"

"他本人目前的表现如何？"

"他是一个三冷三热的人，有一点爱跟人家较量地位。"

"据你看，他用这样的方式来申请，是什么意思？"

"炫耀自己的能干，但工作不一定细致。"

"照你这样说，那他这组人，不一定是人人愿意了。"

"当然，十指尖尖，也不一样齐，各色人等，还能一下子这样齐整？我晓得李盛氏那一户子，一定很勉强，刚才她就没有来。"

"李盛氏是什么人？"

"她呀，其名结了婚，其实是个活寡妇。她男人出门多年了，听说在外另外讨了堂客了，她自己至今还将信将疑。她是一个苦命人，看样子实在可怜，又难说话极了。"

听说是个不幸的女子，邓秀梅立刻怀抱满腔的同情，李主席的下面的话，她没有听得入耳。她对他说：

"几时我们去看看她去。"

邓秀梅正说这话时，区里来了一个通讯员，递给她一个紧急的通知。

途　中

邓秀梅和李主席正在谈论李盛氏，区里的通讯员送来一个紧急的通知，叫他们明天一早，到天字村去开碰头会。信上写明，要求他们赶到那里吃早饭。

当天晚上，邓秀梅开过乡上的汇报会以后，

叫住刘雨生，要他明天调查谢庆元的那个互助组，看他们全组入社，是否有虚假，或者有强迫。邓秀梅临了，嘱咐刘雨生留神考察李盛氏家里的情况。

把明天的工作布置完毕，邓秀梅回到了亭面胡家里，连夜赶材料。她统计了申请入社的农户，整理了全乡的思想情况，不知不觉，窗外鸡叫了。她吹熄灯盏，和衣睡了。

才一小会，鸡叫三回，她连忙起床，匆匆抹了一个脸，梳了梳头，就出门去找李主席。

"急么子啊？别的乡包管没有我们这样早。"李主席一边穿衣，一边这样对邓秀梅说。

一路上，李月辉直打呵欠。

"没有睡足吗？"邓秀梅走在后边，这样问他。

"家里吵了一通宵。"

"哪个跟哪个吵？"

"我堂客跟我伯伯。"

"为什么事？"

"我伯伯云里雾里，自己不争气，又爱骂人。他骂别人不成器，自己又没做个好榜样，赖一世的皮，讨过八个婆婆，没有一个同老的。"

"都去世了？"

"有的下世了，有的吵开了。如今上年纪了，傍着我，吃碗安逸饭，不探闲事，不好过日子？他偏偏不，不要他管的，他单要管。平素爱占人家小便宜，又爱吵场合，一口黑屎腔。这回搞合作化运动，他舍不得我们那块茶子山，连政府也骂起来了。他说：'政府搞信河[1]。十个手指脑，都不一样齐，说要搞社，看你们搞吧！只有你这个蠢猪，自己一块茶子山，都要入社，猪肏的家

[1] 搞信河：乱来。

伙。'我婆婆听到，马上答白了：'你骂哪一个？你嘴里放干净一点。'他大发雷霆，跳起脚来骂：'混账东西，你有个上下没有？'两个人都不儿戏，我两边劝，都劝不赢。"

"你真是个婆婆子，太没得煞气。"邓秀梅笑道，"要我是你，就不许他们吵闹。"

"一边是伯伯，是长辈，一边是婆婆，是平辈，叫我如何拿得出煞气？"

"我看你对晚辈也没得煞气，后生子们都不怕你。"

"要人怕，做什么？我不是将军，不要带兵，不要发号施令。我婆婆不畏惧我，对我还是一样好。"

"听亭面胡说，你们两公婆的感情好极了。"

李主席听到这里，回头一笑，从他笑容里，邓秀梅看得出来，他完全陶醉在经久不衰的、热热和和的伉俪深情里。他称心如意地说道："我们的感情不算差，十多年间，没吵过架子。她脾气犟……"

"她脾气犟，你没得脾气，配得正好。"

"她时常跟人家吵架，也发我的气，我的老主意是由她发一阵，自己一声都不做。等她心平气和了，再给她来一个批评。她这个人气一消，就会像孩子一样，温温顺顺，十分听话。"

"她有好大了？"

"拍满三十，十四过门，接连生四胎，救了两个，走了两个，她在月里忧伤了，体子很坏，又有一个扯猪栏疯的老症候。"

"这病是怎么得的？"

"不晓得。她有病在身，爱吵架，爱发瓮肚子气，今年又添了肺炎。我总是劝她：'你不怄气，体子会强些，病也会好了。'她哪里听得进去？我那位伯伯，明明晓得她体质不好，喜欢怄气，偏偏要激得她发火。"

李月辉说到这里，叹了一口气，顿了一下，才又说道：

"我总怕她不是个长命人。今年春上，给她扯了一点布料子，要她做件新衣穿。可怜她嫁过来十好几年了，从来没有添过一件新衣裳，总是捡了我的旧衣旧裤子，补补连连，改成她的。我那回扯的，是种茄色条子的花哔叽，布料不算好，颜色倒是正配她这样年纪。她会剪裁，我想她一定会做一件合身的褂子。隔了好久，还不见她穿新衣，我时常催她。有天看见她缝衣，心里暗喜，心想，总算是领我的情了。又过了几天，我要换衣，她从衣柜里，拿出一件崭新的茄色条子花哔叽衬衣，我生了气了，问她：'这算是什么意思？'她捧住胸口，咳了一阵，笑一笑说道：'你要出客，要开会，我先给你缝了。'她就是这样一个固执的人。"

两个人边走边谈，不觉到了一个岔路口，李主席说：

"我们抄小路好吧？小路不好走，但是近一些。这一回，我们定要赶到各乡的前头，叫朱政委看看，搞社会主义，哪个热心些？"

邓秀梅自然同意走小路。他们走过一段露水打得精湿的、茅封草长的田塍，上了一个小山坡。山上长满松树、杉树和茶子树。路边一些平阳地，是劳改队开垦出来的新土，有的秧上了小麦，有的还荒着，等待来年种红薯。李月辉一路指点，一时说，这个山坡里，他小时候来看过牛；一时又说，那个山顶上，他年轻时来捡过茶子。他忘记了堂客的病况，好像回到孩童时代了，轻快地讲个不休。

"说起来，真正好像眼面前的事。发蒙时，我死不肯去。妈妈在我书包里塞两只煮熟的鸡蛋，劝诱半天，我才动身。在李槐卿手里，读了两年老书，又进小学读了一年半。我靠大人子，扎扎实实过了几年舒舒服服的日子，无挂无碍，不愁衣食，一放了学，只晓得贪耍，像大少爷一样。十三岁那年，我开始倒霉，春上母亲生疔疮死了，同年夏天，资江涨大水，父亲过横河，荡渡船，一不小心，落水淹死了。父亲一死，我好像癫子一样，一天到黑，只想在哪里，再见他一眼。那时候幼稚，也不晓得做不到。为了见见父亲的阴灵，我想到茅山学法，其实茅山在哪里，我也不晓得。我看《封神榜》，看《西游记》，一心只想有个姜太公，孙大圣，施展法力，引得见父亲一面，就是一面，也是好的。

　　"父亲过世，我伯伯勉强把我收养了，不久

又叫我去给人家看牛。后来一亲事，我婆婆和这老驾过不得，分了家了，为了糊口，挑了几年杂货担子，解放军一来，马上参加了工作。看我有了些出息，伯伯火烧牛皮自己连，傍起拢来，又跟我们一起了。"

"解放以来，你一直在这里工作？"邓秀梅插嘴问他。

"是的。搭帮上级的培养，乡里的事，勉勉强强能够掌握了。有些干部，嫌我性缓，又没得脾气，有点不过瘾。我伯伯也说我没用，他说是"男儿无性，钝铁无钢'。我由他讲去。干革命不能光凭意气、火爆和冲动。有个北方同志教导过我说："小资产阶级的急性病，对革命是害多益少。'革命的路是长远的，只有心宽，才会不怕路途长。"

"也不能过于心宽，毛书记说过，过犹不及。"

邓秀梅笑着跟他说。

"我觉得我还不算'过'。"

"你是这样觉得吗？"

"是呀，要不，今天我就不会抄近路。这条小路，茅封草长，不好走极了。"

"上半年，有人批评你太右，有这回事吗？"邓秀梅点破他一句。

"这倒是有的。"李主席说，"三月里，区上传达上级的意见，指出我们这一带，办社有点'冒'，要'坚决收缩'。我当时也想，怕莫真有点'冒'吧？我们，说是我们，其实只有我一个，好汉做事好汉当，我不牵连别的人，大春他是不赞成这个说法的。我一力主张响应上级的号召，坚决收缩了一个社，全乡通共办了一个社，全部干净收缩了。"

"那你不是百分之百地完成上级的任务了？"

"是呀，上级表扬了我们，还叫我们总结收缩的经验，好拿去推广。陈大春大叫大闹，吵得乡政府屋都要塌下来了。社是他办的，说要解散，他不甘心。年轻人感情冲动，当时他指了我的鼻子尖，骂得好凶啊！这个家伙，这样厉害，偏偏有好多女子追他。他走桃花运。"

　　"当时，你总结了一些什么经验？"邓秀梅好奇地问他。

　　"经验倒不算什么。我只有个总主意，社会主义是好路，也是长路，中央规定十五年，急什么呢？还有十二年。从容干好事，性急出岔子。三条路走中间一条，最稳当了。像我这样的人是檀木雕的菩萨，灵是不灵，就是稳。"

　　"你这是正正经经的右倾。"邓秀梅笑了。

　　"老邓你也俏皮了。右倾还有什么正经不正经？说我右倾的，倒不只是你一个。毛主席的《关于农业合作化问题》在《新湖南报》发表时，省委还没有召开区书会议，我就在全乡的党员大会上，把文件读给大家听，念到'我们的某些同志却像一个小脚女人，东摇西摆地在那里走路'。陈大春趁火打劫，得意洋洋，扯起大喉咙，指手画脚，对我唤道：'李主席，你自己是小脚女人。'我放下报纸，半天不做声。别人也都不做声，以为我生了气了。"

"我想你不会生气。"邓秀梅笑道。

"我不气。经过学习，我认识到，毛主席的批评是完全对的。"

"是呀，婆婆子们本来都是小脚嘛。"邓秀梅笑着打趣，接着又认真地说道，"我看你这缓性子，有一点像盛佑亭。"

"你说我像亭面胡？不像，不像。首先，他面胡，我不面胡；其次，他爱发火，我不发火。

他总以为人家都怕他发气，其实不然。他跳进跳出，骂得吓死人，不要说别人，连他亲生儿女也都不怕他。这样的人真可怜。"

"我倒觉得很可爱。"邓秀梅说。

"至于我，"李主席还是只顾说他的，"跟他相反，根本不愿意人家怕我。我最怕的是人家怕我。你想想看，从土改起，我就做了乡农会主席，建党后，又兼党支书。党教育我：'共产党员一时一刻都不能脱离群众。'我一逞性，发气，人家都会躲开我，还做什么工作呢？脱离群众，不要说工作没办法推动，连扑克牌也没得人跟我打了。"

"你爱打牌，我看得出来。"

"不瞒你说，秀梅同志，解放前，我也算是一个赖皮子，解放后，才归正果的。那时节，伯伯和我分了家，还是住在一屋里，他一把嘴巴讨厌死了，家里存不住身子，只好往外跑。这一带地方，麻雀牌，纸叶子[1]，竹脑壳[2]，隆日隆夜，打得飞起来。旧社会是这个样子，没得法子想。有味的是我那位伯伯。他自己是一个赌痞，轮到我一出去打一点小牌，他就骂我是'没得用的坏家伙'。只有他有用，他爱打牌也成有用了。我心里高兴的时候，就这样顶他一句：'我学得你的。'把他气得像雁子一样。我想：'你何必生气？有角色自己不赌，做个好榜样。'"

他们翻了一个小山坡，在一片梯田中间的一条田塍上走着。李月辉指着田里的翡青的小麦说：

"如今这种田，一年也要收两季。解放前，这一带都是荒田，就是因为赌风重，地主老爷押大宝，穷人打小牌，像我们这样的人也卷进去了。

---

[1] 纸叶子：一种长方油纸牌。

[2] 竹脑壳：一种竹片做的牌，顶大的牌是天牌，九点和斧头。

解放后，不等政府禁，牌赌都绝了。心宽不怕路途长，我们边走边讲，不知不觉，赶了八里路。那个大瓦屋，就是区委会。"

区上

李月辉以为起了一个绝早，又抄了近路，到区不是头一个，也是第二名。哪里晓得，等到他们进得区委临时办公处所在的一家人家的堂屋，那里早已坐满一屋人，碰头会开始好久了，他们赶塌了一截。

七个乡汇报完毕，区委朱书记站起来宣布："吃了饭再谈。"

朱明是师范生出身，二十七八，中等身材，单单瘦瘦。他在屋里不爱戴帽子，短短的头发好像不大听话的样子，随便披撒着。除了同一般区书一样，十分熟悉各乡的情况以外，朱明还会打算盘。听人发言时，一个数目字，他也不肯含糊地放过，定要问清白。乡干只要有一个数字交代不清，就是能过关，也要挨几句，话也来得重，总是把笔杆子一放，脸也放下说："算了，不必说了。"或是责问道："你是来做什么的？"他认为搞社会主义，要替国家好好打算盘。干部都怕他，又奈不何他。有时为了一个数目字，他们要打好多次电话，甚至于要来回跑好多的路。走得累了，人们不免要埋怨几句，但一见了他的面，就都循规蹈矩地，按照他的意思办。

朱书记还有个特点。他会合理地调配干部，充分地发挥人们的工作的潜力。这回办社，他亲自到天字村来，把区委会的临时办公处设在这里，电话也安到这里来了。天字村是个群山环抱的落后的穷乡。这里山高皇帝远，县区干部不大来，村干也不大上劲。

朱明选取了这个穷村角落，作为重点乡，有他一番巧妙的安排。他听到讲，在这次规模巨大的合作化的运动里，除了原来的区乡干部外，省委、地委和县委，都还要下放好多的干部。区移到这里，他想上级一定会派人来的，他打算利用外来的力量，配上区上的干部，趁势把这落后乡的工作推进一下子。果然，地委和县委，都派来了工作组，加上区上的人们，这个平静的荒僻的山村，一时间，人来客往，电话不停，变得十分热闹了。对于基础较好，上级直接派了干部的地方，朱明一个人不添，自己平常也不大过问。比方清溪乡，他晓得有邓秀梅在，李月辉领导的支部也还算稳妥，区里完全放开手，只是定期地听取他们的汇报。

除开这种精打细算的作风以外，朱书记还有

一个也许是属于生理方面的小小的癖性。人家讲话，他在自己的小本子上，低头用心记录的时候，他的嘴唇总要一涡一涡的，好像拿着笔的手，气力不佳，要用嘴巴来予以有效的协助一样，乡干部们初初一见，总是想笑，看得多了，也就习惯了。

当时他宣布吃饭，大家一窝蜂冲进了灶屋，七手八脚地装饭、端菜，抢着拿碗筷。他们分做十几起，站在堂屋里，或是蹲在阶矶上，埋头用饭。菜蔬只是一些萝卜和白菜，但大家的食欲都非常的好，开始几分钟，寂寂封音，都低头扒饭，等到添过了一碗，谈话就多起来了。李月辉蹲在阶矶上，端着碗笑道：

"我说我们早，不料你们还早些。"

"搞社会主义，不赶早还行？"有人答白。

"李主席一向的主张是从容干好事，性急出

岔子。这一回算是难为他，来了一个倒数第一名，比我们只迟得一个多钟头。"有人讥笑他。

邓秀梅低着头笑了。她心里想，要不是她先去邀他，还不晓得挨到什么时候才来呢！朱书记蹲在另一人堆里，正在一声不响地用饭，听到他们的对话，他也插嘴，但还是不笑，还是一本正经地，跟开会发言一样：

"搞社会主义，大家要辛苦一点。这次合作化运动，中央和省委都抓得很紧。中央规定省委五天一汇报，省委要地委三天一报告，县里天天催区里，哪一个敢不上紧？"

早饭后，黄灿灿的太阳光，晒满一地坪，没有风，太阳肚里十分的温暖。有人提议到地坪里开会，大家都同意，就七手八脚地把桌子、椅子和高凳搬到地坪里。人们疏疏落落地坐满半地坪。邓秀梅抢先说话。她开会发言，最爱打头炮。她总觉得，先把自己的说完，好从容地听取别人的意见。她坐在一把矮竹椅子上，背靠着草垛。她的稠密的黑浸浸的头发，衬着太阳照映的金黄的稻草，显得越发黑亮了。她翻开那个大红封面的小本子，摊在膝头上，但只间或看一看，因为有些事，她心里记得烂熟了，用不着看黑课本子。

"我先讲一点，有遗漏，请李主席补充。"邓秀梅扼要地总结了清溪乡的宣传阶段的情况以后，就转到建社对象的分析，她说，"清溪乡原有六个互助组，四个都是明互助，实单干，都散了板了。如今两个组，也只有一个比较好点。"

"好一点的组的组长叫什么？"朱书记提着笔问。

"叫刘雨生。"

"好像他是个劳模。"

"是的。我们打算把他培养成为清溪乡的中

心社的社长。他受培养，人本真，又肯干。"

"还有一个呢？"

"那个组不好不坏。组长谢庆元，思想上有些毛病，但还愿干。清溪乡本来建了一个社，社长陈大春是个莽莽撞撞的猛子，工作舍得干，但一受了阻碍，也容易泄气。今年春上，他那个社被当做自发社，给收缩了，陈大春的积极性受到了挫折。这回规划他来当社长，死也不干。"

邓秀梅说这话时，看了李主席一眼，只见他低着脑壳，收了笑容，她就不再提起这件事，转到别的话上了。她说：

"县里开三级干部会时，清溪乡规划建立四个社。现在，从群众申请的热情看来，没得问题。"

朱书记伏在桌上，嘴唇一涡一涡地，把邓秀梅讲的事情扼要地记在小本子上，这时，他问：

"申请入社的，占全乡农户的百分之几？"

"百分之四十五点几。"邓秀梅随口回答。

"到底点几呀？"朱明追问。

邓秀梅的数目字向来不十分精确，一时答应不上来，脸迫红了。李主席想帮她解围，连忙起身代她回答道：

"大概是点五的样子。"

"大概？"朱明看李月辉一眼，辛辣地说道，"这样是大概，那样是大概，那我们的经济，不叫计划经济，要叫'大概'经济了。"讲到这里，他转弯一想，这事情，有上级下放的干部邓秀梅夹在里边，不便苛责。他没有像平常一样，不客气地说："算了吧，不必说了。""回去搞清楚再来。"瞅瞅邓秀梅的绯红的脸，他语气温和地说道：

"请讲下去吧，秀梅同志。"

邓秀梅受了这场意外的迫逼，内心激动，眼睛也湿了。停了一阵，等心情稍稍平复，才继续说道：

"社干名单，在党的会上研究过，但还要看群众选不选。刘雨生组有三个人能当社长，我们认为刘雨生比较合适。"

"他是党员吗？"朱明停笔问。

"他是在治湖工地上入党的。"李月辉代答，"他党性强，就是老婆有一点扯腿，不愿意他出来工作，经常吵场合，现在越来越厉害，看样子，没得好收场。"

"不要扯开了。秀梅同志，请你讲下去。"朱明催促道。

邓秀梅接着说道：

"在头一个阶段，清溪乡的工作进行还顺利，没有碰到很大的阻碍。家庭纠纷有一些，比如刘雨生夫妻反目，近来更加剧烈了，李主席家里也有些吵闹……"

"你老婆跟你过不去了？"朱明插嘴问。

"不，是我伯伯跟我里头的吵架。"李月辉忙说。

"也跟合作化有关？"朱明又问。

"有点关系。"李月辉点头。

"一般人家还是平静的。"邓秀梅继续说道，"到第二阶段，就是个别串连的时候，估计事情要多些，但究竟会发生一些什么问题，现在还看不清楚。"

邓秀梅说完以后，李月辉接着汇报了清溪乡党团发展的近况。他把这段工作中的积极分子一一分析了，并且说明，党的发展对象，会计李永和，团的发展对象，盛淑君和陈雪春，已经培养成熟了。盛淑君的宣传队在全乡起了很大的作用。

下面是梓山乡汇报。这个乡的农会主席，头上挽个大大的白袱子，青布袍子上拦腰系条蓝布腰围巾。他没有笔记本子，单凭心记，讲他乡里的情况。他站起身来。朱书记做个手势：

"坐下说吧。"

"坐下说不好。"

"那你就站着说吧。"

"我们乡是个落后乡。这回合作化，我们那里，起了谣言。说是有一条黄牯，有天在山里，忽然对它主人开口讲人话。它抬起脑壳，鼓起眼睛，伶牙俐齿，说得很清楚。……"

朱书记听到这里，打断他的话：

"这样一描写，好像你也在场看见了。这话是哪个传出来的？"

"张志斌。"

"什么成分？"

"上中农。"

"来历清楚吗？"

"他是土生土长的。"

"请讲下去。"

"牛说：'你家来了客，还不快回去。'这人吓得张开口，说不出话来。他心里暗想：'我刚从家里来，没有看见客人呀。'牛好像猜到了他的心事，告诉他说：'你前脚出门，他后脚来的。还提了十个鸡蛋，两盒子茶食，不信，你回去看看。'这人慌忙把牛吊在树杆上，飞跑回去，果然看见家里来了个亲戚，手里提个腰篮子，里边装十只鸡蛋，两盒茶食，跟牛说的，一模一样。他客也不陪，跑回山里，双膝跪在牛面前，牛正在吃草……"

"它不是神吗，怎么吃起草来了？"朱书记

问得大家都笑了，自己并不笑。白袄子主席继续说道：

"对牛叩了一个头，他恭恭敬敬说：'你老人家未过先知，不知是哪方神道，下凡显圣？下民叩头礼拜，恭请大仙，指点迷途。如今政府要办农业社，你看能入不能入？'牛摆一摆头，摆得吊在颈根下边的梆子当当地响了几下。它说：'你切莫入，这个入不得，入了会生星数的。'说完这话，牛再不开口，吃草去了。"

"你追根没有？"朱书记问。

"治安员正在调查。"

罗家河的主席汇报时，说那里的群众难发动。有个贫农，名叫胡冬生。解放前，穷得衣不沾身，食不沾口。因为原先底子薄，如今光景也不佳。土改分来的东西，床铺大柜，桌椅板凳，通通卖光吃尽了。左邻右舍，说他是懒汉。他早晨困得很晏才起来，上山砍柴火，到了中午时节，他回家去，吃几碗现饭，再背把锄头，到田里挖一阵子，太阳还很高，他先收工了。他住在山坡肚里一个独立的小茅屋子里，家里只有一床烂絮被，一家三口，共同使用。他连门板也卖了，到十冬腊月，堂客用块破床单，扯在门口，来挡风寒。老北风把破布吹得鼓鼓囊囊的，飘进飘出，远远望去，活像趁风船上扯起的风篷……"

"你讲发动的事吧。"朱书记切断他的仔细的描绘。

"我去发动过。头一回，我一进门，他就起身，捎起一把小锄头，满脸赔笑说：'对不起，你坐坐吧，我要挖田塍去了。'弦也没弹就走了。第二回去，承他的情，没回避我。我们交谈了几句。他眼睛看着地上，说道：'社会主义，我也晓得好，我们贫农本来应该带头的。不过，我的田作得太瘦，怕入了社，别人讲闲话。我打算今年多放点粪草，把田作肥点，明年再来.'两回都进不得锯。第三回，我自己没有出马，特意找了一位跟他合适的人去了。他才把心门敞开，顾虑打破，仔细倾吐，他讲：'手长衫袖短，人穷颜色低，怕入到社里，说不起话.'他朋友笑道：'说不起话，不说.'他又叹道：'怕人讲我一无耕牛，二无农具，入社是来揩油的.'朋友告诉他：'这个用不着操心，政府会撑腰.'他又悄悄地说道：'我这个人懒散惯了，入了社，是不是不自由了？听说要敲梆起床，摇铃吃饭，跟学堂里一样.'朋友解说了半天，他才答应入一年试试。"

"可见贫农也有好多的顾虑。"朱书记说，"罗家河的这一位贫农，如果不是叫他的好朋友去劝，会劝不转的。这叫做一把钥匙开一把锁。"

邓秀梅听到这话，低声地跟李月辉说：

"我们那里，也应该注意陈先晋这号户子。"

"他倒不怕别人看不起，他是怕社搞不好，又舍不得那几块土。"李主席也低声地说。

"我们也要用一把钥匙开一把锁。"邓秀梅说，声音还是非常低。

"开陈先晋这锁，要用一把熟铜钥匙。"李主席说。

屋里电话铃响了，朱书记起身进去，回来的时候，他跟地委和县委来的同志们商量了一阵，就说：

"我讲几句……"

大家知道，这就是结论，都寂寂封音，坐得拢一些，拿出本子和钢笔，准备记录，只听他说道：

"听了大家的汇报，可以看出，各乡运动的

发展不平衡。有的乡还在宣传阶段，有的进到个别串连了。在整个运动中，我们要坚持三同一片的传统的作风，深入地了解并设法彻底打通各家的思想。思想发动越彻底，将来的问题就越少。发动时，首先要对症下药，对象害的什么病，你就用什么方子，不要千篇一律，不要背教条；其次，要注意去做说服工作的人选，要选派合适的人去做这个工作；第三，要尽先解决发动对象的迫切的问题。"说到这里，朱书记引用他在天字村乡深入一点的经验，他说："这里有一个贫农要讨堂客，女家催喜事，他连床铺都无力备办，你想，他有什么心思谈入社的事呢？工作组拜访几回，他都躲开了。后来，我们给他找了一挺梅装床，趁着他满心欢喜，我去找他谈，只有几句话，他就满口答应了，接接连连说：'我入我入，我堂客也入。'其实，他堂客还没有过门。他想，只要有了床，他们就是夫妻了，他就有充分的资格代表她来说话了。"

大家笑起来。朱书记自己没笑。他是个一本正经的男子，难得说笑话，就是说出来的事情本身有一点趣味，引得人家都笑了，他也并不和大家同乐。现在，他抽一口烟，严肃地又说：

"合作化运动是农村的一次深刻的革命，个体所有制和集体所有制，旧的生产关系和新的生产关系的这番剧烈尖锐的矛盾，必然波及每一个家庭，深入每一个人的心底。现在已经有些家庭吵嘴了。为了防止出乱子，我们要特别注意。要发动一切可能发动的积极的因素，共同努力，把社建好。"

朱书记接着谈了处理具体问题的一些原则。举凡投资数额、土地报酬的标准以及耕牛农具折价等问题，他都发表了自己的意见。他告诉大家，要禁止偷宰和私卖耕牛。他说："我们这区，耕牛本来就不够，如果再减少，纵令只一条，也会严重影响合作化以后的生产运动。"

"入社农户的耕牛一律归公吗？"李月辉提出一个问题。

"折价归公，私有租用，都行。"朱书记回答。

"犁耙怎么办？"李主席又问。

"犁耙跟牛走。"

"定产的标准怎么样？"白裌子主席发问。

"这倒是个复杂问题。"朱书记枯起眉毛，翻了翻记录本子，然后才说，"入社产量决不能按三定[1]的标准。要依据查田定产运动订下的产量，再把这几年来的实际产量扯平一下，作为参

---

[1] 三定：定劳力、定肥料、定产量。三定的产量标准比较高一点，入社产量如果以之为根据，支付土地报酬时，社里要吃亏。

考。天水田[1]的产量要减低一些，瘦田作肥了的，补它一些肥料费。"

"这个问题不简单。"白袄子主席笑着说。

"搞社会主义，哪个问题简单呀？现在的工作，比土改不同，我们必须要细心，要好好儿地动脑筋，一点也不能粗枝大叶。原则只是个原则，我们要按照各乡具体的情况，灵活地运用。"

朱书记重新点起一支烟，继续说道：

"根据各乡今天汇报的形势，大家再努一把力，我们全区的入社农户，跟总农户的比例，可达百分之七十。请大家注意，这个百分之七十，就是区里要求的指标。"

邓秀梅听到这里，特别用心。她把这个指标郑重记在本子上，并且在下边连连打了几个圈；

---

[1] 天水田：没有水源，靠天落雨的田地。

听朱明又说：

"不过这运动越到以后，矛盾越深刻，复杂，我们还不能预料，各乡会发生什么事情。也许会平静无事，也许会发生意料不到的事故。反革命残余的趁火打劫，也可能会有。总之，我们既要快，又要稳，要随时随刻，提高警惕，防止敌对分子的破坏。有电话的乡，每天跟我打一个电话。没安电话的乡，隔天写个汇报来。刚才跟地委、县委来的同志们商量了一下，再过十天，我还要开一次这样的战地会议。今天的会，到这里为止。"

散会了。人们正要动身走，区里秘书，一个双辫子姑娘连忙站起来叫道：

"同志们，没缴粮票菜金的，请缴清再走。"

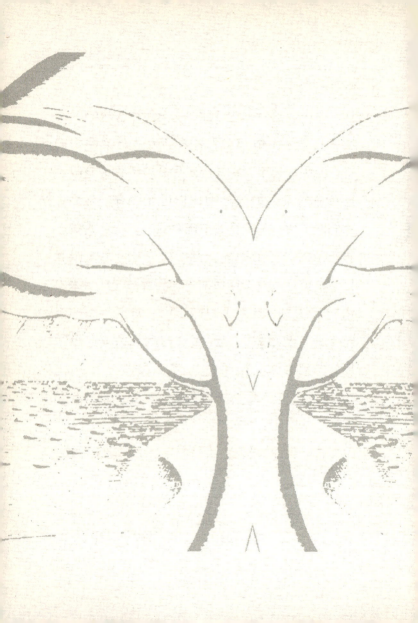

张闰生夫妇

复员军人、共产党员张闰生同志是闰月里生的，他父亲当时给他起了这个现成的名字。这位二十来岁的后生子块片不大，脸模子倒还端正。他待人处事，态度蛮严肃，不大喜欢笑，有人疑他不快活，或是摆架子；其实，接近他的人都晓得他心情舒畅，也没有架子；至于不爱笑，据他自己说："生相是这样，一时还难改。"

前年冬里，他从军队里回来，身上穿套黄色棉军装，脚下是一双土黄翻皮鞋。当天到公社和大队去转关系时，他的背后跟着一群小孩子。见了公社的干部，他把两个脚后跟一并，硬底皮鞋跟发出一声响，右手举到眉毛边，给看一个军礼以后，再跟人拉手，在场的孩子们都发笑了，他没有笑；在孩子们的欢声里，他还是显出礼恭必敬、作古正经的样子。

回乡不久，张闰生参加了生产队里的劳动。一有机会，他就虔心虔意地跟老农们学习田里的功夫。"这角色眼睛里有人。"一位老人这样说，于是教他也十分尽心。邻队的一位姑娘，姓黎名淑兰，有时来找他，问这问那；讲的分明是些普通事，比方犁耙、种子、肥料和土壤等等，她总要红脸。张闰生分析了这异样的心理，得出了一个愉快的、满意的结论。黎淑兰是养猪的能手，体气和脾气都好，身段匀称、容貌周整，只是鼻子有点翘，张闰生的一位朋友认定这是宗缺点，并且断言他还可以找个漂亮一些的对象。他跟朋友声明说："鼻子有些翘，对我生活和思想一丝影响也没有。至于会养猪，我看倒要作一点子用。"于是，两位年轻人，由接触以至于结婚，过程非常快。张闰生和父母早已分居，老人没有探他的闲事。"由他们去吧，我落得个少吃咸鱼少口干，"张家翁妈说，"反正如今的媳妇是聋子的耳朵。"

婚后第三天，堂客的娘家盼他们"回门"。这是老规矩。讲究的人家还要备办一桌丰丰富富的海参席，接待过门的东床。

"我看我们不去了，你说呢？"刚从军队里回来的新郎满脑子先进的思想，这样问他的新娘。

"你说不去，就依你吧。"黎淑兰柔和地回答，并且向他投以妩媚的一笑。

"那我们就用这点节省出来的时间办件正经事，搭个猪栏好不好？"

新婚夫妇，有商有量，还有什么不好呢？说做就做，两个人分头活动，女的去瞄猪栏地板，男的上山砍楠竹。备齐了材料，一同着手搭。两天工夫，猪栏串好了；里边关起一只城里买来的毛色纯白的猪崽子。根据体态，内行人断定它是约克夏和本地猪的混合种。

这一年里，这个新成立的家庭男奔女做、勤俭发狠；除开参加党的活动和社会活动以及在队上超额完成基本工以外，夫妻时常双双去割鹅笼草，采桔皮树叶；用这些野生的饲料，加上细糠、青菜、白菜和红薯藤叶，在粮食还不十分充裕的这年里，他们把猪喂大了。据可靠估计，这只毛色纯白的混合种挨边有两百斤重了。

张闰生所在的这个生产队还是一个不大光彩的三类队，一九六一年，稻谷生产低，由此产生的连锁反应是生猪发展也相应地落后于别队。送完两只派购猪，队里各户，除开小猪和母猪，壮猪只剩张家这只了。到年底，全队的人都眼巴巴地盯着这只猪。

"好角色，"队长含笑拍拍张闰生肩膀，这样子说，"你算是替队里争了一口气了，请他们也听听我们的年猪叫。"队长是非党干部，人倒老实，只是工作上办法少一点，而且有个怪脾气：喜欢赌咒，每回赌大咒都要拖只鸡来斩；他的婆婆这年喂的五只鸡，已经被他斩尽杀绝了，连过年的阉鸡也没有留下。这时候他问：

"几时宰呀？"指的是张闰生的过年猪。

"打算明天。"复员军人回答他。

"老弟，"队长靠拢来，放低声音说，"跟你打个熟商量。不怕你笑话，我家里连根鸡毛都没有了，这年如何过法呢？我想跟你赊点肉，一搞到钱就来检清你的账，如何？"

"先不要讲账不账，你只说说要几斤？"

"五六斤。"

"没有问题。"张闰生慷慨应承了。

第二天清早，张闰生出门约杀猪的去了。黎淑兰用一块浅蓝帕子扎住稠密的头发，在灶屋里生火烧水，柴烟飘满一屋子。不大一会，后生回来了，说是今年别队年猪多，杀猪的要到夜里才有空。黎淑兰就停止烧水，走去打开猪栏门，把猪放出来。到了地坪里，这家伙开始跑步，但才一会，就出气不赢，身上脂肪积累太多了，它只得停步。为了消遣，它用嘴巴来犁耕地面的泥土，那成绩是很不坏的。不到一会，地坪中央出现了一条长长的、不深不浅的壕沟。

"这猪真可爱，"一位邻家妇女赞叹说，"怕莫有两百斤重了。"

"你不晓得，吃了好多饲水呵。"黎淑兰回说。

"换出钱来，打算置点么子呀？"

"打算替我们外头的置一件毛绳子衣服。"

黎淑兰跟丈夫商量这个绳衣计划时，复员军人没作声。

天擦黑时，杀猪的来了，左邻右舍看热闹的也来了。堂屋门口点起一盏大马灯。昏黄的光亮照出了地坪里的一只椭圆大木盆以及拼做一起的两条高凳子，凳上放着一把尖刀、一根梃棍和三把刨子。人们把猪赶进地坪里。它摇摇摆摆地走近了木盆。这时候，杀猪的发动了奇袭，两手抓住它的两只肥大的耳朵。它拼命叫了，这似乎是不能不叫的。从古以来，临到这时候，猪都要叫。猪的本性是不会改变的。话说那洪亮的叫声震荡着平静的夜空，传得很远，惊动了邻队的住户，充分地满足了队长的要求："请他们也听听我们的年猪叫。"这时节，三个帮手，包括队长和张闰生自己在内，协同动作了，有的提前脚，有的抓后腿，四个人齐心尽力把它扶上了高凳。它叫得更加带劲了。看热闹的男女和孩子围成一个半圆圈，挤得拍密的。杀猪的拿起尖刀时，人群里一位堂客连忙用手掩住脸。猪的叫喊由紧急转到了悠长以至消逝了。于是，清夜复归于平静。

"这猪杀得好，"队长发表了评论，"叫得好长呵。"

"叫得不长不好吗？"一个后生问。

"不长么？"队长说了这一句，想了一想，连忙停住。

"不长不吉利。"旁边一个花白胡子冲口说出了队长原想要说的那话。

"迷信。"一个初中学生提出了批评。

"你说迷信就是迷信了？积古以来，杀年猪都有这说法。"花白胡子提出了自己的根据。

"都不要吵了，听我说句正经话，好不好？"队长连忙岔开他们的争执，接着笑道，"告诉你们一个好消息，闰生刚才私下跟我谈，要给大家分点肉。他说，一人吃肉肉不香，这是他的思想好。他真不愧是个跑过大码头的开通的码子，不愧为共产党员。"

"赶快转到正题吧，时候不早了。"张闰生打断了他的恭维话。

"这就说了。在我们队上，还有点子困难的时候，他的这一番好意极其难得。我代表大家已经感谢过他了。现在你们看，肉如何分法？"

"人家的猪，我们做得主？"花白胡子发问了。

"做得的，"队长毫不犹疑地回答，接着又说，"不过，大家都晓得，闰生这只猪，喂大是很不容易的。"

"是呀，他们收了工，还要上山打猪草。"

一个邻舍婆婆子这样地证明。

"可是，他们一点也不小气，自己劳动的果实自愿拿出来，跟大家分享。我说是自愿，没有错吧？"队长偏转头来问。

"一点都不错。"张闰生点头。

"那么你呢，闰生娘子？"队长笑笑又问。

"我不愿意。"黎淑兰故意噘起嘴巴说。但是，队长从她那掩盖不住的微笑里，知道她说的是一句反话，就道：

"你不愿意，也不由你了，你们外当家已经点头，料你也不敢违拗。"

"看我敢不敢？"黎淑兰说。

"他是一个兵，你不怕吗？"

"他是兵，我也是的。"

"你是什么兵？"

"民兵。"

"民兵要受正规军节制。"队长笑嘻嘻地说，"其实，妹子，我晓得你的，你从心里到心外都愿意接受他的领导、节制和帮助，你是心甘情愿地服从他的。各位父老，我这句话没有错吧？"

　　"看我打不打你，亏你还是个队长。"黎淑兰跑过来追赶队长。

　　"不要闹了，快办正事吧。"张闰生一本正经地催促。

　　"大家调摆，肉如何分法？"队长朝人群寻问。

　　"我看是这样，"花白胡子说，"你和闰生商量停当了，大家听从你们的好了。"

　　"那也是个办法。"队长采纳了老人的意见，扯着张闰生到房间里细谈去了。

　　在整个的这一段时间里，杀猪的和他的帮手都在不停地工作。他们用刀子在猪的一只后腿的靠近蹄子的地方刺开一块皮，用梃棍从那里通透全身，构成一条条气路，于是由一个汉子用嘴巴从那里吹气。猪身鼓胀起来了，越发显得圆滚滚。他们把它放进开水盆子里洗了一个澡，于是，褪毛、剖肚、清理内脏，将猪油剔出，把肉剁成一块块，摆在案板上。待到一切收拾停当的时节，队长和张闰生也从房间里头出来了。面向大家，队长宣布：

"我们细细密密地商量妥当了：除开三个四类分子和一个爱跑生意的角色，全队社员，不论男女老少，每人肉一斤。"

灯光照映到和照不到的人群里发生了欢呼和赞叹的反应；人们纷纷议论："真是的，一点不为己。""这样的人哪里去找？""明年都鼓一把劲，争一口气，把猪喂好，赶上一类队，来报答他这番好意。"

杀猪的动手分肉，队长敞开喉咙继续地宣告：

"叫哪家的名字，哪家派代表来领。没来的，哪一位费心去知会一声。"说到这里，他就挨户点名字。

有人去吆喝了一遍，全村各户陆续来齐了，拿到了肉的准备要走。

"慢点，慢点，还有一句话，"队长叫转快要离开的人们，"闰生这只猪不是容易喂大的。他们花了好多劳力和心机，尤其是闰生娘子。"

"那是确情。"花白胡子完全理解这句话。

"我们不能剥夺他们劳动的成果。"队长又说。

"当然啰。"胡子老倌附和道，"要不，人家又有顾虑了。"他说的"人家"，包括他自己在内。

"我看我们理应出一点代价。"队长拿眼睛扫大家一眼，"刚才闰生讲，他不收钱，我说不行，他说行，我又说不行，他还是说行。两个人推来让去，不可开交。临了，在十分融洽的气氛下，我们商定了三条办法：一、各户分的肉，一律按照国家的牌价，收七角钱一斤；二、没有现钱的户子可以赊欠；三、烈军属和困难户称肉记账，将来由大队垫付。你们看呢？"

"公平，公平。"花白胡子连连点头。

"闰生这角色实在是好。"队长十分赏识这复员军人，"你们想想看，在遭受了三年自然灾害的如今这时节，这一百多斤猪肉他不可以熏成腊肉，自己慢慢吃？如今他分给我们，有些户子还不收钱。"

"他真是大方。"花白胡子称赞道。

人们交了钱，提着分的肉，欢欢喜喜、三三两两回家了。张闰生送了五斤肉给他另居的父母，又替岳父岳母留下了五斤，剩下十多斤，摆在案板上，黎淑兰动手处理。她切下一块留作团年肉；

其余的打算炕腊肉。她挂起马灯，扎脚勒手，正要执行腊肉计划时，张闰生忽然说道：

"慢些。差点忘记一件要紧事。"

"什么事呀？"黎淑兰连忙住手问。

"这样要紧一件事倒忘记了。"

"到底是什么事呀？"

"烈属朱妈没有来分肉。我给她送去。"张闰生动手切肉。

"这样夜了，明朝去吧。"

"怎么样，最后这点肉有些舍不得了吧？"

"这是哪里话？"黎淑兰瞟他一眼，"以为天下只有你一个人进步，别人都是落后分子么？"在思想领域，夫妻之间展开了竞赛。

"哪里！哪里！"

"一只大猪分光了，我没有说一个'不'字，这一点点，倒舍不得了？"

"我晓得你大方、贤惠、进步。"

"过奖了，不敢当，不敢当。"黎淑兰快畅而且活泼地笑道。

"不过你辛苦一年。"

"你也辛苦了。"

"只留一点点肉，我过意不去。"

"这不还有三四斤？"

"一只挨边两百斤的猪，自家只留三四斤，这在一般女同志是做不到的。"

"女同志生成是落后的吗？"黎淑兰尖锐地反问。

"不是这意思，"张闰生连忙声明，"我绝没有这个想法。得罪了半边天，还了得吗？我心里想，只有我深深领会你的慷慨的价值。你不记得，那天夜里我们出去割猪草，村甸里匝地墨黑，你一跤绊在水田里，滚得一身泥牯牛一样，冻得打冷颤。"

"比起烈士们的流血牺牲来，这又算得什么呢？"

"你有这样的感觉，可见你的精神是很高尚的。给我点一个火把，我替朱妈送肉去。"

"何必这样急性呢？明天送去，也不为晚；这冷天，肉搁一夜不会坏。"黎淑兰劝说。

"好吧，我同意，反正今晚送，明天送，不是原则问题。"

第二天清早，重霜涂白了路上的枯草和落叶；田里结了冰；屋顶上，草垛上，塘边南瓜棚子上，井上挑水跳板上，一色白蒙蒙。天气寒冷，北风削痛人的脸。一位军服整齐的后生子穿双土黄翻皮鞋，右臂挽个腰篮子，作古正经，朝着一个横村子大踏步走去。到了烈属朱妈瓦屋的跟前，他略停一停，整整衣襟，然后恭恭敬敬地跨进门槛去，把腰篮子放在桌上，面对朱妈，叫一声"敬礼"，与此同时，他的两个脚后跟习惯地碰得发出一声响。

"是你呀，闰生子？"坐在竹椅子上的白发朱妈站起身来笑着问，"这样早，有么子贵干？"

"跟你老人家辞年来了。带了一点肉给你老人家。"张闰生回答。

"公社送了五斤来了。这肉你快拿回去，留给自己吃。"

"瓜子虽小是人心，你要不收，就是看不起我们夫妻两个了。"

"这话来得太重了。好吧，一定要我收，就收下吧。"朱妈接了肉，又说，"你请坐，我筛茶去。"

"不要费力了，我还有点事，少陪了，朱妈。"复员军人提着空篮子，飞跑出门了。

"你看这角色，茶都不吃一口就走了。"朱妈追到门口说。

张闰生没回家，径直到畜牧场去了。在那里，他用公社的证明买了一只小草猪。

"我们要抱定巩固和发展集体经济的观点，"回到家里，把猪崽交给堂客，张闰生发表议论道，"队上没有一只公有猪。猪苗困难，我们把这草猪养成猪婆子，好吗？"

从黎淑兰嘴里得到的是热烈赞成的回应。

转眼到了一九六二年初冬，张闰生家的母猪下了一窝猪崽子，一共六只。满月后，他把它们全部给了生产队。他和队长又分头奔走，凑资金，找猪苗，终于使得这个生产队除开公有的六只猪以外，家家户户的猪栏都没有空着。

张闰生一年多来的活动在群众中间得到了良好的反应。他的邻舍婆婆这样说道："他替大家办事，像办自家的事一样，体心剖意，真是一个好角色。"

一九六二年年底，队干改选时，张闰生同志当选为队长，原来的队长，就是那位欢喜斩鸡的角色，被选举为副队长。

"到明年，请大家看我们的吧。"在副队长家里的堂屋里举行头一次扩大的队干会议时，这位主人乐观地说道。

"看你们的么子呀？"花白胡子寻问。

"看我们在闰生的领导下，一九六三年把生猪发展，粮食产量赶上一类队。我们要坚决依照总路线办事，鼓足干劲，力争上游，多快好省地建设社会主义。"

"你一亩打算收几石谷子？"花白胡子追问他一句。

"准备闯过五百斤的关。"

"一万斤不好听一些？"胡子老倌讲了一句阴浸话。

"那么你认定五百斤是达不到的啰？"

"对不住，我看有点难。"

"敢不敢赌？"副队长的脸上飞朱了。

"斩鸡都来。"花白胡子晓得他的老毛病，存心挑逗他。

"好家伙，这不讲到我的饭碗里来了？"副队长说着，用眼睛到处搜索他的心上的目的物。世上真有些巧事，这时候，一只桃源鸡从房间里出来，走到堂屋的中央，正在从容地低着头寻食。说时迟，那时快，副队长跳起身来，一个箭步，熟练而且敏捷地伸手一把抓住这只黑咕隆咚的肥大的家伙，就要进灶屋里去找切菜刀。听见鸡婆没命地啼叫，他的婆婆慌慌忙忙跑出来，奔到他跟前，双手使劲把鸡夺下来，往外一撒放走了，地上落了好多黑鸡毛。

"该死的，又发癫了，"这位当家婆婆说，"把我的鸡通通斩尽了；好不容易借了一只度种鸡，你也容不得？晓得前世作了么子孽？你看何得清闲啰？"一边闹，一边用双手拍打自己的蓝布褂子的前襟，顺便把那粘在衣上的几片鸡毛扑落了。

大家看见鸡没有斩成，又听了这段富于音乐性的训词兼申诉，都哈哈笑了。新选的队长张闰生同志还是没有笑。他也快乐，又没有架子。他的不爱笑，用他自己的话来说："生相是这样，一时还难改。"

一九六三年五月

禾场上

太阳落了山，一阵阵晚风，把一天的炎热收去了。各家都吃过夜饭，男女大小洗完澡，穿着素素净净的衣裳，搬出凉床子，在禾场上歇凉。四到八处，只听见蒲扇拍着脚杆子的声音，人们都在赶蚊子。小孩子们有的困在竹凉床子上，听老人们讲故事，有的仰脸指点天上的星光。

"那是北斗星，那是扁担星。"桂姐指着天空说。

"哪里呀？"桂姐的唯一的听众，菊满问。

一只喜鹊，停在横屋的屋脊上，喳喳地叫了

几声，又飞走了。对门山边的田里，落沙婆[1]不停地苦楚地啼叫，人们说："它要叫七天七夜，才下一只蛋。"鸟类没有接生员，难产的落沙婆无法减轻它的临盆的痛苦。

"扁担星到底在哪里呀？"菊满又问。

"那不是，看见了吗，瞎子？"桂姐骂他。

大人们摇着蒲扇，谈起了今年的收成。都说，今年的早谷子不弱于往年的中稻，看样子，晚稻也不差。

"今年世界好，明年也会好得不是的。"脚猪子[2]老倌王老二预言。

"何以见得呢？"王老五移开口里嗑着的烟袋，这样问他。

---

[1] 落沙婆：一种小鸟，水稻快成熟时，雌性在田里下蛋，并彻夜啼叫。

[2] 脚猪子：种猪。

"古来传下一句话：'要知来年熟不熟，单看五月二十六。'五月二十六日落大雨，出大太阳，都是好的，单是阴阴暗暗的天不好。今年这一天，出了黄火子大太阳。"

"都在歇凉哪？"从门头子外边，进来一个人，这样和大家招呼。这个人中等身材，蓄西式头，上身穿件白净的衬衣，下边是蓝布裤子，脚上穿一双布鞋，手里摇一把蒲扇。他一走近，星光底下，大家看清了他的脸，都争着招呼：

"邓部长来了，请坐请坐。"

"吃了夜饭吧，邓部长？"

"相偏了[1]。"县委派来领导高级合作化的工作组长邓部长一面坐在王家让出来的一截凉床子上，一面回答。他一转脸，看见王老二，就

---

[1] 相偏了：吃过了。

问他道：

"晚季的禾苗如何，王二爹？"

"蛮好蛮好，两季都好，明年也好。"六十九岁的王老二一连说了四个好，连明年的，也连带说了。

"你们说，不办社，有这样吗？"邓部长冷静地问，这回是向大家问的。

"不办社，哪一家也没得力量插这样多的双季稻。"王老五说。

"照你说的，社还是办得啰？"邓部长笑笑问他，又摇摇蒲扇。

"办得办得。"王老五连连地说。

"如今这里要办高级社了，都晓得了吧？"邓部长问。

"高级社又是么子名堂呢？"脚猪子老倌王老二发问。

"这都不晓得，太没学问了。"赖皮詹七插嘴说。

"你晓得，你有学问，你讲。"脚猪子老倌吸一口旱烟，瞪詹七一眼。星光里，詹七没看清他的发气的眼神，作古正经地说道：

"高级社是，呃，"他咳了一声，又停了一停，才说，"高级社，就是高级社。"

脚猪子老倌哈哈大笑，并且叫道："大家听听这个有学问的人。"他的笑引得全禾场上的孩子们都笑起来，接着男女大小一齐都笑了。邓部长忍住了笑，给大家解释：

"高级社是取消土地报酬，实行按劳取酬，多劳多得，少劳少得……"

"不劳呢？"赖皮詹七又插进来问。

"不劳吗？哼，就请你不吃。"王老五道，"俗话说："有做有吃，无做傍壁[1]。'"

"那也要看么子人，如果是鳏寡孤独，真正失去了劳动力的老人家，政府和农业社，都会保障他们的生活的。"邓部长说。

"那太好了。"脚猪子老倌欢喜地称赞。这时候，全屋场的人都围拢来了，比开会还齐。小孩子们挤在大人的前面，好奇地用心地研究邓部长左手腕上的手表。桂姐和菊满，看着手表上的微弱的蓝蓝的磷光，进行了下面的对话：

"看，几点钟了？"桂姐问。

"五点六十五分钟。"菊满肯定地问答。

孩子们越挤越多了，脚猪子老倌王老二叫道：

"这些小把戏，还不散开些，挤得拍密的，部长热嘛。"

---

[1] 傍壁：讨饭的意思。

孩子们还是不散，王老二又说：

"部长这里，有糖吃不？桂姐！"他指名叫唤自己的侄女。"你还不使得滚开些，依得我的火性，我要挖你一烟壶脑壳！"

"怪你，怪你，要你管！"桂姐嘟着嘴巴小声地翻骂，"你这个死老倌子！"

她的声音小，王老二没有听见。王五堂客把凉床子移拢一点，机密地悄悄地说：

"邓部长，我有一句话，不晓得好问不好问？"

"你问吧。"

王五堂客声音还是低低地说道：

"人家讲，办高级社，山都要入社，有这个话吧？"

"有这个话。"邓部长大声地回答，他觉得这事，无须保密。

“我屋后边的这块竹山也要入社了？”

“入社怕么子？入了好，入了就能封住山，不叫人砍了。”

“对的，入了好，不入，山都剃光了。”一个打赤膊的青年，王五堂客的大崽，桂姐的大哥，青年团员，这样响应邓部长。

“要你多嘴，你这个鬼崽子！”王五堂客斥骂她的崽。接着她又问：“楠竹入了社，日后玉个火夹子，织个烘笼子，都要到社里去买吗？”

“不要买，是正当需要，到社里开个条子就可以上山去砍。”

“开条子太麻烦了。”

“开条子有么子麻烦的呢？只有妈妈是！”青年团员说。

“要你讲！还不使得给我进去穿衣服！慢点又唤脑壳痛。”他妈妈骂他，又疼他，或者，正确一点说，是骂中带疼。

"怕麻烦，不用开条子也行。"邓部长说，"要玉火夹子的竹子，给你留出。"

"织烘笼子的呢？"

"也给你留出。"

"是啰，我说，共产党的政策向来都是与人方便的。玉个火夹子，织个烘笼子，都要找社里去开条子，还行？"王五堂客满意了。

脚猪子老倌王老二又提出了新问题。

"部长！听说如今人去世，都要烧堆火把尸首烧光，说是火葬，有这个话吧？"

"这要听各人生前的自愿，不愿意的，决不勉强。"邓部长说。

"这就是了。我顶怕火葬，我给自家瞄了一块地，在对门山上。"

"山要入社了，你瞄的地还有你的份？"王

五堂客说。

"做坟山的地可以留下，不必入社。"邓部长说。

"这就是了。"王老二说，他也满意了，"我今年六十九岁，一霎眼七十，人生七十古来稀，阎老五点我的名了。我就是要留下这块地，埋这几根老骨头，别的事，都听你们后生子调摆，我都不管了。"

"要你管，要你管！你这个死老倌子。"桂姐还是生她二伯伯的气，小声地在骂。

"配种员！"有人按照新衔头，叫唤脚猪子老倌王老二，人们一看，是赖皮詹七。他接着说："我家里的猪婆子发了草了，请你明朝来配种。"

"混账东西，要我给你娘去……不要叫我说出好听的话来了。"脚猪子老倌十分上火了。

"你骂人？"詹七质问他。

"哪一个先骂？"

"我要是存心骂你，我不是人。你不是配种员吗？"

"是配种员，一点也不错。政府改了这称呼，为的是尊重我们，嫌人叫脚猪子老倌，难听，要大家改叫配种员。"

"我叫错了吗？"詹七反问他。

"你刚才是如何说的？你说：'我家里的猪婆子发了草了，请你明朝来配种。'我本人就是脚猪子吗？混账东西！"

这回轮到赖皮詹七哈哈大笑了。他的快活的、爽朗的大笑传染了禾场上的所有的人们，脚猪子老倌的堂弟媳妇，王五堂客也忍不住偷偷地笑了。邓部长含笑起身告辞道：

"不陪你们谈讲了。"

"简慢了，邓部长，茶都没吃。"王五堂客说。

"有空再来吧，"配种员说，"我顶喜欢跟上头的人谈讲。上头来的人，京里来的也好，省里县里来的也好，都明白事理，和和气气，有讲有笑的，从来不骂人。邓部长，当了星光，我不讲假话，有得几天看不见你，真有点想。像詹七这号赖皮子，十年不见，我也不想。"

"对不起，二老倌，我也不想你。"詹七的嘴巴也不放让。

这时候，邓部长快要走出禾场了。

"邓部长，再见。"是桂姐的声音。她举起手来，远远地对邓部长行了一个少先队敬礼。

"再见，邓部长。"是菊满的声音，他才六岁，还不是队员，也学姐姐的样，行了一个少先队敬礼。

邓部长摇着蒲扇，出了门头子，只听背后禾场上，桂姐和菊满又在议论天上的星光。

"扁担星又叫牵牛星,他的堂客叫做织女星,在那边,在河东,你看,亮晶晶的那一颗,看见了吗,瞎子?"是桂姐的声音。

　　深夜凉如水。露水下在人的头发上,衣服上,手上和腿上,冰冷而潮润。各家都把凉床子搬进屋里去,关好门户,收拾睡了。田野里,在高低不一的、热热闹闹的蛙的合唱里,夹杂了几声落沙婆的幽远的、凄楚的啼声。鸟类没有接生员,难产的落沙婆无法减轻它的临盆的痛苦。

一九五六年十二月

张满贞

整风工作组的组长张满贞同志是一位单瘦秀气的女子，年纪约莫二十六七岁，城里来的，童养媳出身，解放后当了玻璃工厂的厂长。有一天，夜饭后，大家站在公社堂屋里闲聊。张厂长跟我谈起玻璃的好处，又说玻璃的原料是石英石，成本不高，玻璃工厂能替国家赚很多的钱，很多很多的。我的工作跟财贸部门没得关系，对于赚钱不赚钱的话，未免显得有一点淡漠。她好像不大满意这态度，就拿日常生活来打动我，警告我说：

　　"你要晓得，在我们的生活里，没有玻璃是

不行的呀。"

　　我一想也对，记得去年冬天里，我家有一扇窗户，玻璃打烂了，浸人的北风直往屋里灌，冷得我身子打颤。

　　"你能拿玻璃来当饭吃吗？"我正在想，不料旁边一位脾气很冲的后生子冒冒失失，提出这样一个尖锐的问题。

　　"看你这个人，把话扯到哪里去了？"工作组长反问一句，秀气的脸模子一下子红了。但隔不好久，她笑一笑走了。她的脾气带着女性惯有的柔和，和那人相反。

　　今年四月，雨水很勤。公社堂屋里有一双燕子常常蹲在门楣上，或是亮窗格子沉静地歇气，悠然地观察；间或偏起小脑壳，露出长着丰满的浅黄茸毛的颈子，望着窗外，好像是埋怨这多雨的天气，又好像是为了别事，它们的语言我不懂，不能断定。它们正在筑巢，没有蓑衣和斗笠，天一落雨，翅膀上驮着雨水，飞翔起来异常吃力，只好停工。看着那功成一半的泥巢，大家不免议论了：

"家伙们心灵嘴巧，看这窠筑得好稳。"我止不住感叹。我是喜欢燕子的，因为每次它们来，都带来了春天的绮丽和温暖，花的香味，草的清新，还有那万事万物的蓬勃的生气。

"是呀，"另一个人也是燕子拥护者，连忙附和我，"比方麻雀就不行，它们随便找一个角落，一个洞洞，衔来几根草，塞得乱七八糟的，就算是窠了。"

"你说这一口一口衔来的泥丸是怎么粘连起来的？"脾气很冲的角色提出一个新问题。

"泥巴有黏性。"

"不，有黏性的怕是它们的口水。"

正值纷纷议论间，张满贞从里屋出来了。她穿一套褪了色的蓝斜纹布制服，一双鞋底沾满泥巴的青布圆口鞋。她很用功，晚上总是开会到夜深，白天有时下去作调查，有时在房间里研究材料。现在，一定是伏案久了，头有点昏吧，她抬起右手揉揉太阳穴，又掠一掠披在额上的零乱的短发，随即微笑着问道：

"争论什么啊，这样热闹？我也来听听。"工作累了，她总爱参与闲谈来消除疲劳。

"可惜的是，"脾气很冲的角色没有等人回答张满贞，接着说道，"它们不会用工具，单靠嘴壳子。"

"建筑材料也太简陋了，除开泥巴，还是泥巴，不用竹木，也没得水泥。"工作组长兴致很高，凑趣地数落着燕子的缺点。

"也没得玻璃，是么？"脾气很冲的角色接

口问一句，笑了。他十分得意，以为抓到张组长的话尾了。

"你这个人哪，我只懒得跟你讲。"厂长回了这一句，进屋去了。这一回只是收了笑容，没有红脸。

不到一会，她又从房间里出来，脚上换了一双新草鞋，手里拿着一把红油纸雨伞，褪了色的蓝布裤子的裤脚卷齐了膝盖，露出城里人没有见过太阳的雪白的腿巴子。

"到哪里去？"我问。

"到二大队去查对一点材料。"张满贞回答。

"一路走吧。"我也正要到那里去采访。

"我也去。"脾气很冲的角色说道。顺便介绍一下子，这位同志容易跟人家顶牛，也容易消气。他是公社的武装部长，长得武高武大，黑皮黑草；大家已经知道的，他的嘴巴子很冲，讲出话来往往牛都踩不烂；心倒是好的，又能克己，张满贞现在住的这间有地板的房间就是他腾出来的；他自己搬到了一间挨近伙房，没有地板的潮湿的杂屋里。

"你也去么？"我担心他又要跟张满贞顶嘴、抬杠，想不让他跟我们一路。

"怎么样？你不赞成吗？"真正是江山易改，本性难移，他对哪一个人讲话，都使用这同样的腔口。

我还要答白，张满贞对我使了一个眼色。她生性宽和，善于跟着各种作风不同的同志和睦地相处，要我就不行。

于是我们三个人，三双草鞋脚，三把红雨伞，出了公社门，往墩里走去。钻进灰蒙蒙的雨织的帘子里，我们经过通往新修的窄轨铁路的小径，爬上烂泥很深的溜滑的斜坡，沿轨道走去。

雨落大了。粗重的点子打在三把红油纸伞上，发出热闹的繁密的脆响，跟小溪里、越口里的流水的哗声相应和。从伞下瞭望，雨里的山边，映山花[1]开得正旺。在青翠的茅草里，翠绿的小树边，这一丛丛茂盛的野花红得像火焰。背着北风的秧田里，稠密的秧苗像一铺编织均匀的深绿的绒毯，风一刮，把嫩秧叶子往一边翻倒，秧田又变成了浅绿颜色的颤颤波波的绸子了。

"今年不会烂秧吧？"走在前头的厂长看着秧田这样问。

"这种鬼天气，哪个晓得啊？"武装部长粗里粗气地回答，"依得老子的火性，真要发他脾气了。"

"发脾气有么子用？"张满贞笑一笑说。

我怕武装部长又要讲出牛都踩不烂的什么话，

---

[1] 映山花：杜鹃花。

连忙岔开说：

"这几年天气不正常，听说是太阳里的黑子有什么变动。"

"归根结底，如今农业还是要靠天，不像工厂。"

"那你为么子要离开工厂呢？"冲角色又找到一个机会，来了这样的一句。

"看，这是么子？"代替回答，张满贞惊喜交加地唤道。她在小铁路的新铺的枕木间，发现一块沾满泥水和煤渣的白石头；弯腰捡起来，她拿衣袖揩去上面的煤泥，露出它的白洁的本来的面目说："是石英石。"我们围拢来，争着把玩这石头。从厂长的雨伞的伞檐滚下的大颗的水珠滴在我们的肩上，也飘在她自己的剪短了的头发上。

"这是凤尾石英，顶好的家伙，能造玻璃，

也是烧制瓷器的原料。我们的国家好富啊，四到八处都是宝，这近边一定有上好的石英石矿山。"

把石头收进上衣口袋里，她又兴致勃勃地谈起她的在城里的工厂，说这厂子技术水平不够高，还不能造平板玻璃。

"你要晓得，"她通知我说，"平板玻璃是我们很需要的东西呀。"

我一想也对。

到了大队部，我们分头去干各人的事去了。两点钟以后，烧夜饭的淡青色的炊烟正从村上飘起的时节，我们又在大队部会齐，准备回公社吃饭。雨落小了。我们还是打着伞。在墩里的路上，麻风细雨里，隐约看见对面来了一个人，戴个斗笠，腿子一跛一跛的。我们慌忙赶上去。挨得近了，才清晰地看见，那人的右脚的脚板边正在流血。

"怎么的了？"张满贞激动地忙问。

"玻璃片划的。"社员回答，脚上涌出的鲜血染红了脚边一小片泥水，"正在耖田，牛发了烈，背起犁直冲，我一着急，一脚踩在深脚泥巴里，不料碰到了这东西。"他举起手里一片沾泥带水的碎玻璃。厂长的脸模一下子红了。

"你要晓得，在我们的生活里，没有玻璃是不行的呀，尤其是平板玻璃。"武装部长嘲讽地说。

张满贞没有答白。她赶上几步，一手打伞，一手扶住那个人，急忙往公社走去。

到了公社，张满贞马上给卫生院摇了个电话，叫他们派一个人来。没有隔好久，一位女护士带了个药箱子来了。于是，厂长和护士共同收拾社员的伤口，洗涤、上药和包扎。

"不要紧的，伤口不很深，"护士回答厂长

的话说，"只是，三天以内不宜于下水。"

"记住啊，"张满贞叮嘱伤了脚的人，"三天以内，不要下田。"

"那靠不住，"社员这样说，"板田还有这么多，节气又来了。"

"队上只有你一个人吗？一定要记着，三天以内，不能下水。"

"我们这号人是闲不住的。"

"闲不住，不晓得做点旱土里的事吗？"张满贞严厉地说。

忙了一阵，包扎完了，也争论完了，负伤的社员为了酬答厂长的热心，终于应允三天不下水，只做一点零碎事，搓点棕索子。张满贞这才满意地让他走了。紧接着，她一连打了两个电话：一给市里，建议他们通知有关各方面，不要再把玻璃破片、瓷瓦碴子等等随便丢进垃圾里；另一个电话是给玻璃工厂的，内容跟第一个一样，只是语气稍许带一点硬性，因为她是那里的直接领导人。

从这件事上，村里的人们认识了张满贞的另一面，觉得她很热心关怀别人的痛痒。从前，在会上，特别是在整风整社的会上，社员们时常看见这位城里新来的女子，冷静地坐在主席桌子边，乌黑的眼睛闪出沉着、果决，有时还带一点严峻的光芒。现在，在人们的眼里，除了可尊敬，她还显得平易可亲，好像就是大家中间的一个了。当天下半日，隔壁的龙妈请她去吃了一顿清炖的泥鳅。从那以后，附近村里的堂客们碰到家里发生了攀扯，或是得了一点么子妇女病，都爱来找她，跟她说说体心剖意的私房话。在称呼上，她们都叫她厂长，还她一个较大的官衔。在这些粗手粗脚的堂客们的心上和眼里，厂长要比组长大一些，也堂皇一些。年纪大点的男子或堂客，叫她老张；只有隔壁的龙妈从前唤她满姑娘，如今还是不改口，虽说她早已结婚，并且有了一个男孩了。

我们分了手。我到别的公社去采访去了。过了一个月，我又回到了张满贞所在的公社。这里已经插过田，准备踩草了。整风整社暂时停顿了，好叫社员把时间精力全都贯注在田里功夫的上头。张满贞除开分内的工作，还参加了积肥、种菜和插田的突击。不论天晴和落雨，她总是戴个斗笠、赤脚草鞋，高高卷起的裤脚沾满泥点子，裸露出来的腿巴子晒得墨黑了。

我看到了一个通知，市委依照下放干部加强粮食生产第一线的新规定，免去了张满贞同志玻璃厂长的职务，指派她担任了这个公社的妇女部长。群众对她的称呼因此也改了，叫她做部长。在他们心里，任何一级的部长都比厂长要大些。

年纪大点的人们还是叫她做老张。只有公社隔壁的龙妈照旧唤她满姑娘，丝毫不受"官阶"升降的影响。

我回到公社，跟张满贞又做了邻居，又有好多接触机会了。跟往常一样，白天劳累一整天，夜里她还要用功。跟往常一样，她还是喜欢利用闲谈来消除自己的疲劳。但我觉察到，在谈吐间，癖好上，她已经发生了一些显著的变化，不大提及玻璃工厂和各种玻璃了，倒是常常议论农业和粮食，有一回，也是在她房门外的那间堂屋里，她对我说：

"你要晓得，在我们的生活里，没有粮食，是一天都过不去的呀。党如今的口号是大办农业，大办粮食；只一个大办，没有第二个。"

我一想蛮对。我们的党中央提出来的口号是从实际出发的。

"那么你那框壳子[1]工厂呢，还办不办？"不料这时，站在旁边的武装部长这么粗鲁地发问。虽说过了一个月，他还是跟从前一样，嘴巴子很冲，在辞令上，没有一点点进步。据我看来，这个角色做外交工作肯定是没有希望的了。

"等将来再看。"张满贞在口气上非常温和，但在神态上又是十分果决地回复对方的问话。

她邀请我们到她房里去喝盐姜家园茶，我们接受了她的盛意。在这里，请读者允许我补叙几句话。她这房间，从前我是进去过的。从摆设上着眼，当时我心里就想：女主人真不愧是玻璃工厂的厂长，只见满眼亮闪闪，到处是玻璃，窗户前的一张长方桌子上压着一块又大又厚的玻璃板；窗台上是一对镂着浮花的花瓶，里边插着两

---

[1] 框壳子：大致和"劳什子"意义相同。

束久不凋谢的映山花；花瓶旁边是一面梳妆用的圆镜子；床铺前的八仙桌子上摆着一个水缸和八只茶杯，也是玻璃工厂的制品；三面墙壁上挂着三个嵌了好多相片的镜框。这一回，除开上述这些品物以外，八仙桌子上添了那块捡来的凤尾石英石和好几碟子菜籽跟禾种——苋菜籽、辣椒籽和南瓜籽的旁边摆着晚稻种谷的样品。正面粉墙上加挂了一个巨大的金边长方镜框子，里边嵌着一条用毛笔端端正正写在大红纸上的标语：

"农业是国民经济的基础，粮食是基础的基础。"

大家散坐在房里，喝着她所泡的盐姜家园茶，谈起小铁路、映山花，今年的气候和当班的春笋，谈话散漫而轻松。过了一阵，我们辞出时，她送到房门外边，抬头看看大门外的竹木丛生的翠绿的山峰，炫耀地笑道：

"你看漂亮不漂亮，这是真山真水呀，不像街上公园里面的假山。"

她给乡村景致迷住了。但我隐约地觉得，对于玻璃，这位从前的厂长还是保持了她的那种特具的职业的敏感。在我回来的第三天，我们正在公社用中饭，忽然听到哗啦一声响，隔壁屋里一个什么玻璃家什掉在地板上；接着是什么人的脸上挨了好响的一耳巴，一个男孩大声嚎哭了。张满贞慌忙丢下碗筷，跳起身来，奔跑过去，我也跟过去。事情的真相是，龙妈的四岁的孙子失手打烂一只玻璃杯。翁妈子执行了不轻不重的体罚以后，还在骂人：

"你这个败家子，你、你、你，好好的一只杯子送在你的手里了。"

孩子用手捧着左边脸朵子，哇哇地哭个不停。

"莫哭，莫哭，伢子。"张满贞把他拖到自

己的身边，一边弯腰哄着他，用衫袖子替他揩眼泪，一边对着生气的龙妈说：

"翁妈子，已经打烂了，就算了，你只莫气。等下我送你一只。"

哄得孩子不哭了，劝得龙妈住了嘴，张满贞立即回到自己的房里，拿出一只花纹精美式样大方的玻璃茶杯，赠送给龙家。接着，她连忙找到一只细篾撮箕，一把高粱扫把，帮翁妈子打扫地板上的玻璃片。

"你放手，满姑娘，我来，我来，我自己来，叫你费力还要得？"

"这就扫完了。"张满贞把玻璃片子悉数扫进撮箕里，亲自端到屋后山肚里去了。她的用意一眼就看得出来：提防玻璃碎片落到水田里，去伤害社员的脚板。

一九六一年八月

胡桂花

一九六四年九月中旬，清溪公社莲塘大队的文化室，准备排几个小戏来庆祝国庆。剧本有了，行头齐了，班子凑成了，又从县剧团请到一位女演员作艺术指导，但还缺个女主角。文化室的负责人，大队党支委、团支书老卜想起了三队的胡桂花，随即动身去找她。

胡桂花是一位新近结婚的女子，年纪二十四五岁。老卜为什么想起了她呢？他对人说，理由有下面两点，首先，他知道胡桂花思想进步。她是个优秀的共青团员。初中毕了业，响应党的号召，她下乡参加了农业劳动，几年以后，她跟高小毕业生邹伏生结婚了，而且下定了决心，在农村里干一辈子。在老卜看来，这思想叫人欢喜。他断定，要是向她提出一个临时的任务，肯定不会被拒绝。

老卜决意去找胡桂花的第二条理由是，他听到人讲，这姑娘早先在学校里读书的时节，上过舞台。人们还说，她有表演的才能，唱腔道白，清丽悦耳，扮相也出众。演到戏文悲楚处，她眼睛里能够自然而然迸出眼泪花；至于演快乐的戏，更是拿手。内行人说，她能把自己完全化入戏中人物里。

闲言慢表，且说团支书老卜脚步匆匆，往邹家赶去。他远远看见，一座低矮的翡青的山峰下，有个小小的瓦屋，那就是邹家；屋前不远是一条溪水。过了溪上的木桥，到了邹家地坪里。在这一带，灶屋是客室。老卜直接奔灶屋；这里也就是饭堂，胡桂花和邹伏生正在矮桌子边吃早饭。

"老卜来了。"邹伏生放下饭碗，打算起身。这青年魁梧结实。他卷起了裤脚，露出一双巴壮的腿巴子，像是一对小提桶。

"你坐，你坐。"老卜一边说，一边坐在门旁一把竹椅上。

"在这里吃点便饭，好呗？"胡桂花笑笑邀请。这女子模样端秀，身材匀称，穿一件蓝条子布褂子，脸和手都晒黑了。

"我吃过了。"老卜回说。

"我给你倒茶。"胡桂花就要起身。

"不，不，你吃你的饭，我自己来。我又不是稀客，要你招待？"老卜边说边起身，自己走到灶边去倒茶。做惯了农村工作，老卜跑到哪家都随随便便，像到了家里。农民们欢喜这种随便的亲切的作风，对他都无话不谈。喝了一大碗凉茶，回到原座，老卜又说："桂花，有一件事来跟你商量。"

"什么事呀？"胡桂花停了停筷子。

"近来，我们大队文娱生活少，有些青年散了工，没有事情做，就闷在家里，还有悄起[1]赌宝的。"

"是么？"邹伏生吃了一惊。

"年纪大点的还搞迷信。一队有个冯老二，你们晓得吗？"

"背有点驼的？"邹伏生问。

"是呀，背有点驼的，就是他。这个冯驼子最近在他屋场边头一株栗树下，用泥砖砌了一个土地庙。落成时节，放了鞭炮，还办了四桌席面，

---

[1] 悄起：躲起。

请了左邻右舍去替菩萨开光，说是开了光，土地老倌就百灵百验，有求必应。"

"这个不是活见鬼？"邹伏生不以为然。

"是呀，有这样的痴人，粮食多了一点子，就要丢到水肚里。"

"粮食情况好转了，紧跟着要抓思想教育的工作。"胡桂花插嘴。

"是呀，你讲得对。"老卜说，"我们正在抓，上级在督促我们。不过，精神活动是多种多样的，农民需要严肃的正面的政治思想的教育，也要正当的生动的娱乐。"说到这里，老卜一步一步地展露他到这里来的用意。"我们觉得，社员们的正当娱乐太少了，不能单怪他们走邪路。你们说，如何办？"

"搞点正当娱乐嘛。"邹伏生说。

"搞么子呢？"老卜探他们口气。

"国庆节到了，唱几本戏，一来是庆祝，二来也给大家添一点快乐。"胡桂花建议。

"你想的跟我们想的完全一样，真是太好了。"老卜很欢喜地连忙接口。

"最好到城里去请一个剧团。"胡桂花又说。

"那不行。城里剧团不一定肯来；纵令肯来，我们也有为难处。大队于今是一个清水衙门，小队公益金也少。"老卜说到这，抬眼看看胡桂花，"我们想请你来帮帮忙，如何？你老公一定不会拖你后腿的。你会吗，伏生子？"

邹伏生还没有作声，胡桂花的脸微微红了，随即笑笑道：

"他才不会管我呢。"

"他不管正好。那就是这样，一言为定，请你演出戏，本子有了，《打铜锣》《补锅》，听你挑哪个。"

"我演得么子戏呵？"胡桂花心里肯了，眼睛看一看男人，嘴里这样说，"况且家里又有事。"

　　"你去吧，为人民服务，是应当的。家里不要你操心，妈妈很快就要回来了。"邹伏生说。

　　"婶娘她到哪里去了？"

　　"到我姐姐家去了。"

　　"队里不是要我们两人帮军属龙妈办点柴禾吗？"胡桂花又提出了一个问题。

　　"我一个人办。"

　　"这几天队里正忙，你哪里有空？"

　　"要不，等你演完戏再办，也不为迟。"邹伏生说。

　　"好吧，就这样。桂花，吃了夜饭，请到队部来。"老卜完成了动员的任务，满心欢喜告辞了。

　　当天夜里，胡桂花到大队部排戏去了。邹伏生一人很早关门上了床。半夜过后，几声狗叫，把他惊醒，从格子窗望去，只见外边一闪一闪地发亮，几个女子的谈笑声由远而近，渐渐到了邹家的门外，紧接着有人敲门。邹伏生翻身起来，点上煤油灯，趿了鞋子，把门打开。大门外边，火把光里，胡桂花正把手里杉木皮火把交给她女伴。

"再见，明天还是那时候。"女伴摇晃着火把，一边走开，一边这样说。

"明天见。"胡桂花回应一句，就跨进门来，反手关了门。

"她是哪个？"邹伏生寻问。

"张老满的媳妇。要她演《补锅》里的刘兰英，死也不干。"

"为什么？"

"怕她男人不高兴。"

"哪一个演刘兰英？"

"我。"

"你？"

"什么，你也不高兴？"

邹伏生还没有看过《补锅》，不晓得刘兰英是么子角色。不过他觉得，别人不愿意做的，总不是好事。他又不好乱反对。

"演戏嘛。扮么子角色都是演戏，不是真的。"胡桂花笑着又说。

邹伏生没有再作声。他是一个本分人，平素只认得出工、作田，不问外事，也不看戏；关于演戏，他提不出新问题。夫妻两个，熄灯入睡了。

第二天夜里，胡桂花照样去排戏。往后十来天，夜夜是这样。

国庆十五周年纪念日前夕，胡桂花排完戏回来，满脸含笑。

"今天你为么子这样快乐？"邹伏生问。

"我们彩排了。艺术指导说：'行，拿得出手了。'明天你去看看吧？"

"去，一定去。"邹伏生满口答应。这位平素不爱看戏的青年心里想道："她换了行头，不晓得是么子样子？"决心自己去看看。

国庆这天的清早，村里锣鼓响动了；好多地方传出了歌声；男女老少都换了新衣；有的姑娘的头上还插着野花。中午，胡桂花吃完中饭，就到大队部的文化室去了。她要在那里最后练一练动作，吊一吊嗓子。她穿的还是平素那件洗旧了的蓝条子布上衣，底下是青布裤子。她没有打扮，因为很快就要去换行头了。

邹伏生收拾了碗盏，回到房里，看见床头墩椅上，放着一套九成新的蓝咔叽制服，晓得这是胡桂花从衣柜里拿出来，给他准备的。他换了衣服，锁好大门，往大队部走去。他远远地望见，清溪河右岸搭了一个高高的戏台。

戏台搭在大队房子的对角，清溪河右岸的一片平滩上。台面是几扇门板镶成的；台顶的木头檩子上盖了好几铺晒垫，下垂的晒垫边子上，贴着一张长方大红纸，上书："庆祝中华人民共和国成立十五周年。"台后就是清清澈澈的清溪河；河上风帆，一片一片，慢慢地往上游行驶。台前平滩上，已经来了好几百人了；有本队的，也有外村的。上了年纪的人们自己带了凳子来。维持秩序的民兵把他们安顿在靠近戏台的前面。其余的人们就都站着；有的人到处走动，聊天、相骂、嗑南瓜子。邹伏生也挤在人群中间，只是不作声，也不吃瓜子。他留心地察看舞台。太阳烧灼人，男人们都戴着斗笠；从台上望去，河滩上是一片斗笠的海洋。

看牛的伢子们把牛吊在河岸上的一排柳树上，

都往舞台这边跑来了。台子最前面已经聚集一大群孩子。他们有的爬上了台边，有的攀上了近边的树干，骑在树杈上，还有些伢子趁着戏没有开锣，摔起跤来了。

老卜出现在台上。他走到台口，拿下喇叭筒，套在嘴巴上，大声宣布道：

"社员们，同志们，请大家坐好，站好，不要作声了。今天是中华人民共和国成立十五周年纪念日。我们清溪公社的庆祝大会就要开始了，首先，请社长讲话。"

说完，他带头拍手，台下群众也鼓掌。社长是个厚厚敦敦的中年的汉子，背上挂顶宽边的草帽，穿双草鞋。他摸熟了群众心理，晓得在这种时候，讲话不宜太长了。他报告了今年头季的丰收，列举了水稻增产、生猪和鸡鸭发展等几项重要的数字，很快地结束了报告。最后，他说："现在，请大家看戏。"

掌声才落，锣鼓声起了。头一出戏是《打铜锣》。开首，台下还比较安静，只有个别人觉得站的地方不合适，为了找个好位置，在人堆里移动，但牵涉不广。等到戏文唱到紧张处，蔡九和林十娘争夺鸭子时，台下的孩子们，拼命往前挤，有的爬上台边了。

"下去。"老卜从后台抄到台口，小声地干涉，"还不下去呀？"

下去了几个；赖皮点的还站在台口。老卜只得一个个把他们拖起，安顿在台边木柱的跟前，叫他们不要再动了。

《打铜锣》演完，接着是《补锅》[1]。这是一出流行花鼓戏，里面的调子，群众都会唱，刘

---

[1] 《补锅》：小说初稿写的是花鼓戏《刘海砍樵》。

大娘出场了。她说，煮淆的大锅打破了，要她女儿去找补锅匠。唱了一阵。接着，台上出现一个活泼、标致的姑娘，就是刘兰英，是胡桂花扮的。她穿一件绣了红花的水红缎子衣，系条青绒绣花的围巾，提个篮子，边舞边唱，上了油彩的脸上带着愉快的、孩子似的微笑。邹伏生老看着她，她也看了他一眼，继续唱了。

又有几个伢子爬上台来了。有一个赤膊男孩，像蛇一样，爬得挨近胡桂花的脚边，他想，这是一个好位置，在那里，他抬起头来，仔细地观察刘兰英画黑了的眉毛，抹了胭脂颜色的脸模子。正在这时候，台下有人叫唤了。

"何搞的啰，小把戏都上台去了？"

"把他赶下去。"

老卜只得又出来。他一现面，孩子们溜下去了，为不妨碍剧情的发展，他没有走到台子正中，也没有大声吆喝，只是向小家伙们挥挥拳头。意思是说："再上来，就揍你们。"

邹伏生近边，两个外乡来的老倌子在低声谈论。

"行头真好。"一个说。

"是呀，人要衣装，马要鞍装。"另一个回答。

"没得行头，台上和台下，穿的是一样，有么子看的？"

"这旦角真是个女子？"

"你以为是男扮女装？"

"是哪里人？"

"本地人，听说。"

"叫堂客们出来演戏，不是好事，要我不干。"

"为么子不干？"

"叫她们把心玩花了，荡坏了，不会出绿戏？

人家不会当笑话来讲？"

　　两个人无心地谈着。他们不知道，旁边站着的就是邹伏生，台上女角的新婚不久的爱人。邹伏生听了他们的全部谈话，尤其是末尾一句，进到他耳里，使他不舒服。他望着台上，心里也就起疑了。他注意胡桂花的每一个动作，每一句唱词。胡桂花自然没有知道邹伏生心里的变化。她的全身，连心带感情都贯注到戏里人物里去了。她看见台下有千把农民在看戏，觉得自己要把戏演好，才对得住大家。剧情波澜一个接一个。刘大娘称赞锅补得好，年轻的补锅匠说："给岳母娘补锅，还不好些补。"刘大娘皱起眉毛，急忙问道："什么？什么？"刘兰英急了，妩媚地瞪他一眼，又踢他一脚，那意思是说："妈妈思想没有通，你不能说穿。"

　　看到这里，台下人笑了。邹伏生身边的两个

外乡老倌子却又发开了议论：

"一个女人家，踢男人一脚！"

"是呀，太轻狂了。"

邹伏生听了老倌子们的话，满脸飞红，接着挤出了人丛。

胡桂花按照剧情，踢完一脚，又演了一段，就抬起头来，看看台下。她发现原是邹伏生站着的地方，换了个兜腮胡子。他走了。走得无影无踪了。

台下广场里，农民为了他们的表演和台词不断地发笑。演出效果非常好。胡桂花的艺术得到了广大农民的激赏。她为他们创造了快乐，增添了欢喜。她和她的同伴们把新社会的幸福的感觉、优美的情操，织入轻快的波澜起伏的情节里，不断地使观众绝倒。

老卜是个细心人。这时候，他也偷眼望望邹

伏生。他早就知道伏生子站在那里。但如今看不见他了，在那位置上，换了个人。生怕出事，不等戏圆功，团支书抽身下台，挤过人堆，往邹家走去。

赶到那里，老卜看见邹伏生正在地坪里劈丁块柴。他打个赤膊，满脸含怒，挥动斧头，用劲地劈，好像有一肚子火气要发泄在柴禾上一样。看见老卜走进门，他没打招呼，仍旧劈柴禾。老卜走拢来笑道：

"怎么回来了，戏也不看完？"

"胡闹瞎闹的戏，有么子看的？"邹伏生回答，照旧挥动开山子。

"这柴禾是……？"

"给军属的。"

两个人谈了一阵，胡桂花也赶回来了。她汗爬水流，喘气不赢；下装的时候一定是急急忙忙的吧？眉毛间、颈根上，还残留着油彩。她跨进大门，先跟老卜打招呼。邹伏生没有理她，丢了开山斧，一个人进屋里去了，看样子是想躲开他们。两个人却跟进去了。邹伏生坐在灶屋里的矮板凳子上，老卜坐在门坎上，面向着他。胡桂花找到脸盆和手巾，从锅里打了热水，自己抹了抹脸上的汗和油彩，就拧个手巾把，给爱人递去。邹伏生要待不接，当着老卜，理由说不出口来，只得接了，转手抛给老卜说：

"你擦擦。"

"桂花给你，怎么给我丢过来？"老卜仍旧把手巾递了回去，"况且，我也没有汗。你快擦擦吧。一身的汗，小心招了凉。"

邹伏生接了手巾，抹了一把，又自己起身，重新舀了一大脸盆水，俯身把头浸在盆子里，痛痛快快洗了一个够，然后把身上汗也擦净了，披上白褂子，坐在桌边长凳上。胡桂花搬了一把竹椅子，递给老卜，自己坐在一条矮凳上，斜对着丈夫。她偷眼看看丈夫的闷闷不乐的脸色，一时不知怎么样才好。

"今天的戏，社长和书记都看了，都说好极了。"老卜开口说。

"演得不好，尤其是后半截，他一走，我的心慌了。"胡桂花笑着接口，说时又看了邹伏生一眼。

"你慌么子？"老卜乘机笑着说，"这是演戏，又不是真的。"

邹伏生听到胡桂花说"他一走，我的心慌了"，心里寻思："看来，就是在演戏的时候，她心里还是只在想我。"这样一转念，脸上颜色和霁一些了。接着听了老卜的话"这是演戏，又不是真的"，心里越发开朗了："本来嘛，这是演戏，顶什么真呢？要是有个演员扮演了儿子，就真的变成了人家的崽吗？"这时候，只听老卜又开口笑道：

"桂花，社员们都讲，你演得最好。有个后生子还说，'这小女子，倒是有颗革命的心。她看得起我们这些蛮人子'。"

邹伏生低着脑壳，没有作声。

"一个中学生，能爱搞体力劳动的，就不简单。"老卜含笑这样说，"我还告诉你一件事情。刚才，在戏台下边碰到冯老二，就是一队修土地庙那一位角色。我问他：'戏演得如何？'他讲：'好，好，太好了，扯常有这种戏看，我也不敬土地老倌了。'你看看，伏生子，你爱人演的刘兰英，把冯老二的土地菩萨也打倒了。这不是革命，又是什么？这叫做'文化革命'。我们要用正当的、健康的、高尚的娱乐来革低级趣味的命，革菩萨的命，革牌赌的命。"

听了老卜这席话，邹伏生心想："演戏还有这样重大的意义呀？"便十分欢喜，并且偷眼看看这角色。恰在这时，胡桂花也在瞄他。两个人的视线相撞了，胡桂花别了别嘴，那意思是说："看你这个人，想到哪里去了？"

他们和解了。眼睛好的夫妻们常常使用眼睛来解决彼此之间的感情上的误会，瞎子和近视眼们就没有这种便利。

看见胡桂花和邹伏生达到了一种不用外人担忧的境界，第三者在场有点碍事了，老卜就抽身走了。两个人正要谈些体己话，不料，大门外面人声嘈杂，脚步声越来越近了。夫妻两个同时朝外面一看，只见黑鸦鸦的一片，来了一大帮子人，有男有女，女的占多数，有老有小，小孩占多数。有几个调皮孩子已经飞进邹家的灶屋，站在桂花面前了。后续部队跟着进来了。到处站满坐满了；水缸架子上也坐好几个。有个年轻堂客首先开口说：

"我们是来看一看，你下了装是什么样子。"

"演了一回戏，越发显得标致了。"有个邻舍翁妈子微笑赞道。

"你演得真好，我要是男人，也爱上你了。"第一个年轻堂客又笑着说。

"那你下世变个男人去爱她吧。"翁妈子说，也笑了。

"那靠不住，要是下世我变成男人，作兴她也变成了男人，那怎么办呢？"年轻堂客说。

"说正经的，于今世道真是好，党和政府，对哪一行当都看得起。七十二行，行行都能点状元。要在从前，当了戏子，那还了得？不叫人骂死才怪。"翁妈子说。

"于今不叫戏子了，翁妈子。"年轻堂客逞能地纠正。

"叫么子呀？"

"听我外头的说，叫做么子表演艺术家。"年轻堂客说。

"我不懂得么子家不家。"翁妈子说，"我只晓得这女子心好，喜欢一个乡下的粗手粗脚的蛮人子。一个补锅匠。不像我那个媳妇，自己以为蛮出众，亲事几年了，崽都生了，还说，乡里不方便，吵吵闹闹要跟我的崽离婚。"

"你们准她离？"有人问她。

"她定局要走，我们也不留。人争一口气，佛争一炉香，为么子要天天受她的闲气？"翁妈子说。

大家都叹息，议论，痛贬那个不爱农村，想要离婚的堂客，赞佩戏里的刘兰英，也就称许了生活里的胡桂花。放肆谈笑了一阵，人们才慢慢走散。

等邻居走尽，小夫妻就动手舞饭[1]。邹伏生坐在灶下，帮助烧火。绕过灰白的炊烟，他看见灶边的胡桂花，真的今天显得格外地漂亮。

夜饭后，他们不久就睡了。平常，他们趁黄昏还要劳动一阵。"今天你累了，早点睡吧。"邹伏生提议。

第二天，吃完早饭，邹伏生挑起一百斤柴禾，胡桂花也挑了六十，双双往上村的军属龙妈家走去。路过演戏的清溪河右岸的平滩，一个打赤膊的看牛的伢子发现了他们，大声叫道：

"都快来看呀，那个嫁给补锅匠的女子来了。"

各段各处，跑来好多的孩子，尽是调皮的男

---

[1] 舞饭：做饭。

孩，有看牛的，有上学的。他们涌到夫妻两个的周围，挡住了他们的去路，笑着，闹着，有的逼到胡桂花跟前，过细地考察她的眉毛、眼睛和围身，并且提出种种的问题：

"刘兰英姐姐，几时再演戏？"

"姐姐，你的那补锅匠呢？"

"这担柴禾是补锅匠砍的吧？"

胡桂花脸颊红了，她被包围了。她很担心，他们提的胡闹的问题又要引起丈夫的多心。枯起眉毛，想了一下，她扭转头去，吃惊地唤道：

"呵哟，不得了，哪个人的牛吃冬粘子了。"

看牛的孩子听见了这话，一下跑开了，别的孩子的阵脚也扎不住。胡桂花和邹伏生趁此机会，加快了步伐，摆脱了包围。孩子们没有再赶。大家哼着花鼓调，有的去撵牛，有的上学校去了。

离开平滩，走上宽坦的河堤，胡桂花故意放

慢了脚步。邹伏生赶起上来了。两个并排地走着。胡桂花悄悄瞄瞄邹伏生的脸，看看他听了孩子们的乱七八糟的问题，生气没有？他没有生气，这使她欢喜。

至于邹伏生，不但没生气，还在担心她挑得吃力，看到她放慢了步子，以为她走不动了，他提议歇歇。

两个人把担子放在堤边上，肩并肩地坐在堤面上休息，凝望前头；只见河面上，薄雾迷离；长烟一缕，横在河的对岸的山腰。四周围，空气顶清新。初出的太阳照亮了对岸群山的峰尖，渐渐往下移，终于映上了河上的风帆，照耀着河水。雾散了，水面上金波灿烂。山的倒影，树的倒影，活泛地在水里摇漾。

"我从来没有注意，我们周围是这样地美丽。"胡桂花说。

邹伏生点一点头，没有作声，他也沉浸在优美的自然景色里和同样优美的情怀里。

重新动身时，邹伏生从胡桂花的担子上拿下一些柴，大约二十斤，加在自己担子上。

"这是做么子？"胡桂花要制止他。

"优待优待我们的表演艺术家。"邹伏生笑一笑说。他学到了一个新鲜的名词："表演艺术家。"

胡桂花其实不累，但她不忍谢绝爱人的好意，只得由他优待了。两人再度上路。他们挑起担子，踏着秋天早上的露水，浴着金黄色的太阳光，轻松、舒畅地往军属龙妈家走去。

一九六四年初稿
一九六五年改稿

后　记

　　周立波先生是我国著名的乡土文学作家，他一生扎根广阔的农村大地，是时代变迁下农村面貌变化的见证者与书写者，如其创作的以《暴风骤雨》《山乡巨变》为代表的长篇小说；也是故土原生态之美的守望者与咏叹者，如其创作的以《山那面人家》为代表的故乡生活短篇小说。他的作品以小见大，时代的烙印深深地镌刻在他基于对当时当地农村生活细致入微的观察与调研之上的文学创作中，他的笔下看似写的都是农村日常生活琐事，却勾勒出了那个时代的轮廓，更蕴藏着他对故土的无限热爱与眷恋。本文集既是周立波文学作品的精华集结，也是对周立波先生的独有纪念，从"记录时代"与"怀念故土"两个维度为读者提供了了解周立波从生活到创作的一扇窗口。

此次再版，我们参照了周立波作品的经典底本进行编辑工作，其权威性和可靠性颇高，并对可能存疑处进行交叉核校，尽力减少新版中的讹误，以使读者能够更准确地理解周立波作品的内容和价值。

周立波生于1908年，逝世于1979年，其作品中一些字词的用法，与今天现行的语言文字规范和大众阅读习惯有所出入，因此，在不改变原文语意及语言风格的前提下，我们按照今天的出版规范进行了谨小慎微的恰当修改，比如异形词"蹓蹓跶跶"修改为"溜达溜达"等。此外，对文中出现的不易理解的方言或字词，均添加了适当注释以便于读者理解。以上提及的所有修改均以保留周立波作品的语言风格为原则，在此基础上尽量使其经典作品更贴近当代读者。

图书在版编目（CIP）数据

周立波经典作品集 / 周立波著. —长沙：湖南人民出版社，
2022.5
　ISBN 978-7-5561-2914-0

　Ⅰ. ①周… 　Ⅱ. ①周… 　Ⅲ. ①中国文学—当代文学—作品
综合集 　Ⅳ. ①I217.2

中国版本图书馆CIP数据核字（2022）第058511号

周立波经典作品集
ZHOU LIBO JINGDIAN ZUOPIN JI

著　　者：周立波
出版统筹：陈　实
监　　制：傅钦伟

产品经理：田　野
责任编辑：田　野
责任校对：谢　喆
装帧设计：卿　松［八月之光］

出版发行：湖南人民出版社有限责任公司［http://www.hnppp.com］
地　　址：长沙市营盘东路3号　邮编：410005　电话：0731-82683313

印　　刷：长沙超峰印刷有限公司
版　　次：2022年5月第1版　　　　　印　　次：2022年5月第1次印刷
开　　本：787 mm × 1092 mm　1/32　印　　张：17.75
字　　数：200千字
书　　号：ISBN 978-7-5561-2914-0
定　　价：98.00元

营销电话：0731-82683348（如发现印装质量问题请与出版社调换）